第一章 ◆ 男装騎士は後宮送りになる!? 006

第二章 ◆ 男装宮官は礼儀作法を叩き込まれる 068

第三章 ◆ 男装宮官は恋心を自覚する!? 176

第四章 ◆ 男装宮官はかつての主人と再会する!? 301

書き下ろし番外編 ◆ みんなで楽しく年の瀬を! 374

彗星乙女後宮伝（上）

江本マシメサ

PASH!文庫

第一章　男装騎士は後宮送りになる!?

コーラル・シュタットヒルデは異国の地で、死ぬまで後宮で働く〝宮刑〟を言い渡されてしまった。どうしてこうなったのか、と天を仰ぐ。

出発前から、不可解な胸騒ぎを感じていたのだ。予感めいたものは、事前にどうこうできるわけがない。ただ、できることがあったのではないか、と自身の行動を振り返る。

伯爵令嬢コーラル・シュタットヒルデは、第三王子メリクルに仕える騎士である。

彼女は女性にしては背が高く、身体能力も抜群。十八の時に、三つ年下の王子の近衛騎士として選ばれたのだ。実力もさることながら、凛々しい容姿も騎士隊の中で抜きん出ている。金の髪は絹のように美しく、長い髪を一本の三つ編みに結んでいた。切れ長の目は空のように澄んだ青。女性らしい体の線ではないが、しなやかな姿は魅力に溢れていた。

コーラルは紛うことなき、男装の麗人なのだ。二十歳となり、そろそろ騎士を辞めて結婚をという周囲の声もあったが、王子の結婚を見送ってからと言い続けていた。

今月の初め、メリクル王子は国王陛下より外交使節の大役を命じられる。当然ながら、コーラルも護衛として同行することになったのだ。任務が決まった当初から、コーラルは根拠のない胸騒ぎを感じていた。眉間の皺を指先で解しながらため息を吐く。

　そんな彼女の様子に、五つ年下の騎士・ヴィレが気遣うように顔を覗き込んできた。

「コーラル、ため息なんか吐いてどうしたの？」

「ここ最近、なんの理由もないのに、酷く憂鬱で……メリクル殿下の外交任務が決まってから、ずっとなんです」

「あー、なるほどね。って、原因はそれじゃん！」

　外交先は馬車で三日ほど移動し、船を乗り継いだ先にある大国、〝華烈〟。独特な言葉遣いと複雑な文字は最高レベルの難易度で、堪能に操る者は国内にもごく少数。コーラルも以前から勉強していたものの、他国の言葉よりも習得が難しく、喋りは片言。聞き取りは半分ほどしか理解できないのだ。

「コーラルは言葉が通じない国にいくのが不安なんじゃん！　通訳がいるだろうし、そこまで心配しなくても大丈夫だよ」

　ヴィレは気にするなと言うが、果たしてそれでいいのか。これまでコーラルは胸騒ぎを覚えることがなかったので、強い違和感となっている。

　初めての外交だから、必要以上に不安を感じているのだろうとヴィレは言う。そうであってほしい、とコーラルは切に願った。

　あっという間に外国へと派遣される日がやってきた。結局、コーラルの胸騒ぎは当日まで晴れることはなかった。

外交使節団は三十名ほどで構成されている。外交官が五名、護衛が十名、通訳が五名、召使いが十名。列を成した馬車は次々と出発していく。

銀髪に青い目を持つ見目麗しい王子は、出発早々に不機嫌だった。

「なぜ、この私が外交をせねばならぬのだ……！」

メリクル・サーフ・アデレード。十八歳の青年王子は、今回の任務に納得していないようだ。元々、外交向きの性格ではない。頭脳明晰なメリクル王子は内務向きである。国王陛下の気が知れないと、王太子が零したほどだ。

一応、他の者がいったほうがいいのではと、王太子や第二王子が意見したが、成長に必要なものだと主張し、国王陛下は引かなかった。

その大きな決定には裏がある。

半年前、メリクル王子は、国王の寵愛する公妾について物申した。彼女の浪費が無視できない額となっていたので、止めさせるように進言したのだ。

王妃亡きあと、公妾を心の拠り所としていた国王であったが、浪費に気付いていなかったことを重く受け止めたのか、関係を解消させた。反省はしていたものの、思うことはある。今回の外交はそれが原因なのではと、裏では囁かれていた。

その噂を先ほどヴィレから聞いたコーラルは、胸騒ぎの正体はこれに違いないと決めつけた。権力を持つ者同士の軋轢ほど、厄介なものはないから。

どうか外交先で何も起きませんように、と神に祈りを捧げるしかなかった。

長い移動期間を経て、華烈に到着する。自国とは異なる赤を主張とした街並みに、外交使節団の一行は圧倒されていた。家の色、服、銅像と、至る場所に赤が取り込まれている。そのすべてが、というわけでもなく、うまい具合に合わせられているのも特徴だろう。今回の外交は、華烈との文化交流が目的。

華烈はコーラルの国と比較すると小国で、国家間の外交はほとんどなかったが、今回、対等な国交を目的に会談が執り行われることになった。

一日目はそのまま宿に案内され、外交官との食事会を行う。通訳を介した意思の疎通は、そこそこ上手くいっていたように見えた。華烈の食事はメリクル王子の口に合わなかったようだが、しきりに顔を顰めていた点は褒められたものではないだろう。

華烈にやってきてからというもの、メリクル王子の機嫌はさらに悪くなった。食べ物は口に合わない。それから、都は工業が盛んなため、空気が悪い。さらに、何かを探るような外交官の態度も気に入らないと零していたのだ。外交官が諫めれば諫めるほど、雰囲気は険悪なものとなる。護衛騎士らの疲労もピークに達していた。

ヴィレは目の下に隈をこしらえ、戦々恐々とした様子で頭を抱えていた。

「コーラル、僕達、無事に国へ帰れるのかが心配だよ」

「それはなぜですか？」

ヴィレがぐっとコーラルに近付き、低い声で耳打ちする。

「この国には、結構残酷な噂があるんだよ」

現在の皇帝は皇太子時代、〝首狩り天子〟と呼ばれていた。気に食わないという理由だけで処刑を命じるからだ。即位をしてからは控えているらしいが、それでも首が飛ぶ日はあるという。

「この国は血で染まっても問題ないよう、家具も絨毯も壁も、赤で統一されているらしい」

「ああ、〝華烈は血塗れの国〟と習いましたね。それも、怪しい教えですが」

「いや、その通りなんだと思うよ。見たでしょう、華烈の外交官の様子を」

国の規模はコーラルの国のほうが遥かに大きい。本来ならば華烈と平等な国交をすることなどありえない話だったのだ。けれど、華烈側の外交官は、食事会で終始高慢な態度だった。メリクル王子が怒るのも仕方がない話である。

「ヴィレ、騎士である私達ができることは多くない。覚悟をしておきましょう」

滞在日数は残り一日。無事、乗り切ることを願うばかりであった。

翌日の会談には、外交を司る礼部の長官がやってくる。年頃は三十代から四十代ほどの男性で、汪永訣と名乗った。

胸の前で襟を重ね合わせ、腰に帯を巻いて締める不思議な服は、華装と呼ばれる華烈独自の衣装である。ボタンを使わずに帯で締める、一見ゆったりとした印象のある衣装であるが、髪を整え、冠を被ると威厳があるように見える。

煌びやかな華装を纏った女性達が、机の上にもてなしの品々を並べていく。美しい陶器に注がれた茶と、桃を模って作られた〝桃寿〟という菓子は長寿を祝うものであるが、両国間の関係が長く続くように用意したと、汪永訣は話す。メリクル王子は笑顔を浮かべ茶を飲み、菓子を食べた。王子の背後に控えるコーラルは、いつになく和やかな雰囲気にホッとする。晩になると、皇帝直属の役人が勢ぞろいした食事会が開かれた。コーラルやヴィレにも招待があったのだ。通訳を介した会話を楽しみ、そこそこの盛り上がりを見せる。

解放されたのは、日付が変わるような時間帯であった。

「疲れた」

ヴィレは用意された部屋の寝台に横たわる。

「あの、ヴィレ、風呂は入らないのですか？」

「あとで、入る」

コーラルとヴィレは一緒の部屋があてがわれていた。役人達はコーラルを女性として認識していなかったのだ。

「なんていうか、仕方がない。この国の女性は、成人していても、子どもみたいに幼くて背も小さいし。コーラルが男と勘違いされるのも無理はないよ」

勘違いはコーラルの性別だけでなく、十六のヴィレも成人男性だと間違われていたのだ。

「そんなことよりも、視界がぐるぐる回っている」

「ヴィレ、お酒を飲んだのですね。わが国では、お酒は十八からですよ」

「ここは、華烈、だし」

説教をしようと思ったが、すでにヴィレは微睡（まどろ）みの中にあった。コーラルは嘆息をし、小言は明日言うことにした。静かになると、じわじわと不安感を思い出してしまう。気分転換になると思い、窓から覗いていたぼんやりと輝く月を見上げた。けれども胸騒ぎはまだ収まらない。

不安な気持ちと共に、コーラルは一日を終えたのだった。

翌日——顔を洗い、身なりを整える。髪は丁寧に櫛を通し、整髪剤で整えた。

太陽が高く登るような時間帯に、食事は用意された。本日のメニューは鶏で出汁を取った卵粥。薬味が十種類以上用意されていた。ヴィレは一口食べ、物憂げな表情を浮かべる。

「いい加減、パン食べたい。卵粥って病人食のポリッジみたいで、三食これはちょっと」

「私は好きですよ、お粥」

「いいね。僕も、コーラルくらいの適応力がほしかった」

ヴィレと話をしつつ、粥を陶器の匙で掬って食べる。鶏の旨みが濃縮されており、祖国で食べるスープよりも味に深みがあった。個人的に、コーラルは華烈での料理を気に入っている。

だが、彼の口には合わなかったようだ。結局ヴィレは完食せず、匙を置いてしまった。

「はあ。今日は何も起きないといいけど」

「それは、神のみぞ知りうることです」

しんみりとそんな話をしつつ、交代に向かおうと立ち上がった瞬間、誰かが部屋まで駆けてきて、ドンドンと扉を叩いてくる。やってきたのは、メリクル殿下の側付きの騎士であった。どうしたのか、と声をかけるのと同時に、今までにない胸騒ぎを感じた。

「勤務前の時間に申し訳ありません！　じ、じつは――メリクル殿下と、皇帝直属の武官が激しい言い争いをしておりまして、手が付けられないような状況になっているんです」

原因は、特別に宴をもてなしていた武官の妻をメリクル王子が誘惑し、一晩夜を共に過ごしたということだった。

「殿下は、その事実を否定しております」

「だったら、私達はそれを信じるしかありません」

他の騎士にも報告するよう命じる。騎士が去ったあと、ヴィレが問いかけてくる。

「ねえコーラル、これからどうするの？」

「殿下の元へいきましょう。できることは、何もないかもしれませんが」

嫌な予感しかしなかったが、不安を口にすれば本当のことになる。悪い憶測は思うに留めておいたほうがいい。激しく鼓動を打つ胸を押さえ、部屋をでる。

コーラルとヴィレは、メリクル王子の寝所へと急いだ。男の怒声が、部屋の外にまで響いていた。コーラルには何を言っているのかわからなかったが、激しい怒りを覚えているのはわかる。部屋の前に集まっていた女官や騎士達を押しのけ、中へと入っていった。

「メリクル殿下!!」

それはちょうど、メリクル王子の目の前にいた男が鞘（さや）から剣を抜いた瞬間であった。

コーラルは走って男と王子の間に割って入る。

『なんだ、お前は!? 退け!!』

華烈語はほとんどコーラルには理解できない。けれど、相手が不快感をあらわにして、殺気立っているのは見て取れる。怒りの形相を浮かべる男の前に跪いて懇願する。王子ではなく、自分を斬れと。通訳は腰を抜かしているのか、コーラルの言葉が相手に伝わることはなかった。メリクル殿下がコーラルの肩を摑んで物申す。

「コーラル、止めろ!! なぜ、お前が斬られなければならない!?」

相手に言葉が通じないのをいいことに、メリクル王子は逆に相手の男を斬れと命じる。外交できたこの地で、そのようなことなどできるわけがなかった。

「私は悪くない。あの女が、勝手に寝所に潜り込んでいたのだ！ 何もしていないのに、なぜ、このように咎められなければならない？」

「お気持ち、お察しします」

メリクル王子の訴えは理解できるものの、ここは華烈だ。慎重に動かなければならないだろう。無礼に対し無礼を返したら、大変なことになる。

「メリクル殿下、この国で姦通罪は処刑と聞きました」

「コーラル、私を疑っているのか？」

「いいえ。私は殿下を信じています。ですが、このようなことになってしまっては、どうにもならないのです」

やっていないことの証明は難しい。それは、メリクル王子もよくわかっていたようだ。

「私の骸と引き換えに、この場を収めてください。殿下の手腕ならば上手くいくでしょう」

覚悟を決めたコーラルは、まっすぐな瞳で武官の男を見上げる。そして、宣言をした。

「どうか殿下の命ではなく、私の命で納得していただけないでしょうか?」

『お前、邪魔をするなら――斬る!!』

男は剣を振り上げた。コーラルは静かに瞼を閉じる。これが胸騒ぎの正体だったのか、と妙にしっくりくるような気持ちでいた。奥歯を食いしばり、痛みを覚悟する。けれども、身を引き裂く衝撃は襲ってこない。武官の男を止める者が現れたからだった。

『――待たれよ』

集まっていた人々が、やってきた人物にさっと道を譲る。現れたのは礼部の長官である、汪永訣であった。

『その者の命、私がもらい受けよう』

永訣の発言で、シンと静まり返る。華烈の言葉を解するメリクル王子は目を見開き、驚くような表情を浮かべていた。一方で、言葉の意味をほとんど理解できなかったコーラルは、一人ぽかんとしている。

武官はメリクル王子が妻を部屋に連れ込み、一晩共にしたことを永訣に伝えた。姦通罪は処刑と決まっている。この場で切り伏せると言って聞かない。

『けれど、この者が代わりに命を捧げると言ったのだろう? それでよいではないか。この、客をもてなす春月殿を血で穢すな』

武官は納得していないようだった。奥歯を噛み締め、メリクル王子を恨みがましく睨みつけている。永訣はふうとため息を吐き、質問を武官に投げかけた。

『お前、名はなんと申す？』

自分が今、誰に歯向かっているのかわかっているか、と永訣は武官を問いただしていた。狐のような目をさらに細くして、武官を見る。

『だが、この男は、俺の妻を――』

『引かぬというわけか。よい、よい』

手にしていた扇をポンポンと手のひらに打ち付け、笑顔を浮かべた。そして、扇の先端で武官を指し示し、背後にいた配下に命じる。

『この、命令も聞けぬ無礼な男を連れていけ』

部屋に入ってきた男達に拘束され、武官は連行されていった。文句を言う怒鳴り声も聞こえたが、殴打をするような鈍い音が聞こえ、静かになる。

静寂が訪れた部屋で、永訣はにこやかにメリクル王子へと話しかけた。

『殿下、そういうことだ。この者の命は、私がもらい受けるぞ』

メリクル王子は首を横に振り、コーラルは渡せないと拒否する。けれど、メリクル王子自身の証言だけでは難しい、と永訣は切り捨てる。

扇を広げ、余裕たっぷりにあおぎながら、問いかけた。

『ならば、ご自慢の騎士とやらに聞いてみては？　昨晩の警備担当は誰だ？』

メリクル王子は護衛騎士の名を呼ぶ。でてきた二人の騎士は、気まずそうな表情でいた。昨晩の出来事を嘘偽りなく報告しろと命じると、騎士達は押し黙る。身の潔白に自信があったのか、王子は重ねて報告しろと叫んだ。

「さ、昨晩、殿下は、その、女性を寝所にお連れになりました」

「なんだと？」

「私も見ました。間違いありません」

いくつもの国の言葉を解する永訣は騎士の報告を聞き、満足げに頷いた。

『言い逃れはできぬようだな』

メリクル王子に睨まれても、永訣は動じない。

『外交先で他人の妻に手をだすとは、よいご身分よ。もしも、皇帝が知ったら、国家間の問題となる。もしかしたら、貿易なども止めてしまうかもしれぬな』

華烈とはいくつかの貿易を行っている。その中心は茶葉である。国内の茶葉の七割は、華烈から輸入しているのだ。輸入規制が起きれば、国内の流通が混乱状態となる。貴族の嗜みの一つである茶が規制されたら、大変な事態になることは目に見えていた。

『この者はとびきり美しい。利用価値がある。今は、それだけしか言えぬ』

メリクル王子は苦渋の表情を浮かべ、判断する。自分の感情を押し殺し、国を守るための決定を下した。

「わかった。この者を、好きにするがいい」

永訣は扇を閉じ、満足げに微笑みながら礼を言った。言葉が通じていないように見えるコーラルに、事情を説明する時間を与える。メリクル王子は人払いをして、コーラルに事情を打ち明けた。

「どうやら、私は嵌められたようだ」

「なんとお言葉をかけてよいのやら」

もしも、見も知らぬ女と関係があったのならば、寝所はもっと乱れている。けれども、メリクル王子の寝台の上のシーツは綺麗に敷かれた状態であった。絶対に不貞は働いていないと言いきれる。

「意識が足りていなかった。私が酒に強かったら、このような事態になっていなかった」

メリクル王子はコーラルに謝罪する。

「すまなかった。どうやら、処刑は逃れられたようだが、あの汪という礼部の長官が、お前の身元を引き受けるらしい」

命は助かった。けれど、この先何が起こるか推測もできない。華烈はほとんど国交のない場所である。文化も、風習も、未知の領域であった。

「一度国に帰り、お前を返してもらえるよう王に陳情するから、どうかしばらくこの地で耐えてくれ」

メリクル王子は頭を下げ、「すまない」とコーラルに謝罪した。

「謝らないでください。私はメリクル殿下の命をお守りするのが役目ですから」

時間切れだと、武官が間に割って入る。最後に、メリクル王子は手にしていた王家の紋章入りの剣をコーラルに手渡した。

「殿下、こちらはいただけません！」

「いいや、お前が持っていろ。我が国の騎士である証だ。諦めるな。必ず、助けてやる」

コーラルは腕を引かれ、王子の寝室から連れ出される。手にしていた剣と、腰に佩いていた剣は、武官に没収されてしまった。遠くからヴィレの叫び声が聞こえる。剣を突き付けられているので、振り返ることもできなかった。

連れてこられた部屋に、永訣がいた。コーラルは床に片膝を突き、頭を垂れる。まず、どの程度喋れるか、コーラルの国の言葉で聞かれた。華烈の言葉で答えるように言われる。

「少しダケ、喋れル……」

「なるほど。これはてんで使えぬ」

表情を見ていたら、言葉はわからなくても、褒められていないのはわかる。もう少し、華烈の言葉の勉強に力を入れておけばよかったと、コーラルは後悔した。

「名は？」

永訣はコーラルにわかりやすいよう、ゆっくりと話しかけてくる。これも、華烈の言葉で答えるように命じられた。

「私の名ハ、コーラル・シュタットヒルデ、デス」

「ふうむ。コーラル・シュタットヒルデ、か。言いにくいな」

その名は捨てるようにと命令された。コーラルは奥歯を噛み締め、耐える。

「今日から、珠珊瑚と名乗れ。いいな？」

「サンゴ、私、名前？」

「そうだ。コーラルと同じ意味の言葉を選んでやったぞ」

新しい名は〝珊瑚〟。今までの自分は捨てるように言われて、複雑な気持ちになった。けれど、この状況はメリクル王子の命を守った結果。この先も胸を張って、珊瑚という名前と共に生きなければいけない。コーラル改め珊瑚は、無慈悲な運命を受け入れる。それだけの強かさが、彼女にはあったのだ。

「決意はついたようだな。あとは――」

バンと、勢いよく扉が開かれる。珊瑚は驚き顔で振り返った。永訣は目を細め、やってきた見目麗しい男に視線を向ける。

背は、珊瑚と同じくらいか少し高いくらいか。濡れ羽色の長く美しい髪を一つに結び、腰に剣を佩いた武官である。見た目は若く、十代後半くらいだろうと、珊瑚は思った。

胸の前で襟を合わせる華服の上に、襟口や袖のゆったりとした上衣を着て、腰回りは革の帯で縛っていた。衣服に使われている布地は、見たこともないような鮮やかな青。剣も宝石などの美しい装飾がなされていた。男の切れ長の目には、朱が差してある。ここにいる武官とは身なりがまるで違い、華やかだった。身分が高い者であるということが、一目でわかる。

男は参上と共に、名乗った。

「汪紘宇、参りました。兄上、火急の知らせとはなんでしょう?」

「紘宇よ、ようきた」

珊瑚はかろうじて名前と兄、弟という単語を拾う。どうやら二人は兄弟のようだ。

紘宇と呼ばれた男は、床に跪いている珊瑚の存在に気付き、顔を顰める。

「なんだ、この者は? おかしな髪と、目の色をしている」

「西の国の者だ。どうだ、美しいだろう?」

「兄上、いったい、どこから連れてきたのですか?」

「ちょうど、ちょっとした騒ぎがあって、私は彼の身柄を預かったのだ」

「使用人にするのですか?」

「否、後宮に召し上げるのだ」

「はあ!?」

永訣は弟・紘宇に命じる。異国人の珊瑚の面倒を見るようにと。また、逃げ出さないように監視をするようにと、指示をだす。珊瑚は二人の顔を交互に見る。淡い微笑みを浮かべる永訣と、驚く紘宇。話している内容はほとんどわからなかった。

「次代の皇帝は汪家の者を。後宮での役目を、忘れてはおらぬな?」

永訣の言葉を聞いた紘宇は、苦虫を嚙み潰したような表情を浮かべていた。

一人、言葉がわからない珊瑚は、きょとんとするばかりである。

◇◇◇

紅禁城――五百以上の建物がひしめく、世界最大規模の宮殿だ。その敷地は見上げるほどの高い壁に囲まれており、皇帝が拠点とし、仕える者達が暮らす場所でもある。

正門から南のほうは皇帝が政治をとる外廷、北のほうは私生活をする内廷となっている。入ってすぐにある大きな建物は紫陽花宮。国の重要式典や外交を行う場である。近くに建つのは桔梗宮。来賓者をもてなす大広間や、宿泊施設などがある。その背後は外廷の三宮のうちの一つである、梔子宮、隣は出御する皇帝の休憩所である石榴宮などがそびえたつ。中央にあるのは、日常の政務を行う鳳仙花宮。

その後方に並ぶのが、皇帝の妃嬪が暮らす後宮。

「後宮は全部で五つ。皇后の住む百合宮、四夫人――貴妃の住む牡丹宮、淑妃の住む木蓮宮、徳妃の住む蓮華宮、賢妃の住む鬼灯宮……」

珊瑚の世話及び監視を任された紘宇は、後宮に向かう馬車の中で珊瑚に紅禁城の内部の建物について教える。一方で、雰囲気から何かを教えられていると察した珊瑚は懐より手帳を取り出し、拾った言葉を書き記していく。が、半分も理解できずに首を傾げていた。

「おい、よく聞け。一度しか言わないからな」

二人きりの馬車の中、紘宇が語り始める。今から向かうのは、皇帝の妻である四夫人の一人、星貴妃と呼ばれる女性の元である。

「お前の処罰は宮刑となった。つまり、死ぬまで後宮で働くことになる」

珊瑚は処罰の〝宮刑〟と、死ぬまで働くという点のみ聞き取った。手帳に記していく。

処刑は逃れたようだが、かなり厳しい処罰が下ったようだ。

「お前の身分は宮官、仕事は私の補佐と、雑用だ」

後宮に住む者達には身分がある。頂点に立つのが皇后。その下に四夫人がいる。

貴妃の位を持つ星紅華。四夫人の中で最年長で、二十五歳。気位が高い人物で、牡丹宮で働く者達は手を焼いている。

淑妃の位を持つ景莉凛。口数の少ない十八歳の女性で、木蓮宮からほとんどでることのない謎が多い妃。

徳妃の位を持つ翠白泉。最年少の十五歳、蓮華宮を飛び出して遊び回る天真爛漫な少女だ。

賢妃の位を持つ悠蘭歌。十七歳の明るい女性で、鬼灯宮からはいつも賑やかな音楽が聞こえてくる。

「妃に仕える内官に、その下につく宮官、さらに下は内侍省という下働きの女官がいる」

皇后や四夫人の身の周りの仕事は内官がして、宮官はその補佐をする。細々とした仕事はすべて内侍省の女官が担うのだ。早口で捲し立てられる言葉の連続に、珊瑚は混乱状態となる。説明はちっとも理解できていなかった。そんな動揺など知りもせずに、紘宇は話し続ける。

「いいか、ここからが重要な話だ。内部情報だから、誰にも言うなよ？」

紘宇は、唇に人差し指を当てる。その仕草で、緘口令を敷いているのがわかった。

「この国の皇帝は崩御した。皇太子も、皇弟も、第二、第三の継承権を持つ者も、根こそぎ死んだのだ。ここ半年ほど、玉座はずっと空だ」

ゆっくりと話したので、珊瑚にも意味はわかった。大変な秘密である。耳に入れた瞬間、二度と国へ帰れないと思った。

それは悲惨な事件だったらしい。三年ほど前から世継ぎ争いが起き始めた。長い長い、内争である。中でも一番の事件は、今から半年前の話。皇族の集まる宴の席で、毒が盛られたのだ。

次から次へと、皇族の直系男子は儚くなっていった。壮絶な犯人探しが始まり、血を血で洗い流すような凄まじい争いとなる。その中で、とうとう皇帝直系の血を引く男がいなくなってしまったのだ。犯人はいまだ判明していない。

中央官僚機関である中書省は、この事件を外部へ漏らさないという決定を下した。皇帝不在の中、これからどうするのか。話し合いは一ヶ月間丸々行われる。

その間、皇族の遠縁である、若い娘が国内から集められた。

清地方の豪族の娘、星紅華。恵地方の豪族の娘、景莉凛。推地方の豪族の娘、翠白泉。游地方の豪族の娘、悠蘭歌の四名。その娘達には、皇后の下の身分である、四夫人の位が与えられた。

「中書省は皇帝不在の中、とんでもない決定を下した」

それは四夫人の誰かを孕ませ、最初に生まれた男子を皇帝とすること。ありえないことであったが、誰を皇帝にするか決定が難しい中だったので、苦肉の策としてその案が採用されたのだ。皇帝の子種は国内の豪族の者から、四夫人が好ましいと思う者を選ぶ。事情を知る一部の豪族は、競い合うように後宮へ身内を送り込んだのだ。

「私も、その子種を提供する候補の一人というだけだ。もちろん、お前もだ」

話を聞く珊瑚は、眉間に皺を寄せていた。また話についていけなかったのだ。一度しか言わないと宣言を受けていたので、聞きなおせずにいる。そんな状況なので、自身が男と勘違いされていることに、気付いていなかったのだ。

紘宇も自らの勘違いに気付かぬまま、話を続ける。

「私達が仕える相手は後宮一、気位が高い星貴妃。数ヶ月経ったが、まだ、誰一人として心を開いていない。私は元々武官だった。だから、このようなことを命じられるのは、屈辱的でしかない」

けれど、汪家当主である兄には逆らえないと苦々しくも語る。彼の瞳にはさまざまな感情が渦巻いているように見えた。

「こんな馬鹿げた後宮だが、決まりがある」

まず、無理矢理四夫人を襲うことは禁止である。もしもそれが露見すれば、腐刑のあと死刑になるのだ。

「お前、腐刑を知っているか？」

ゆっくりと聞かれたので、なんとか意味を理解する珊瑚。けれど、〝ふけい〟という言葉の意味がわからなかった。きょとんとする珊瑚に、紘宇が説明をする。

「腐刑は、斧で性器を斬り落とす世にも無残な処罰のことだ」

刑を受けたあと、腐敗臭を漂わせることから名付けられた。もちろん四夫人の不興を買っても、腐刑に処されることがあるのだ。

「恐ろしくて、おいそれと妃に近付けたものではない」

よって、男達は四夫人の機嫌を損ねないように接し、好意を持たれる努力を行わなければならない。ポツリと、紘宇は呟く。

「地獄のような場所だ、後宮は……」

話はこれで終わりのようだった。珊瑚が聞き取ったのは、ほんの一部である。

まず、珊瑚が受けた刑は後宮で永遠に労働を行う〝宮刑〟。それから、身分は〝宮官〟。

さらに、皇帝および皇后が不在ということ。他の皇族も亡くなって直系の者が一人もいないこと。

上層部の者達が考えた対策は、皇族の遠縁の者を立て、その者達の産んだ男子が皇帝となること。後宮で働く男達は皇帝の父親になれる可能性があるが、遠縁の女達の機嫌を損ねれば腐刑および死刑を受ける可能性が大いにあること。単語を拾って繋ぎ合わせたものもある。あまり自信はない。けれど、今から仕える星貴妃の不興を買ってはいけないことは理解していた。

「私はお前が星貴妃の前で失敗をしても、助けないからな」

「わかり、マシタ」

「本当にわかっているんだか」

目の前にいる男、汪紘宇は最初に感じていたよりも印象がよくなっていた。汪永訣の前では冷たい印象があったが、現在は悩み多き青年にしか見えない。話をする最中、表情に迷いや焦りなどが浮かんでいたことにも気付く。後宮で大変な苦労をしているのだと感じ取った。自分の境遇を忘れ、思わず同情の視線を向けてしまった。

「そういえばお前、いったいいくつなんだ？　異国人は年齢がわからん」

紘宇の言葉を聞き取れず、首を傾げる珊瑚。

「年だ！　お前の、年！　年齢！」

「アア、年齢……」

国家間で年齢の数え方が違うといけないので、生まれてからの日数で答えた。

「産まれてから約七三〇〇日……ってことは二十歳か。私のほうが五つ年上……。意外と、老けているんだな」

「ン？」

珊瑚は紘宇のことを、二つ、三つ年下だと思っていた。華烈の者はもれなく童顔だったのだ。きちんと確認をしないまま、この話題は流れる。

珊瑚はヴィレと同じように、紘宇に対して寛大かつ優しく接することを心に誓っていた。

当然ながら、その勘違いに紘宇が気付くことはない。

やっとのことで、星貴妃の暮らす牡丹宮に到着する。馬車の扉が開くと五名ほどの女官達が出迎えていた。青い華服を纏い、黄色の帯を巻き、髪は左右に編みこんで、団子状に纏めていた。皆、揃いの服に、揃いの薄紅牡丹の髪飾りを付けている。

「あれが、内侍省の女官達。濃い牡丹の花の櫛を挿しているのが一番偉い者だ」

内侍省の女官は全部で三十名ほど。普通、一つの後宮には百人近い女官がいるが、星貴妃が大勢の者を従えることを鬱陶しく思い、必要最低限の人員しか配置していないようだ。

紘宇が馬車から降り立つと、女官達は胸の前で左手で右手を包み、深く膝を折った。

「おい、あれは〝抱拳礼〟という、この国で礼を尽くす挨拶だ。普段は胸の高さで構わないが、星貴妃の前では、拳を頭の位置まで上げろ。覚えておくように」

なんとか聞き取り、左手で右手を包んで膝を折る挨拶を、女官達に向かってしてみた。

「あの、こーう、これでイイ、です？」

「こーうじゃなくて、紘宇、だ」

紘宇は眉間に皺を寄せて怖い顔で注意するが、珊瑚は首を傾げるばかり。何度か紘宇の名前を呟いてみたが、どれも違うと言われる。抱拳礼はまあまあという評価をいただいた。

「難し、です」

「酷いな、いろいろと」

紘宇は女官達に解散するように命令する。が、途中で何か思い出したのか、近くにいた女官に声をかける。

「あ、おい、あの問題の女官はいるか？」

「あの問題の、とは、翼でしょうか？」

「名は知らん。いただろう。ひときわどんくさい奴が」

「多分、翼紺々だと思いますので、呼んでまいります」

数分後、髪を振り乱しながら、一人の少女が牡丹宮の正面玄関より飛び出してきた。

「よ、翼紺々、参上いたしました!!」

翼紺々はふっくらと丸みを帯びる頬を紅く染め上げ、元気よくやってくる。が、紘宇にジロリと睨まれ、慌てて抱拳礼の形を取っていた。

紘宇は珊瑚を振り返り、やってきた紺々を指差しながら説明する。

「おい、こいつはお前専属の女官だ。わからないことはこっちに聞け」

「あ、ハイ」

「おい、翼とかいう女官。この男の服を着替えさせろ。寸法は……私と背が同じくらいだから、間に合わせに部屋にある服を着せておけ。あと、尚服部の者に、採寸を頼め」

「えっと、はい！　承知いたしました！」

内侍省の職務は六部門にわかれている。全体の統括をする〝尚宮〟。台所を預かる〝尚食〟。礼儀と音楽を司る〝尚儀〟。衣服のすべてを担当する〝尚服〟。住居空間に携わる〝尚寝〟。工芸を行う〝尚功〟。

紘宇にどんくさいと評された紺々は、服を作れば指先を針で刺して血まみれとなり、金槌を持たせれば手の甲を打つ、芸術に関しても明るくない残念な娘だったのだ。けれど、地方の大豪族の娘なので、首を切られずにここにいる。そんな紺々はどこの部署でも持て余してしまうので、珊瑚の専属女官に大抜擢されたのだった。

「こいつは珠珊瑚。見ての通り異国人だ」

「はあ……なんだか、麒麟みたいに、お綺麗な御方ですねえ」

麒麟というのは華烈に伝わる神話上の生き物で、金の美しい毛並みに、青の瞳を持つ知性溢れる四足獣である。紺々はぽ～っとなりながら、珊瑚を見上げていた。

「あいつのどこが麒麟なんだ？」

「綺麗な御髪と、吸い込まれそうな青い目と、それから神秘的な雰囲気とかが」

「神秘的じゃなくて、言葉がわからなくてきょとんとしているだけなんだよ」

「そ、そうなのですね」

紘宇は盛大なため息を吐き、舌打ちをする。珊瑚はまだ、星貴妃の前にだすわけにはいかないと、独り言を漏らした。

「着替えを済ませたら、尚儀の元に連れていけ。この国の礼儀を叩き込ませろ。あと片言な喋りもどうにかするよう伝えておくように」

紺々は紘宇の話を、コクコクと頷きながら聞いていく。

「元は金持ちの家の生まれなのだろう。品だけはある。だが、文化の違いもあるから、徹底的に覚えさせろ」

「はい、尚儀部にはそのようにお伝えしておきます」

「部屋は私と同室だ。夜までに、寝台をもう一台運ぶよう、尚寝部に伝えておくように」

「かしこまりました」

紘宇は紺々に部屋の鍵を手渡す。

「失くさないよう、首から提げておけ」

「えっと、はい、そのようにいたします」

どうにも頼りない紺々を前に、もう一度、紘宇はため息を吐く。珊瑚には「問題を起こすなよ」と捨て台詞のように言って、牡丹宮の中へと入っていった。

紺々は珊瑚のほうを向き、挨拶をした。

「あの、はじめまして、私は翼紺々と申します」

紺々は紘宇より遥かに早口であった。上手く聞き取れず、眉間に皺を寄せる。

「あの、すみませン。も、一回、話して、くれまスカ?」

「あ、えっと、名前です。翼紺々」

「こんこん……名前?」

「はい、そうです!」

今度は聞き取れたので、ホッとする。

「私の名は、しゅ・さんご、デス。お会いデキテ、嬉しい……」

珊瑚は紺々の指先を掬い上げ、爪先にそっと口付けを落とす。

「ひゃあ！」

紺々は顔全体を真っ赤に染め上げていた。過剰な反応を目の当たりにした珊瑚は、間違って祖国の挨拶をしてしまったことに気付く。この国での挨拶は〝抱拳礼〟である。

「ああ、こんこんサン、すみませン。私、国の、挨拶、しましタ」

慌てて紺々から手を離し、左手で右手を包み、深く膝を折って抱拳の形を取った。正式な挨拶をしても、紺々は慌てる。

「さ、珊瑚様、その挨拶は目上の人に行うものなのです。私には、過ぎたものですよ！」

「ン？」

「えっと、目上です。偉いヒト、ノミ！」

珊瑚につられて、紺々も片言喋りになってしまう。結局上手く伝えられずに、がっくりと肩を落としていた。一方で、珊瑚は紺々の年齢を考える。背は女官の中でも一番小柄で、ふくふくの頬とまんまるの黒目が可愛らしい少女であった。少年騎士であるヴィレより二つほど年下くらいかと推測していた。実際は十九であったが、珊瑚は知る由もない。華烈は大変な、童顔大国であったのだ。

紺々はぎこちない動きで牡丹宮の玄関先まで歩き、中に入る前に珊瑚を振り返る。

「で、では、珊瑚様、汪内官のお部屋に、ご案内しますね」

「はい、お願い、シマス」

「えっと、言葉遣いも、私には敬語じゃなくてもいいので」

「ン？」

「あ、う……ナンでも、ナイデス」

紺々と上手く交流できないまま、後宮への一歩を踏み入れた。

新しく作られた後宮、牡丹宮は青を基調とした内装になっている。

「星貴妃に一番似合うのが青なんです。内官様も、宮官様も、内侍省の者達も、みんな青い華服を纏うのが決まりとなっております」

相変わらず紺々は早口で、何を喋っているのかわからないことが多々あった。珊瑚は聞き取れた単語を拾い集め、どのような内容を喋っているのか推測していた。

長い廊下の壁には美しい青の塗料が塗られ、珊瑚が見たことのないような生き物が描かれている。故郷に比べて、ずいぶん華やかな印象だった。

「あの、こんこんサン」

「あ、さんはいらないですよ。紺々でいいです。紺々で」

「こんこんサン、じゃない、こんこんデス？」

「はい！」

初めて見る建物の構造だったので、ここではこういう造りが当たり前なのか聞いてみる。

「そうですね。だいたい、こんな感じです」

華烈の建築物は床、壁、天井すべてが木造で、左右対称に造られているらしい。紺々が丁寧に説明してくれた。窓の外にある庭には、大きな池があり、美しい花が浮いている。水面に咲く花など見たことがないので、珊瑚はほうとため息を吐く。

「ここが汪内官のお部屋です」

長い長い廊下を歩き、とうとう紘宇の部屋までやってきた。丸い机と椅子のみの殺風景な部屋だった。

「えーっと、こちらが居間ですね」

続き部屋となっており、扉一枚隔てた向こう側は寝室。反対側は書斎となっていた。

「多分、珊瑚様の執務机や寝台も、ここへ運ばれることになるかと」

衣装は寝室にあるらしい。紺々は衣装箱の中から、華服の一式を広げる。

襦袢（じゅばん）というワンピースのような細長い肌着に、黒い股衣（ずぼん）、上衣下裳（じょういかしょう）という、上は胸の前で襟を重ね、下はスカート状になっているものを纏い、黒い帯で留める。他に、深衣（しんい）という、上下一緒になった衣服などもあるようだ。珊瑚が一人で着るには、どれも難しい構造であった。

「その、こちらは普段着ですね。式典に出席する場合は、もっと贅（ぜい）が尽くされた上質な服になります」

紺々は丁寧に説明をしていたが、初めて見る衣装を前に珊瑚はピンとこない。着方を教えてほしいと頼み込む。

「あ、いえいえ。大丈夫ですよ。お着替えは、私が毎回お手伝いしますので」

「ありがとう、心強い、デス」

「もったいないお言葉デス」

いざお着替えを、と紺々が声をかけたものの、珊瑚の服を凝視したまま、動かなくなる。

「こんこん？」

「あ、すみません！　そちらのお召し物をどうやって脱がすのか迷ってしまいまして」

珊瑚が纏うのは、近衛騎士の制服である。黒々とした色合いに、金のボタンが縫い付けられ、肩には飾緒が垂れている。胸には褒章が輝き、袖や襟は金で縁取られていた。

「自分デ、脱ぎます」

「す、すみません、本当に」

珊瑚がボタンを外す様子を、紺々は興味津々とばかりに眺める。華烈では衣服を留めるものは紐(ひも)か帯なので、異国の服は凄いと呟いていた。詰め襟の上着を脱ぎ、シャツも脱いで椅子にかける。肌着を脱いだところで、紺々がぎょっとした。

「あ、あの、珊瑚様は、お怪我をされているのですか？」

「エ？」

「包帯を、胸に巻いているので」

上手く意志の疎通ができない二人は、なんとか身振り手振りで会話をしていた。

「アア、これ、怪我、違う、デス」

「で、ではなぜ、包帯を?」

「胸、潰す、邪魔、ダカラ」

目を丸くする紺々から、それは異国の文化かと聞かれ、珊瑚は首を横に振る。華服の下には何も身に着けないほうがいいのかと思い、はらはらと包帯を外していく。

あっという間に包帯を取り去り、椅子にかける。

「――ええっ!?」

振り返った珊瑚を見て紺々は叫んだ。包帯の下に男性にはないはずの胸があったから。

珊瑚はいまだ、自分が男だと周囲から勘違いされていることに、気付いていなかったのである。

「えっ、ひゃっ、あれれ!?」

口元を手で押さえて瞠目(どうもく)する紺々に、首を傾げる珊瑚であった。

男性だと思っていた人物が、女性だった。紺々は猛烈に混乱している。

「さ、ささ、珊瑚様、は、男の人、じゃない!? な、なんで!?」

一方、珊瑚は紺々の動揺の理由をわからないでいる。まさか男と思われていて、女と判明して驚いているとは、夢にも思っていなかった。落ち着くように、紺々の頭をそっと撫でる。

「きゃあ!!」

紺々は触れた途端ビクリと反応し、悲鳴をあげる。珊瑚は驚き、戦慄（おのの）いている少女の唇に、自らの人差し指を当てた。大きな声を上げると、何か罰を受けてしまいそうだと思ったからだ。静かにしたほうがいいと行動で示す。紺々は唇に触れられて、余計に赤くなる。

「あっ、うっ、その、す、すみません！」

顔を逸らし、紺々は椅子の背にかけてあった包帯を差し出す。

「こんこん、ありがと、ございマス」

礼を言いながら受け取って、慣れた手つきで胸に包帯を巻く。紺々はその様子をじっと眺めていた。途中、ハッと何かに気付いたような表情を浮かべる。そして、包帯を巻いた珊瑚に、恐る恐る問いかけた。

「さ、珊瑚さん、もしかして――男性と偽って、牡丹宮へとやってきたのでしょうか？」

「男、みたい？」

「はい、その、見た目は完全に男性です。まさか、男装をされていたなんて……」

紺々は勘違いしていた。珊瑚がなんらかの目的で性別を偽り、牡丹宮へやってきていると。唇に手を当てる行為が、秘め事だと告げていると思ったのだ。当然、珊瑚はその勘違いを知る由もない。

「あの……こんこん」

「大丈夫です！　私、他の人には黙っていますので！」

紺々はだんだんと早口になり、珊瑚は言葉を聞き取れなくなる。

「私、馬鹿なので、小難しい内情とか理解できないので聞きませんが、口は堅いんです！　絶対に、喋りませんので！」

もう一度聞こうとしても、紺々は「大丈夫、大丈夫です」と呟くばかりであった。

ここで互いに年齢の確認をする。

珊瑚は二十歳。紺々は十九歳。意外にも年が近いことが発覚して、互いに驚く。

「この国、女性、凄く、小柄デス。もっと若い、と、思い、マシタ」

「珊瑚さんの国の女性は大きくって、大人っぽいんですね。それはそうと、汪内官はご存知なのですか？」

「こーう？」

「えっと、はい。珊瑚さんが性別を偽っていることを、ご存知なのかなと思いまして」

珊瑚は言葉を上手く拾えず、何か情報を偽っているのかという意味に取る。特に何も隠し事はないので、ふるふると首を横に振った。

「わかりました。私と珊瑚様だけの、秘密なんですね！」

またしても早口で上手く聞き取れなかったが、仲良くしようという雰囲気は伝わった。

珊瑚はこれからよろしくと、挨拶を返す。

爽やかな笑顔を前にした紺々は、カッと頬を紅く染めていた。

「え、えっと、お近付きの印、にはならないかもしれませんが……」

紺々は腕に巻いていた結び紐を外す。赤い糸で結われたそれは、花のような模様に見える。それを、珊瑚の腕に巻いたのだ。

「こんこん、これハ？」

「翼家に伝わるお守りです。椿結びという吉祥文様でして、魔除けの意味のある結び方なんです」

「くれるの、ですカ？」

「はい！」

「ありがと。でも私、何も、持っていナイ、デス」

「どうぞ、お気になさらずに。結び紐は他にも持っていますので」

にっこりと爽やかな笑みを浮かべ、珊瑚は拙い礼の言葉を口にする。紺々は頬を赤らめながら頷いていた。しばらくぼんやりと珊瑚の顔を眺めていた紺々であったが、ハッと我に返るように跳び上がり、寝台の上に並べていた服を掴む。

「すみません、お着替えをいたしましょう」

珊瑚は紘宇の服を纏う。偶然にも、寸法はぴったりであった。

「はあ、珊瑚様、お美しい……。白いお肌に、青い布がよく映えますね」

首を傾げる珊瑚に、紺々は身振り手振りで美しさを称賛していたが、あまり伝わらず、双方苦笑いをする。

髪は一度解かれ、いい匂いがする香油を揉み込んだあと、再度三つ編みにしてくれた。

「これで身支度は完成ですが、さすがに靴は合わないみたいですね。それに下着なども

……。下着は父に頼んで用意しておきますね！　採寸は、私がしたほうがいいかもしれません。お体に触れたら、女性だとバレてしまうかもしれないので」

「……ハイ？」

幸い、紺々は尚服部に所属していた期間が長く、その仕事の中でも採寸だけはまともにできるという。巻き尺で採寸を行った。

「服は一週間ほどで完成するかと。今頼んできますね。ここでお待ちくださいでは！」と元気のいい言葉を残して、紺々は部屋から去っていく。

一人取り残された珊瑚は、椅子に座って目を閉じた。静かな部屋が、妙に落ち着かない気持ちにさせる。言葉は半分も理解できなかった。服を着ただけなのに、文化の違いを感じてしまい、この先やっていけるだろうかと不安に思う。

幸いにも側付きの女性、紺々は親切な女性だった。多少、そそっかしい印象はあるが、いい娘だと思っている。一つ年下なことには大変驚いた。女官の女性達も皆二十歳前後だと教えてもらったので、さらに度肝を抜かれる。皆、十四、五の少女にしか見えなかったのだ。

これも、異国の不思議なのだと思う。

着ていた近衛兵の制服は、紺々が綺麗に畳んでどこかへと持っていってしまった。別に、制服に特別な思いなどない。けれど今、私物を何一つ持つことなく、異国の地にいると考えると、不安に感じてしまった。せめて、祖国の職人が鍛えた剣でも手元にあればいいと。

没収されたメリクル王子の剣は返してもらえるだろうかと、ぼんやり考える。

すぐに、無理だろうという答えが浮かんできた。

なんとなく手首を摑み、先ほど紺々が巻いてくれた結び紐に触れる。上手く聞き取れなかったが、縁起のいいお守りと言っていた。どうかこの先、大きな事件が何も起きませんようにと、祈りを込める。切実な願いであった。

物思いに耽（ふけ）っていると、誰かが部屋にやってくる。紺々だろうか？

「おい、珠珊瑚はいるのか？」

紘宇の声であった。珊瑚は立ち上がり、居間に移動する。

「こーう、お帰り、ナサイ」

寝室から居間に移動し、出迎えると、紘宇はポカンとする。珊瑚は服を貸してもらったことを思い出し、礼を言った。

「服、ありがとう、デス。ぴったり」

いまだ紘宇は目を見開いていたままだったので、再度名前を呼べば、ハッと我に返った。

「わたし、変デス？」

「いや印象が違ったから、驚いただけだ。華服を着ていれば、そこそこ見られるようになる」

「うん？」

「わからなかったのならば、いい」

紘宇は手先をひらひらと動かし、一人がけの椅子に座る。

「説明をしたと思うが、お前は私と同室だ。もう一人、監視役の内官を呼ぼうと思っているが、星貴妃が許すかどうかわからん」

「ここは、男、こーう、だけ、デス？」

「そうだ」

その理由が語られる。

「星貴妃が全員腐刑にしたんだ」

「ふけい……男、性器、分断、デス？」

「ああ」

皆、星貴妃と口を利いただけで、そのようになったのだという。

「お前も気をつけることだな」

具体的に何に気を付ければいいかわからなかったが、神妙な面持ちで頷く珊瑚であった。

食事の礼儀について紘宇の話を聞いているうちに夕食の時間となる。女官が食堂へと案内してくれた。

「おい、食事の礼儀はわかっているだろうな？」

珊瑚はふるふると首を横に振る。紘宇に盛大なため息を吐かれてしまった。

部屋の前に到着する。女官が扉を開けた。入ってすぐのところに、大きな円卓がある。

「入り口から一番遠いところが上座だ。近いところが下座。ただ、これが当てはまらない場合がある。景色がいい場所と、風水の関係だ。向く方向によって運気が上がったり下がったりするので、その点も気を付けるように」

「ううん。難し、デス」

「いいから、慣れろ」

華烈には、風水という物事の吉凶禍福（いいこと・わるいこと）を物の位置などで考える思想がある。それについても、尚儀部できっちりと習っておくように言われた。

女官達が次々と食事を運んでくる。円卓は大きさの違う板が二枚重なっており、上にある板は回るようになっている。上座の者から下座の者へと、順番に板を回して食事を取るのだ。

「ここでは女官が料理を取りわけるので、別に気にしなくてもいい。外で食べる時は自分で取りわけなければならないが――お前は牡丹宮からでられないので、関係ない話だな」

珊瑚は必死に、教わっている食事の礼儀を書き写していった。聞き取れなかった時、再度説明するように願っても、「一度だけだと言ったはずだ」と断られる。なので、あとで紺々に聞こうと、図などを描いて後回しにしていた。

食卓には四品の料理が並べられている。前菜だと、紘宇は説明していた。

一品目は山椒（さんしょう）蒸し鶏。二品目は柚子豆腐。三品目は塩揚げ落花生。四品目はキュウリのピリ辛和え物。尚食部の女官が一品一品丁寧に説明をしていたが、珊瑚にとっては未知の食材ばかりで、ちんぷんかんぷんであった。

女官は紘宇の四枚のお皿に料理を取りわけ、目の前に並べていく。

配膳が終わると、膝を折りつつ「お召し上がりください」と言った。紘宇は「ありがとう」と礼を返す。その様子を眺めながら、食前の祈りをしないことを学んだ。

珊瑚側の女官も同様に取りわけ、最後に「お召し上がりください」と言う。笑顔で礼を言うと、女官の頬は紅く染まっていった。可愛らしい女性だ。そんな感想を抱きつつ、箸を握る。箸というのは、華烈独自の食器で、滞在一日目より扱いに苦労していた。二本の棒で料理を摑むことは、なかなか難しい。なんとか蒸し鶏を摑むも、手先が震えてしまう。口に運んだが、食事を美味しいと感じる余裕さえなかった。揚げた落花生はどうやって食べるのかと、皿の上にある豆とにらめっこしてしまう。到底、箸で摑むことなど不可能であった。挑戦するも、皮が箸を滑らせてしまう。油で揚げてあるので、余計に摘まみにくいのだ。頑張り過ぎて手先が痺れる。匙があれば掬えるのにと思ったが、どこにも見当たらない。終わった。珊瑚は絶望する。

すると、静かな部屋で、笑い声が聞こえた。ハッと顔を上げると、しまったという表情の紘宇が口元を押さえていたのだ。奮闘を見られ、笑われてしまったと気付き、珊瑚は恥ずかしくなる。けれど、いい機会だと思い、食べ方を質問してみた。

「こーう、これ、難し、デス。箸、スベル」

「だろうな。これは手で摘まんで食べてもいいのだ。すまん、あまりにも一生懸命だったものだから、声をかけることができなかった」

後半あたりは聞き取れなかった。怒っているようには見えなかったので、よしとする。わかったことは、揚げた落花生は手で食べてもいいということ。しかし、祖国で手を使って食事をするなど、ありえないことだった。なのでもう一度、確認する。

「手、いい、ですか？」

「ああ」

よかったと心から安堵する。紘宇に礼を伝えた。

初めて食べる落花生はカリカリしていて、香ばしく美味しい。手で摑んで食べるのは不思議な気分であったが、これが華烈の文化だと言い聞かせる。紘宇の指導のおかげで、なんとか落花生を食べ終えることができた。あらためて礼を言う。

「こーう、イロイロ教えてくれて、ありがと！」

「お前は変な奴だ」

聞き取れなかったが、表情から呆れられていることがわかる。眉尻を下げ、一言謝っておいた。次に、スープが運ばれる。大きな椀を、女官二人がかりで食卓に載せていた。スープと一緒に、レンゲという陶器の匙が目の前に置かれ、珊瑚はホッとする。

「これは主食がでる前に胃を温める意味がある」

「祖国と、同じ、デス」

「そうなんだな」

前菜、スープ、主食。ここまでの流れは、ほとんど変わらなかった。違うのは料理と食器のみ。陶器の白い椀に、とろりとしたスープが装（よそ）われる。基本的にこの国でも、熱い食べ物にふうふうと息を吹きかけることはマナー違反であった。音を立てて食事をするのは品位に欠けるからだ。けれど、華烈では他の理由があったのだ。

「息を吹きかける行為は、仙術で命を入れ込む意味がある。軽率にするものではない」

「せんじゅつ？」

「不老不死の体を持つ老師が使う呪（まじな）いだ」

「うーん」

よくわからなかったので、これもあとで紺々に聞こうと決意する。

スープにはプツプツと口の中で弾ける不思議な食感のものが入っていた。聞けば、乾燥させた魚のヒレだと発覚する。異国には不思議な食材があるのだと、感心しながら食べることになった。次はメインとなる。まず、主菜から。野菜と肉の炒め物に、魚の蒸し煮、豆腐炒めなど。それを食べ終えると、主食の麺と炒めたご飯が運ばれた。最後に、食後の甘味が用意される。本日は杏仁豆腐（あんにんどうふ）という、真っ白なプディングのようなものであった。匙で掬ったらぷるりと揺れる。牛乳を固めたものだと思っていたが、ぜんぜん違った。

「それは杏（あんず）の種の実を粉末にして固めたものだ」

「あんず……？」

とろける食感と滑らかな舌触り、濃厚な味わいなのに甘過ぎない。初めて食べる甘味に、珊瑚は感動を覚える。食後に運ばれてきたのは花の香りが漂う茶。紘宇は酒を飲んでいる。

「お前と食事をすると疲れる」

わからない食材や礼儀があるたびに、珊瑚は質問を繰り返していたのだ。ぼやいてはいるものの、食事中は文句も言わずに一つ一つ丁寧に教えてくれた。改めて、礼を言う。

「まったく、兄上はとんでもない者を押し付けてくれた。こうなれば、星貴妃がお前を気に入るよう徹底的に仕上げる。さっさと子を孕ませて、この馬鹿げた集まりを解散させる」

「はら、ます？」

「そうだ。お前がしっかり礼儀正しく誘惑しろ」

「ゆうわ……く？」

紘宇は何やら熱く語っているが、だんだん呂律が回らなくなり、言葉も聞き取れなくなる。先ほどから、ぐびぐびと酒を飲んでいたのだ。

「ただ、腐刑にならないよう、気を付けろ……あれがなくなったら、大変なことになる」

「ン、何、ない、大変？」

「お前にも、あるだろうが」

「う～ん」

ここで、紘宇は酒に酔って眠ってしまった。女官は困った表情を浮かべるばかりであった。どうしようか迷ったが、ここで寝たら風邪を引いてしまうので、肩に腕を回し、引っ張って寝室まで連れていく。室内には寝台が二台くっついた状態で並んでいた。いつの間にか尚寝部の者が、寝台を持ち運んでいたようだ。珊瑚もここに眠らなければならぬのかと、思わずため息が零れる。夫婦でない若い男女が隣り合って就寝することは、あってはならないこと。けれど、珊瑚は宮刑を受けている身。すなわち、罪人なのだ。紘宇の監視の目が必要である。それに、紘宇は年下の青年なので、ヴィレと同じようなものだと、言い聞かせた。

ごろりと紘宇を寝台に転がす。一つに括っていた髪の毛に触れた。きっちりと縛られていた髪の毛を解くと、漆黒の長い髪がさらりとシーツに流れていく。珊瑚はこんなにも美しい髪を見たことがなかった。絹のような光沢があって驚く。祖国では男性が髪を長くすることはあり得ない。けれど、華烈ではそれが普通のようだった。髪の長さに違和感を覚えないのは、紘宇の端正な容姿も理由の一つだと思う。目じりに引かれた紅も、よく似合っていた。ふと、化粧をしたままでは布団に付着してしまうと思い、親指の腹で拭った。結構強めに力を入れたので起きるかと思いきや、身じろぎもしなかった。

じっと、顔を覗き込む。女性である珊瑚よりも、確実に綺麗だ。異国の貴人は恐ろしいと、珊瑚は慄くことになる。芸術品を見るような気持ちで紘宇を眺めていた珊瑚であったが、カタンという物音が聞こえ、我に返る。

「さ、珊瑚様、翼紺々でございます」

寝室から居間へと顔を覗かせると、服を抱えた紺々の姿があった。

紘宇が起きないように、そっと寝室の扉を閉める。

「え、えっと、僭越ながら、お風呂場に、ご案内しようと、お、思いまして」

牡丹宮には風呂場がいくつかあるらしい。星貴妃専用の〝桃の湯〟。内官、宮官専用の〝梅の湯〟。内侍省専用の〝蓮の湯〟の三ヶ所である。

「その、汪内官は、時間を決めずに入浴しているようなので、よかったら、私の時間と一緒に入ったほうがいいのかな、って」

「こんこんと、お風呂？」

紺々の実家は金持ちで、女官の中でも優遇されていると説明していた。普通の女官は、皆いっせいに風呂に入るようになっている。けれど、紺々は特別に一人で入浴する時間があるのだ。何度か聞き返して、やっと意味を理解することができた。

感謝をするべく、心からの礼を言い、紺々の手を取って指先に口付けをした。

「ひゃあっ、そそ、そんなっ、あかぎれだらけの汚い手に口付けなんて！　き、汚いんです！　最近、水仕事ばかりで！」

「そんなこと、ぜんぜん、ナイデス」

珊瑚は実家の乳母を思い出す。幼い頃、兄達とやんちゃをして服を泥だらけにしていたことを。そんな時、侍女などに見つかったら怒られるので、乳母がこっそり綺麗にしてくれたのだ。そんな彼女の手は、荒れてあかぎれだらけであった。悪いと思って珊瑚が謝ると、子どもは元気よく遊ぶのが一番だと、乳母は優しく手を握ってくれた。

「どうしましタ？」

「珊瑚さん？」

「ア、ごめんなさイ」

珊瑚は改めて、紺々に感謝の気持ちを伝える。

「こんこん、ありがとうデス」

「いえ……。後宮への多額の寄付はお父様が勝手にしたことで、結構妬まれたりすることもあるんですが、こうして珊瑚様の力になれて、嬉しい、です」

にっこりと微笑み合う二人。時間がないので、さっそく風呂に入るために浴場に移動する。珊瑚は分厚い外套のようなものを着用した。頭からも、布を被る。女湯に入っているところを目撃されたら大変なので、紺々が用意していたのだ。

誰にも見つからないように、素早く廊下を歩いていく。しかし、今は他の女官は食事中なので、見つかることはないだろうと紺々は言う。

内侍省専用の大入浴場〝蓮の湯〟。女官達が大人数で使うことから、広く設計されていた。

脱衣所で服を脱ぎながら、紺々が話しかけてくる。

「ここは温泉が引かれているのですよ。桃仙女の湯と呼ばれています」

「おんせん？」

珊瑚の国にはないものなので、頭の上に疑問符が浮かぶ。温泉が伝わらなかったことに気付いた紺々は、慌てて補足説明をした。

「え、ええっと、温泉……地中から、湯、どばー、デス！」

温泉の効能は、肩こり、冷え性、疲労回復、うちみなど。

「温泉のお湯が肌の角質を溶かして、すべすべになるんです。美人になれるんですよ！」

「だから、こんこん肌綺麗」

「いえいえ、とんでもないです!!」

紺々は服を脱ぎ、裸体を晒さぬように体にタオルを巻き付ける。

「さ、珊瑚様のほうが、お綺麗で……」

言いかけて、息を呑んだ。急に大人しくなった紺々を不思議に思い、珊瑚は振り返る。

「こんこん？」

「さ、珊瑚様、その、背中のものは？」

「背中――ああ、これは」

一拍間を置いて、紺々が驚いていた理由に気付く。珊瑚の背中には、庚申薔薇という花と葉、蔓の刺青が彫られている。これは、近衛騎士に選ばれた十八歳の頃。なんと、仕える騎士達の誉れであった。花が贈られたのは、これはのちほど問題になる。元々、女性である珊瑚の母親は把握しておらず、これはのちほど問題になる。元々、女性である珊瑚が騎士として身を立てることをよく思っていなかった母親は、それが騎士の誉れだと知らず、背中にある薔薇を見て傷物になったと悲鳴を上げ、三日間寝込んだ。

「母は、お嬢様、育チ。騎士の決まり、知らない、デシタ」

父親も同じく騎士で王族に仕えていたが、敏感肌だったので、刺青を入れることができなかった。祭典の時のみ、顔料で花を描いていたらしい。そのため、珊瑚の母親は騎士の刺青を、娘の体を見て初めて知ったのだ。薔薇の花を彫ってから数年経ち、珊瑚もすっかり刺青のことは気にしないようにしていた。鮮やかな赤い薔薇の花が痛む日もあったが、慣れていったのだ。

そんな感じなので、刺青についてはすっかり忘却の彼方だった。

「こんこん、ごめんなサイ。ビクリ、した?」

「あ、いえ、とても、綺麗だと思いました」

「キレイ?」

「はい。これは、この国では縁起のよいお花でして――」

「ン? こんこん、もう一度……くっしゅん!」

「あ、すみません、私ったら!」

寒いので浴室に入ろうと誘われる。竹の戸を抜けて、中へと足を踏み入れた。もくもくと湯けむりが立ち上る中、白濁色のかけ流し温泉があった。大理石の浴槽に、磨かれた黒い石が床に敷き詰められている。大人数用なので、かなり広い。

「白いお湯、なぜ、デス?」

「湯が空気に触れると、このような色合いになるそうです」

通常、乳白色の湯は匂いがきついらしい。だが、ここの温泉はほんのりと甘い匂いがするばかりであった。

「微かな桃の香りがするので、湯に桃の名が付いているのです」

桃仙女の湯は牡丹宮の周囲でしか湧いていない。他の後宮に勤める女官から羨ましがられることもあるという。

「では、湯をかけますね」

「あ、こんこん、自分で——」

「いいえ、お世話をさせていただきます」

ザバリと、紺々は珊瑚に湯をかける。ふんわりと甘い香りが立ち込めた。

「ちなみに汪内官はこの香りが苦手だと言うので、他から普通の温泉を引いているのです」

「もったいない、ですネ」

「ええ、まったくです」

石鹸を手の平で泡立て柔らかい手巾に含ませる。紺々は珊瑚の体を手巾でこすった。

「少し、恥ずかしい……デスね」

「す、すみません」

体を洗ってもらうのは幼少期以来であった。一方の紺々も、実を言えば恥ずかしいと白状した。

「側付きを許された者が、貴妃様のお風呂の世話をするので、女官はさまざまなことを練習するのですが——」

新しくきた女官は、尚儀部の者の体を洗って練習をするのだ。

「実は、合格をいただけなくて……」

紺々はおどおどしながら行動するので、適正なしの烙印を押されてしまった。

「なので、すみません、あまり上手ではないのですが」

「大丈夫、とっても、上手」

「あ、ありがとうございます。もったいない、お言葉です」

体を洗い終え、湯で泡を流す。今度は頭から湯をかけ、違う石鹸を手に取って手の平で泡立てていた。頭を揉み込むように洗い、湯で流す。仕上げに薄めた精油を垂らし、手櫛で広げていく。もう一度、湯で体を流し、浴槽に浸かるよう勧めた。

「ありがとう、こんこん」

「痛み入ります」

珊瑚は浴槽に指先を浸し、温度を確かめる。結構熱めだった。騎士隊に所属していた時は夜遅くに帰宅することが多く、湯を浴びるだけで済ませていた。なので、久々に湯に浸かれると思うと、自然と心が躍る。

足から浸かり、ゆっくりと入っていく。湯の熱さで体がジンジンとしていたが、しだいに気持ちよくなる。湯を手の平に掬ってみれば、とろりとしていた。とてもいい香りで、ホッとする。華烈にきて、初めて心が静まった瞬間であった――が。ドンドンと、風呂場の更衣室の扉が叩かれる。珊瑚と紺々は顔を見合わせ、浴室をでた。

誰かがきているようで、外から叫んでいた。

「紺々!!　いつまで優雅にお風呂に入っていますの!?」

いったい何事か。珊瑚は紺々の顔を見る。

「あ、あの、このあと、掃除の時間なんです。で、でも、あと一刻くらいあとですし、どうして……？」

紺々は動揺しているのか、早口で捲し立てる。理由はよくわからないが、困った状況のようだ。珊瑚はタオルを掴み、ガシガシと乱暴に体を拭く。寝間着用にと準備されていた前合わせの服を適当に羽織って腰部分を結び、更衣室の出入り口を僅(わず)かに開ける。

「紺々、やっとでてきたわ……え!?」

珊瑚は顔だけを覗かせて、にっこりと微笑む。突然、金髪碧眼の男にしか見えない者がでてきたので、女官は目を白黒させていた。扉の前にいたのは、ひょろりと背が高く猫のようにつり上がった目をした、お団子頭の女官。年頃は、紺々よりも下に見える。珊瑚を前に言葉を失い、口をパクパクとさせていた。

「ごめんネ？」

あと少し、借りていてもいいかと、拙い言葉で話しかけると、コクリと女官は頷いた。

もう一つ。これは二人だけの秘密だと言ったら、「わかりました」と消え入りそうな声で返してくれた。

「じゃ、マタ」

「あ、あの！」

女官はガッと、閉めようとしていた戸を摑む。結構な力強さだった。

「お名前を、お聞かせいただけますか？」

「名前？　アア、私は、珠珊瑚」

「珊瑚、様……」

じゃあ、またと言うと、もう一度、ガッと扉を摑まれる。

「アノ？」

「私は、伯麗美と申します」

「れいみ」

「はい！　何か困ったことがございましたら、この麗美に！」

あまり理解できなかったが、とりあえず礼を言っておく。

「うん？　アリガト」

ここで、やっとのことで女官――麗美とお別れとなる。これで、大丈夫。振り返ったら、紺々は表情を青くしていた。

「こんこん、どうシタの？」

「い、今の、麗美さんですよね？」

そうだと頷くと、紺々は頭を抱えた。彼女は、星貴妃に仕える女官らしい。

「さ、さ、珊瑚様のことがバレたりしたら……！」

やはり、風呂は一緒に入ったらだめだったのか。申し訳なく思う。

「こんこん、ダイジョブ。れいみ、喋らない、言った」

「す、すみません、私が、あまり好かれていないから、珊瑚様まで、こんな目に遭わせてしまいました」

「平気、気にシナイデ」

どうやら、紺々と麗美の仲はあまりよくないようだ。拾えた言葉から、珊瑚は察する。紺々が反感を買わないためにも、今度からは内官と宮官専用の風呂に入らなければならない。紘宇と時間が合わないようにしなければ。あとで話をしようと思う。大変な事態になってしまったが、紺々のように親切にしてくれる人もいる。ホッとできる温泉もある。再度、なんとか頑張ろうと、決意を固めたのだった。

寝間着は、白く上下が繋がった薄い深衣が用意された。胸に襟を合わせ、体に巻き付ける形の衣服である。

このままだと素肌に深衣を纏う形になるので、珊瑚は眉間にぎゅっと皺を寄せる。隣に異性が眠っている状態で、いささか無防備ではと思った。

けれど相手は汪紘宇。人となりを理解しているわけではないが、一見して、鋼の理性を持っているような印象があった。珊瑚が女性とわかっていても、監視の任をまっとうするに違いない。そう思って、諦めることにする。

紺々に手伝ってもらいながら深衣を着用した。寝間着用のものなので絹の生地は薄く、体の線をくっきりとなぞっていた。大丈夫なのかと、若干不安になる。

「こんこん、これ、問題ない、デス？」

「問題大ありですね。お体を見られたりしたら、女性だとバレてしまいます。ですが、汪内官は一度眠ったら、なかなか目覚めないと女官達が噂していたのを聞いたことがあるので、おそらく大丈夫かと」

大丈夫という言葉だけ拾えた。今は紺々を信じよう。珊瑚は自身に言い聞かせる。念のため朝早く、紘宇が起きる前に紺々が起こしてくれるようだ。着替えも、紺々の部屋で行う。

「そういえば私、一人部屋なんです」

通常、女官は三人から四人部屋である。紺々はここでも特別扱いされていたのだ。

「ですので、何か困ったことがあれば、いつでも駆け込んできてくださいね」

「こんこん、ありがとう」

「いいえ。他に、困ったことがありましたら、遠慮なくおっしゃってください」

困ったことがあったら言ってほしい。何度か聞き返して、意味を理解する。

「あのこんこん、ごめんなさい。少し、お喋り、早い。ゆっくり、喋ったら、少し、ワカル」

「あ、ああ、そうですね。すみませんでした」

以降、紺々はゆっくり喋ることを約束してくれた。紺々は素早く自身の着替えを済ませると、風呂場からでる。そして、きた時同様、珊瑚は頭の上からすっぽりと布を被り、紘宇の部屋まで移動する。まず、紺々の部屋を教えてもらうことにした。柱廊を通り、風の冷たさに肌を震わせる。それから、雲で霞んだ銀色の月に気付いて、立ち止まってしまった。

「珊瑚様、どうかしましたか？」

「月が、銀……！」

祖国の月は金色だと言うと、紺々は目を見開いて驚いていた。

「あれは、黄砂が漂っているので、空に灰色の靄（もや）のようなものが重なって、あのような色合いになるのです」

「こうさ？」

黄砂は何かと聞き返され、紺々は必死に説明をする。

「うちの国の西方に、広大な黄土高原がありまして、風によって砂や埃（ほこり）が舞い上がってきたものが上空に広がって、空の色をぼんやりとさせてしまうのです」

なので、晴天の日は一ヶ月の間に片手で数える程度だという。

「祖国、こうさ、ナイ」

「でしたら、珊瑚様の国は、満天の星が広がっているのでしょうね」

「星、ああ。ここは、ぜんぜん、見えないのですね」

「ええ。残念ながら。なんでも信じられないくらい綺麗だそうで、中でも彗星と呼ばれる尾を引いて空を流れる星はひと際美しいのだとか。ああ、一度でいいので見てみたいものです」

いつか、紺々に星を見せてあげたいと思ったが、後宮からでることはできないので、それは叶わぬことだろう。なんとも切ない願いであった。

紺々がくしゃみをして我に返る。寒空の下、話し込んでしまった。

「こんこん、こっち」

「へ!?」

珊瑚は頭から被っていた布の中に、紺々を引き寄せた。

「一緒、温かい、デス」

「えっ、あっ、そそ、そうデスネ」

二人は肩を寄せ合って、渡り廊下を通り過ぎた。紺々の部屋の位置を確認し、紘宇の部屋まで戻る。寝室を覗き込むと、紘宇はまったく身じろがず、壁に背を向けた姿でぐっすりと眠っているようだった。

「こーう、大丈夫、みたい」

「ですね」

紺々は明日の朝、起こしにくるという。珊瑚はよろしくお願いしますと、ぎこちない華烈の言葉で返した。寝室の扉を音がしないように閉める。足音と気配も消して、寝台へと近付いていった。頭から踝（くるぶし）まですっぽりと被っていた布は椅子にかける。靴を脱ぎ、寝台に入った。ギシリと、思いの外大きな音が鳴って、ぎくりとする。けれど、紘宇が目覚めた様子はなかった。ホッとしつつ、布団に潜り込む。

外からは、虫がリンリンと鳴く声が聞こえた。たまに、紘宇が身じろぎ、布が重なり合う音がする。瞼を閉じたが、眠れない。自分は案外繊細なのだと、気付いた珊瑚であった。

翌朝、珊瑚は目を覚ます。外はまだ暗かった。薄暗い中だったが、はっきりとわかる。いつもと見える天井が違うことに。ふと、胸元に寒気を覚える。がばりと起き上がれば、自身の姿に驚くことになった。深衣の襟がはだけ、胸がむきだし状態になっていたのだ。

ぎょっとして、襟を元の位置に戻す。慌てて隣を見たが、紘宇は安らかな顔ですうすうと寝息を立てていた。胸を撫で下ろしたのと同時に、控えめな紺々の声が聞こえてきた。

「あの、珊瑚様、起きていらっしゃいますか??」

「あ、はい、今、起きてマス！」

頭の上から布を被り、寝室からでる。

ひとまず、なんとか一晩乗り切った。だが、本当に大丈夫なのかと、不安に思う朝だった。

珊瑚は紺々の部屋で、着替えを行う。

「これ、きちんと乾いていました」

紺々が差し出したのは胸を押さえる包帯と下着。ふわりと、石鹸の清潔な香りがする。ありがたく受け取り、身に着けていく。

「それ、胸を押しつぶしているように見えるのですが、痛くないんですか？」

珊瑚は首を横に振る。十八の頃からずっとしていたことなので、慣れてしまったのだ。

包帯を胸に巻いたきっかけは、刺青を入れた時。剣を揮う時に胸が邪魔になっていたので、ちょうどいいと気付いたのだ。

「珊瑚様は、武官様だったのですね」

「ぶかん?」

「戦うことや、守ることを、お仕事にされている方ですよ」

ゆっくり話してくれたので、言っていることが理解できた。

「はい、私、ぶかん、デス」

「素敵ですねえ」

紺々と二人、ほのぼのと微笑み合いながら着替えをする。紺々の手伝いで股衣と上衣下裳を纏い、帯でしっかりと締める。髪は綺麗に編んでもらった。

「珊瑚様、今日は目元に紅を入れましょう」

紺々はコンパクトに入った紅を持ち、目元を示す。すぐに、紘宇のように化粧をするのだと察して目を閉じた。すっと、筆で優しく紅が引かれる。何度か重ねて塗り、完成した様子を丸い鏡で見せてくれた。

「どうですか?」

「こんこんは、どう、思いマス?」

「とっても素敵だと」

その言葉ににっこりと笑顔を返す。身なりは整った。今日から、新しい日々が始まる。目を閉じ、瞼の裏に感情をすべて押し隠す。覚悟を決めた珊瑚は青い華服の裾を翻し、部屋をでた。

長い長い廊下を歩いていると、遠くから誰かが走ってくる。紺々がぎょっとしていた。

「ん、誰？」

目を凝らすと、昨晩風呂場で出会った少女――麗美であることがわかった。

「珊瑚様～～！」

全力疾走で接近してきたが、ツルツルの床で滑り、珊瑚の目の前で転倒しそうになる。

「ぎゃっ!!」

「危ナイ!!」

麗美が転ぶ寸前に、珊瑚がその体を受け止める。

「れいみ、ダイジョブ？」

「は、はい、ダイジョブです」

頬を染め、うっとりと珊瑚を見上げていた。

「あ、あの、私、重たくないですか？　前に兄から、お前はのっぽで体重も重いって、言われたことがあって……」

早口で言葉を聞き取れず、紺々に助けを求めた。

「その、麗美さんは背が高くて、体重もあるので、重たくないかと聞いているようです」

「ちょっと紺々、なんですって!!」

麗美の言ったことを伝えただけなのに、紺々は反感を買ってしまった。肩を竦め、すっかり萎縮している。間に割って入ったのは、珊瑚だった。

「喧嘩(けんか)、ダメ。仲良く」

「あ、はい、もちろんですわ。紺々は、私の大親友です。ね!!」

迫力のある「ね!!」だった。紺々は戦々恐々としながらも頷く。

「それと、れいみは重たい、ない。ダイジョブ、デス」

「さ、珊瑚さま……」

すっかり、麗美は珊瑚を気に入ったようだった。

「それで、何かヨウ？」

「はい。こちらを、珊瑚様に」

胸の合わせ部分から取り出されたのは、三角の赤い紙に包まれた何か。

「これハ？」

「細工飴(あめ)ですわ」

紙を開いたら、蝶結び状になった薄紅色の一口大の飴が入っていた。

「わ、カワイイですネ」

「ええ、そうでしょう？　実家から、送られてきたんです」

お近付きの印に、珊瑚にくれるらしい。

「れいみ、ありがとうございマス」

「いいえ、それほどでも」

　珊瑚が微笑むと、麗美は今まで以上にぽぽぽと顔を真っ赤にさせる。

「ン、どうかしたデス？」

「い、いいえ。あ、もうすぐ、朝礼なので、では‼」

　紺々とのすれ違いざまには、「ごきげんよう」と笑顔を振りまいて去っていった。

「は、初めて、麗美さんに挨拶していただきました」

「嵐みたいな、娘デスネ」

「本当に」

　珊瑚と紺々は、麗美の後ろ姿を言葉もなく眺めていた。

第二章　男装宮官は礼儀作法を叩き込まれる

紘宇は窓から差し込む陽の光で目を覚ます。身じろぐと腰周りに圧迫感を覚え、眉間に皺を寄せた。服を探ったら、なぜか帯が巻かれている。寝間着の深衣は紐で結ぶだけだ。帯で締め上げるような形は存在しない。

なぜ？　そう思って起き上がると、仕事着で眠っていたことに気付いた。

「いったい、どうして……？」

頭の中の疑問が思わず口からでてくる。さらりと髪が流れていることにも気付いた。いつの間にか、しっかり結んでいた髪型が解けている。自分でした記憶などまったくなかった。紘宇は昨晩のできごとを、順を追って思い出す。尚書省の礼部で働く兄・永訣に火急の知らせだと後宮の外に呼び出されると、異国の男を押し付けられてしまった。

名前は珠珊瑚。これは華烈風の名前で、本名は不明。すらりと背が高く、金色の美しい髪に切れ長の青目を持つ美しい男だった。

宮官として従えるように言われた瞬間、兄の思惑に紘宇は気付いた。現在、後宮に仕える内官は総じて四夫人の陥落に苦戦していた。国中の美しい男を集めても、四夫人の心を動かす者はなかなか現れなかったのである。紘宇の兄永訣は、この異国の男に星貴妃を誘惑させようと、目論んでいるのだろう。

けれど、それも無駄なのではと考える。なんと言っても、相手は氷のように心を閉ざした女性、星貴妃だ。いくら見目麗しい異国人、珠珊瑚でも、無理だろうと決めつける。

馬車で移動する間、兄に頼まれていた後宮の説明をした。残念なことに、珊瑚は華烈の言葉を半分ほどしか理解していなかった。こんな者が、星貴妃の誘惑などできるわけがない。紘宇は眉間の皺を指先で解す。

けれど、幸いにも珊瑚は品があり、育ちがよさそうな青年だった。これからは、言語をどうにかすれば使えるだろうと、紘宇も前向きな気分となる。そのためには、尚儀部の者を中心に、しっかりと教育しなければ。

夜、食事の礼儀を叩き込む。珊瑚は真面目に取り組んでいた。女性に好かれそうな甘い容姿をしていたが、それを鼻にかける様子もなく、性格は馬鹿真面目。そんな印象があった。

年の割に老けて見えたが、ふんわりと微笑めば年相応に見える、ような気がした。

その日は気分が落ち着かなくて、珍しく酒を飲んだ。それが間違いだったのだ。恐らく、自分は酔いつぶれ、机で眠ってしまったのだろう。そして、珊瑚が寝台へ運んでくれた。

そこで、紘宇はハッとなる。隣の寝台はもぬけの殻だったのだ。慌てて起き上がり、乱れていた衣服を綺麗に整える。髪は軽く三つ編みにして、寝室を飛び出した。

「こーう、おはよう」

居間には、無邪気ににっこり微笑む珊瑚の姿があった。

朝から紘宇は不機嫌だった。珊瑚は理由など思い当たらないので、首を傾げている。どうしたのかと聞いても、「うるさい」と一蹴されるばかりだった。

メリクル王子も紘宇のように、珊瑚が原因で突然不機嫌になることがあった。自分のどこが悪いのかと聞いても、答えてくれない。一生懸命考えてもわからなかった。自分には相手を、理由もなく不快にさせる才能があるのだと思うしかない。今日もきっとそうだったのだろうと、心の中で反省していた。

そうこうしているうちに、朝食の時間となる。紘宇と共に食堂に移動した。円卓にはすでに料理が並べられている。粥ではなく、細長いパンのようなものとスープだった。

「こーう、これ、パン？」

「違う。揚油条（ユウティアオ）という、小麦を発酵させて揚げたものだ」

祖国のパンに似たものを発見し、珊瑚は嬉しくなった。まずは紘宇の食べ方を観察する。豆乳の入った白いスープに浸して食べるようだ。珊瑚も真似をする。揚油条は、外はさっくり、中はふわふわだった。スープを浸せば生地の甘さが引き立つ。食べ終わったら、今度は真っ赤なスープに麺が入っている料理が運ばれた。箸を使い、苦戦しながらも食べきる。ぴりっと辛味が効いていて、体がポカポカになった。最後は芋の入った甘い粥。辛いものを食べたあとだったので、じんわりと身に沁みるような優しい味に感じられた。

満腹になったところで、一日の予定を聞かされる。

「まず、今のままでは、星貴妃に会わせるわけにはいかない」

「はい」

「昨日も言ったが、尚儀部で礼儀を覚え、楽器の一つでも演奏できるようにしないと、とても見られたものではないだろう」

まずは言葉遣いをどうにかしろ。これが、珊瑚に突きつけられた課題である。

「その顔は、ピンときていないな？」

「待って、クダサイ、も、一度」

ムッとした表情を浮かべた紘宇は、傍に控えていた紺々に早口で説明する。

「おい、女官。あいつが理解するまで根気強く伝えておけ」

「は、はい、承知いたしました」

ここで、紘宇と珊瑚は別れることになる。珊瑚は尚儀部にいき、礼儀作法を学ばなければならない。

「いいか、あんまりにもぐだぐだしているようならば、私がお前に叩き込む。容赦はしない。覚えておけ」

早口で捲し立てられる言葉に、珊瑚はポカンとなった。紘宇も伝わっていないことに気付いたのか、顔を歪めた。けれど、何を言っても無駄だと思ったようで、そのまま踵を返していなくなる。

「あの、こーう、さっき、なんて、言った、デス?」

「えっとですね、わからないことがあったら教える、とおっしゃっていたのかな、と」

「そうデスか。こーう、よい人」

尚儀部には、牡丹宮最高齢の女官がいるのだと紺々は教えてくれた。

「そのお方が、もう、すごくお厳しくて、何回泣いたことか……」

廊下を歩きつつ紺々の話を聞いていると、自分は大丈夫だろうかと不安になる。

ほどなくして、尚儀部に到着する。紺々は扉の外から声をかけた。

「す、すみません、お約束をしていました、翼です!」

「――入られよ」

珊瑚よりも紺々のほうが緊張していた。安心させようと背を撫で、微笑みかける。

「すみません、珊瑚様。ありがとうございます」

紺々の表情が和らいだので、珊瑚は戸を開く。

「なりません!!」

部屋に顔をだしたところで、突然怒られる。目の前に佇むのは、つり上がった目をした女性。黒い髪が頭の上で輪を作るように結い上げられ、牡丹の美しい櫛が挿されている。

上位女官なのか、濃い青の華服を纏っていた。その女性がじろりと珊瑚を睨みつける。

「扉を開くのは下々の者の仕事です。あなた、どういうつもりですか？」

「わあ、すみませんでしたあ～～!!　悪いのはぼんやりしていた私ですう～～!!」

「翼紺々、またお前か」

「はい～～」

　珊瑚と紺々は部屋に並んで正座をさせられた。華烈風の反省の姿勢だと教わる。

「後宮で暮らす者は、一挙手一投足に気を付けなければなりません。言葉遣い、しぐさ、気遣いなど」

　説教するのは尚儀部の女官長、李榛名。齢四十。礼儀作法の鬼と呼ばれる存在であった。

「礼儀云々の前に、珠宮官の喋りをどうにかしなければなりませんね」

　珠宮官と聞き、いったいなんのことかと小首を傾げる。すぐに、自分の家名と身分を繋げたものであると気付いた。

　李女官長が手をパンパンと叩くと、奥の部屋から三人の女性がやってくる。年頃は紺々と同じくらい。青い華服を身に纏い、漆黒の髪をお団子状に結って、薄紅牡丹の櫛で留めていた。狐のように細い目を、さらに細めて微笑んでいる。

　三人共、同じ顔だったので、珊瑚は瞠目してしまった。

「伶奈、香林、吏恵、珠宮官に言葉遣いを伝授しなさい」

　三人娘は「はあい」、「了解」、「わかりました」と各々異なる返事をした。

「彼女達は沿家の三つ子です。左から、伶奈、香林、吏恵。この三人から、言葉遣いを習ってください」

突然の課題に、珊瑚は頷くことしかできない。

「お顔を、よおく見せてくださいな」

「まあ、珍しい金色の御髪」

「美しいですわ」

女官の持つ扇で、やんわりと顎を持ち上げられる。珊瑚はされるがままだった。

「まあ、なんていい男子ですの？」

「こんな綺麗な瞳、見たことありませんわ」

「汪家のご当主は、竜の宝玉を発見されたのね」

女官らが早口で捲し立てる言葉がわからず、珊瑚は首を傾げる。

「珠宮官は、どんなことを嗜んでいらっしゃるの？」

「七弦琴？　それとも、瑟や二胡かしら？」

「囲碁、書道、絵画、いろいろありますけれど？」

頭の上に疑問符を浮かべる珊瑚に、紺々が解説をする。

「最初の三つは楽器の呼び名です。七弦琴は七本の弦があります。瑟は二十五本で、二胡は二本。囲碁は盤上遊戯で、書道は筆で文字を書きます。絵画はそのまま、絵を描くことです。どれも、貴人の心を慰めるものなのです」

紺々が身振り手振りで説明する華烈女性の嗜みを、珊瑚は手帳に書き移していった。

「残念ですが、私は、どれも……」

ピアノとヴァイオリンは貴族の子どもらしく嗜んでいたが、この国にはないと言われてしまった。

「あら、残念ですわ」

「雅会で発表するものがないなんて」

「お言葉を覚えたら、何か楽器を習ってみてはいかがです？」

「ガカイ？」

雅会とは言葉の通り、女官らが雅な出し物をして、後宮に住まう妃嬪を楽しませる催しのことである。月に二、三度開催されるのだ。

「けれど、星貴妃は賑やかなことはお嫌いなようで」

「開催は月に一度、あるかないか」

「花札が欲しいので、もっと開催してほしいですわ」

またもや、未知の単語がでてくる。花札とは、いったいなんなのか。ここでも、紺々がそっと耳打ちして教えてくれる。

「珊瑚様、花札とは妃嬪様から女官へ下賜されるお札です。雅会で楽器の演奏や踊りなどをして、妃嬪様を楽しませることができた女官のみ、賜ることができる品なので」

珊瑚は花札と聞き、花が描かれた札を思い浮かべる。それをもらったら嬉しいのかと女官らに聞けば、コクコクと頷いていた。

「花札は素敵なものなのです」

「なんと、外部より好きなものをお取り寄せできるのですよ」

「お菓子に服、楽器など、なんでも許されておりますの」

「なるほど。理解」

珊瑚には雅会で発表できるものがない。欲しい品などもなかったので、特に何も思わなかったが。

「――あ」

欲しいものを捻り出していると、ある品が思い浮かぶ。没収された、メリクル王子より賜った剣。あれも、花札で取り戻すことができるのかと思いを馳せる。

「珊瑚様、どうかしましたか？」

紺々の質問に首を横に振る。今この瞬間、後宮での目的ができた。珊瑚は居住まいを正し、三人の女官に頭を下げる。

「これから、よろしく、お願い、デス」

尚儀部の女官の目がキラリと光る。発音、喋り、仕草、すべてがなってないと指摘されてしまった。鋭い視線に、背筋が伸びる。

「ではまず、正しい発音ができるか頑張ってみましょう」

「これができれば、お喋りに苦労しないでしょう」

「大丈夫ですよ。最初からできる者などおりませんから」

女官らは口角を上げ、笑顔を浮かべているはずなのに、目が笑っていない。扇を握り、手にぽんぽんと叩き付ける様子には、恐怖を覚えた。

嫌な予感しかしない。辛く厳しい、言語修業の始まりだった。

尚儀部で夜になるまでしっかりしごかれた珊瑚は、疲労と共に部屋に戻る。

紺々は別の仕事を言い渡されたようで、一人であった。

「手、痛い……」

容赦ない指導だった。何度、発音に失敗して、手の甲を扇で叩かれたか。

けれども訓練の甲斐あって、発音はだいぶよくなったように思える。喋りは全体的に拙い部分もあるものの、他人と会話を重ねたら慣れるだろう。

ぐったりした状態で、珊瑚は私室まで繋がる廊下を歩く。尚儀部での行儀見習いは、想像を絶するものだったのだ。剣を揮い、自己を高めていた騎士の時代とは何もかもが違っていた。また、珊瑚の体は半刻で悲鳴を上げた。その理由は、華烈独自の座り方にある。

普段、珊瑚は椅子に座って作業など行う。けれど、ここの国の者は膝を曲げて、膝下から足の甲をぴったりと床につける座り方をするのだ。涙がでそうなほどに辛く、何度も休ませてくれと女官らに懇願した。けれど彼女らは、きちんとした発音ができるまでと言って、許してはくれなかったのだ。

おかげさまで、発音や言葉の運び方は、ぐっと上達したような気がする。

やっと終わった。渡り廊下で、空に浮かぶ銀色の月を見上げながらしみじみ思う。

渡り廊下でぼんやりと月を眺めていたが、池のほとりにある草むらより何かの気配を感じてハッとなった。身を乗り出して庭を覗き込む。ガサリと、草をかきわけるような音がした。もしや間諜か。そう思って腰に手を添えたが、いつも剣があるところには何もなかった。武器の類は没収されたのだと、今になって気付く。

だが、近接戦闘にもそこそこ自信があったので、珊瑚は橋のようになっている渡り廊下から庭に下り立った。草木をかきわけ、音がしたほうへと近付く。

――くうん、くうん

動物の鳴き声だろうか？　眉間に皺を寄せながら、一歩、一歩と接近していく。

「誰か、いるのか？」

殺気は感じない。胸騒ぎも起きていなかった。猫か犬なのか。草の隙間より顔を覗き込んだ。そこにいたのは、茶色い毛むくじゃらだった。

「い、犬、ですか？」

犬と思わしき毛むくじゃらは上目遣いで珊瑚を見上げる。耳は丸く、茶色の毛に、目元には黒い毛が生えていた。尻尾はふんわりしている。寸法はそこまで大きくない。小型犬だろうと珊瑚は思う。しかしなぜ、こんなところに犬が？　怯えたり逃げたりする様子もなく、ただじっと、珊瑚を潤んだ目で見上げていたのだ。

犬と目が合い、手を差し出すと、ちまちまと近付いてくる。牙を剥く様子もないので、

珊瑚は飼い犬だと確信する。茶色い小型犬は珊瑚の手の平に、ぽんと前足を置いた。

「もしや、お手ができる、のか？」

返事をするように、犬は「くうん」と鳴いた。「お手」と言うと、たしっと犬は前足を珊瑚の手の平に載せる。

「とても、賢い……！」

残念ながら褒美用の菓子など持っていなかった。代わりに大袈裟に褒め、頭を撫でる。それだけだったが、犬は尻尾を振って喜んでいた。もしかしたら、星貴妃の犬かもしれない。そう思って、珊瑚は犬を抱き上げた。獣臭さはほとんどない。毛はふさふさで、綺麗に櫛が通っているように見える。やはりこれは飼い犬だと、確信した。

犬は不安そうに「くうん」と鳴く。励ますように、珊瑚は背中を優しく撫でたのだった。

「ただいま、戻りました」

珊瑚は覚えたての言葉で、紘宇と共に使っている私室に入った。扉と繋がっている居間にはおらず、寝室を覗き込むが不在。

「こんな時間から、寝ているわけないだろうが」

背後を振り返ると、執務室の扉から紘宇はでてきた。

「こーう――！」

「な、なんだ、それは!?」

珊瑚が連れてきた獣を見て、紘宇は目を剝く。庭に犬が迷い込んでいた旨を説明した。

「いや、星貴妃は犬を飼っていない」

「では、他の、妃嬪様です？」

「犬猫を飼っていた話は、今まで聞いたこと——いや、すまん。私も牡丹宮以外の内事情は詳しくない」

犬は不安そうに珊瑚を見上げる。主人のもとに帰れなくて、悲しんでいるように見えた。

「あの、こーう、お願いが、あります」

珊瑚は犬を胸に抱き、神妙な顔で願う。一方で、紘宇は訝しげな視線を向けていた。

「あの、この犬を、ご主人様が現れるまで、預かっても、よろしいでしょうか？」

「尚儀部にいって、ちょっとは喋りがまともになったと思えば、今度は別の問題を持ってくるとはな」

「ごめん、なさい」

しかし、一度拾った以上、放っておくこともできなかったのだ。

「こーう、お願いいたします。犬を、救って、ください」

紘宇は盛大なため息を吐き、眉間の皺を揉んで解す。

「そもそもだ――」

「はい？」

「それは犬じゃなくて、狸！」

珊瑚の故郷には生息していなかった生き物、狸。紘宇の指摘に首を傾げる珊瑚であった。

これは犬ではなく、狸というらしい。そう知らされた珊瑚は、狸をまじまじと見つめる。どこからどう見ても、犬にしか見えなかった。

「なるほど。たぬき、ですか」

「そうだ。見た目は犬のようだから、間違うのも無理はないが」

「たぬき……」

珊瑚は狸を持ち上げ顔を覗き込む。クリッとした丸い目に、むくむくとした体。手触りのいい毛並みに太い尻尾。

世の中にこんな可愛い生き物がいるのかと、珊瑚は感激していた。

「この国には、こんなに愛らしい、生き物がいるの、ですね！」

「言っておくが、狸は愛玩動物ではない」

「え、そうなの、ですか？　こんなに、震えるほど、可愛いのに？」

「可愛いか？」

「可愛い、です」

狸を紘宇に見せるが、そうでもないと言われてしまった。

「雑食だから肉は不味いし毛皮は臭い。人間にとっての益獣でないことは確かだ」

「その評価は、可哀想、です」

「私の個人的な評価ではない。世間一般から見た狸の評価だ」

もしも好んで飼う者がいるとしたら、大変結構な変わり者であると。遠回しに悪口を言われた珊瑚であったが、当の本人は気付いていない。

「まあいい。牡丹宮の者で何か知っている者はいないか、回覧板で情報の周知を行う」

紘宇は紺々を呼び、紙と筆を執務室から持ってくるように命じた。筆を握った紘宇は、丁寧な字を流れるような動作で書く。

――西柱廊にて子狸を保護。飼い主は名乗られたし。

「なぜ、このような阿呆なことを知らせなければならんのか」

「こーう、お知らせに、狸の絵も、お願いします」

「はあ？」

「そのほうが、かわいい……ではなく、わかりやすい、です」

「お前が描けばいい」

珊瑚は紘宇から筆を渡されたので、別の紙に狸を描く。真剣に、一生懸命に描いていたが、彼女は絶望的に絵が下手だった。

「こーう、どうです？」

「死ぬほどヘタクソ」

早口で言われたので言葉の意味がわからず、紺々に尋ねる。

「え、え～っと、そうですね～、あの、その、独創的な絵だと、おっしゃっています」

その昔、絵の才能はないと家に出入りしていた画家に言われたことを思い出す。紘宇は傷つかないように遠回しに指摘してくれたのだ。優しい人だとも思った。

自分の絵では伝わらないだろうと思ったので、もう一度狸を描いてもらうように頼んだ。キラキラと輝く視線を受けた紘宇は、深いため息を吐きながらさらさらと紙の上に筆を滑らせた。ものの数秒で、完璧な狸を完成させた。

「こーう、すごい。あなたは、すごく、雅（みやび）な人、なのですね」

珊瑚の発言に一瞬だけぽかんとした表情を見せた紘宇であったが、すぐにハッと我に返り、無言で狸の絵と通知書を差し出した。礼を言って受け取り、紺々へ手渡す。内侍省の回覧板で回すよう頼んだ。

紘宇と紺々がいなくなり、珊瑚はなんとか一日乗り切ったと、ほっと息を吐く。

願わくば、この先も平和的な毎日が送れますように。

その後、珊瑚は夕食、風呂を済ませ、寝室に向かう。寝室は無人だった。居間も同じく。部屋で留守番をしていた狸だけが、トコトコと出迎え、「くう」と鳴いた。狸を抱き上げ、温かくふかふかの毛に頰ずりする。先ほど、紺々とお風呂に入れて洗ったので、毛並みはさらにふかふかツヤツヤになっていた。

「こーうは？」

「くうん？」

狸は紘宇の行方を知らないようだった。おそらく、執務室で仕事をしているか、星貴妃の寝所に呼び出されたか。そこまで考えて、恥ずかしくなる。家庭教師より、そういった授業を受けていたが、もう十年も前の話だった。母親に傷物だと言われた背中の刺青のこやっていたのだ。

ともあり、自分は結婚しないだろうと考えていた。なので、それらのことは頭の隅に追いやっていたのだ。

後宮とは、四夫人と子を成すために国中から集められた男達が暮らす宮殿である。目的はよく理解していた。だが、先ほどまで狸の絵を描いていた、二つか三つ年下の少年とも青年とも言い難い男が、そういう行為をしていることを想像すると、なんとも言えない気持ちになるのだ。ぶんぶんと首を横に振り、雑念を追い払う。

紘宇の不在——それは、珊瑚にとって好都合なのだ。夜、眠る時はどうしても無防備になる。一人で眠ったほうが、いろいろと安心なのだ。

「くうん」

狸が切なげに鳴く。珊瑚はくすりと笑い、そっと優しく抱き上げた。

「今日は一緒に、眠りましょう。そのほうが、温かい」

狸は尻尾を振って、紘宇の布団に潜り込んだ。

今日はなかなか眠れなかった。半刻ほど微睡んでいたのか。珊瑚も、寝転がって布団を被る。途中で扉が開く音が聞こえて、目を覚ました。薄目を開くと、紘宇が戻っていたことに気付く。珊瑚は下着を身に着けていない無防備な寝間着姿だったので、起き上がることはできない。

「なんだ、起きていたのか」

「あ、はい。紘宇は、今までお勤めを？」

「ああ」

「お疲れ様でした。その、案外、早かった、ですね」

「は？」

「え？」

紘宇は何が早かったのだと問う。気恥ずかしくて、星貴妃のところで頑張っていたのだろうとは言えなかった。

「早い？　いつもより、遅い時間まで励んでいたが？」

「そ、そうなの、ですね。すみません」

珊瑚は布団を頭まで被って、動揺を押し隠す。一方で、紘宇は首を傾げながら布団を捲ったが――

「は、はあ!?」

狸が紘宇の布団の上で腹を上に向け、熟睡していたのだ。目覚める様子もなく、ぷうぷうと寝息を立てながら眠っていた。

「お前、狸っ、なんでここに眠っているんだよ」

狸を摑もうと手を伸ばしていたので、珊瑚は慌てて狸を自分の布団へと引き寄せる。

「狸を布団に引き入れたのはお前か？」

「はい」

「なぜだ？」

「あの、こーうが、今日帰ってこないと、思ったからです」

「夜中の間、ずっと働くと思っていたのか？」

「すみません、よく、知らなくて」

紘宇はイライラとした様子で、布団に狸の毛が抜け落ちていないか確かめる。くんくんと嗅いで、獣臭くないかも調べていた。

「大丈夫、狸はこんこんと洗いました。獣臭さはないですし、綺麗です」

布団に抜け毛はないし、獣臭もなかった。紘宇はふんと鼻を鳴らし、横たわる。

珊瑚は狸を胸に抱き、布団に潜り込んでいた。

「お前にも、ここでの務めを覚えてもらうからな」

「え⁉」

「え、じゃない。なんのために、ここにやってきたと思っているのだ？」

「こーうが、私に教えるの、ですか？」

「私の他に誰がいる？」

紘宇より房中術（ぼうちゅうじゅつ）――男女の夜の営みを教えると言われ、珊瑚はぎょっとする。まさか彼が直々に指導するとは、夢にも思っていなかったのだ。

「わ、私が、できることなど、あるのですか？」

「たくさんある」

「たくさん……？」

珊瑚は狸をぎゅっと抱きしめ、戦々恐々とする。

「別に、最初から難しいことを頼むわけではない。簡単なことから教えてやる」

「簡単な、こと」

夜の営みに難しいことから簡単なことがあるのか。珊瑚は少女時代に習ったことを思い出そうとした。だが、最終的には夫となる人に身を任せるという話だった。具体的なことなど、何一つ知らない。

「どうした？」

「いえ、知識も経験もないので、自信がなくて」

「皆、最初はそうだろう。失敗して、経験を積んでいくのだ」

「こーうは、経験豊富、なのですね」

「豊富というわけではないが、武官をしていた時代も、上司と毎日していたことだ」

「毎日、上司と……？」

上司は男なのか、女なのか。どうなのか。その点も気になってしまった。華烈の者達の貞操観念はどうなっているのか。わからないことだらけだった。頭の中は混乱状態で、理解が追い付いていない。けれど、珊瑚は宮刑を受けた身。命があるだけでも、奇跡のようなものなのだ。命令には従わなければならない。初めから拒否権などないのだ。

「覚えるのは、お前が完璧に言葉を覚えてからだ」

「そ、そう、ですよね」

房中術を覚えるのはもう少し先。そうだとわかった珊瑚はホッとする。役目を言い渡されるまで、忘れることにした。

この件について、珊瑚が盛大な勘違いをしていたことが発覚するのは、しばらく経った後の話だった。紘宇が激しく怒ったのは言うまでもない。

朝、紺々と着替えを済ませ、朝食の席につく。足元では、狸が皿の前に座り、いそいそと食事が運ばれるのを待っているように見えた。カタリと、食堂の戸が開く音が聞こえる。紘宇がやってきたのだ。対面する位置に座ると視線が交わる。珊瑚はさっと逸らしてしまった。

「なんだ？」

「いいえ、なんでも」

不機嫌な声色で追及されたが、深く聞かれることもなかった。珊瑚はホッと息を吐く。なぜ、このような態度をしてしまうのかというと、昨晩、紘宇より房中術を教えてやると言われたからであった。顔を見たら思い出してしまい、恥ずかしくなっているというのが現状である。

朝食はお米の形がなくなるまで炊いた粥。粥自体には何も入っていない、塩味だ。加えて、周囲に食べきれないほどのおかずが並ぶ。甘辛く煮た蓮根、帆立の水煮、梅干し、蒸し鶏、炒り豆、肉味噌、干し海老、椎茸の煮物などなど。これらの具材を粥に入れて食べるのだ。尚食部の女官が丁寧に教えてくれた。雑食の狸には、数種類の木の実と果物、蒸し鶏が与えられていた。嬉しそうに、はぐはぐと食べている。美味しいのだろう。丸くふんわりとした尻尾は、ぶんぶんと振られていた。

珊瑚は勧められた蒸し鶏と肉味噌を粥に入れて食べた。出汁は鶏。白濁色のスープだが、口にすれば濃い味わいに驚く。緊張で強張っていた体が解れるような、優しい味わいだった。昨晩はなかなか寝付けず、睡眠不足で食欲もなかったが、不思議と粥は食べることができた。やっとのことで一皿食べ終える。ふうと息を吐いていたら、紘宇よりじっと見つめられていることに気付いた。

「あ、あの、こーう、何か?」

「いや、具合でも悪いのかと思っただけだ」

そんなことはないと、首を軽く横に振る。

「何もないということはないだろう。今日はいささか様子がおかしい。そうだ、挙動不審なんだ」

もう誤魔化せないと思い、珊瑚は正直に告白する。紘宇の仕事を手伝うことに、不安を覚えていると吐露した。

「別に、難しいことではないと言っただろうが。習う前から、何を言っているのだ」

「ですが、本当に、知識も乏しく、ここの文化についていけるかどうかも、わからなくて」

「お前は勤勉だ。昨日だって数刻習っただけで、発音などだいぶマシになっていたし

――」

だんだんと早口になるので聞き取れなかった。あとで紺々に聞こうと思う。

「また、聞き取れなかったのか。……まあ、いい。とにかく、言葉を覚えろ。それから、二胡など、楽器を弾けるようになれ。雅会が気に入られるいい機会となるだろう。お前が星貴妃との間に子を作れば、このような茶番も終わる」

すでに食事を終えていた紘宇は立ち上がり、食堂をでていく。珊瑚は「はあ」と、物憂げな息を吐いた。尚食部の女官と入れ替わりに入ってきた紺々は、ため息を吐く珊瑚の顔を不思議そうに眺めていた。


廊下を歩く珊瑚に狸が続く。留守番をさせようとしていたら、寂しそうに鳴いたので連れてきたのだ。尚儀部へ移動する間、紺々が話しかけてくる。

「あの、失礼を承知でお聞きいたしますが、珊瑚様、何かご心配ごとでも？」

「えっと、どうしましょう。困り、ましたね」

紺々は珊瑚の異変を察知し、自らの部屋へと招いた。

「あの、こんこん」

「なんでしょう？」

狸も大丈夫かと聞く珊瑚。紺々は笑顔で引き入れた。

「時間、大丈夫、ですか？」

「はい、大丈夫です。余裕があるので、お茶をお出ししようと思っていたところでした」

「そう、でしたか」

紺々の部屋は紘宇の私室よりも大きかった。一部屋しかないので、寝所も兼ねている。床には絹の絨毯が敷かれ、美しい花模様が描かれている。布団の上にかけられているのは羆の毛皮。高級品である。精緻な蔓細工が成された卓子、漆の箪笥に、紫檀の椅子など、家具の一つ一つに品があり、贅が尽くされた品であることがわかる。珊瑚は勧められた長椅子に腰かけた。続いて、紺々は狸を抱き上げ、珊瑚の隣に座らせていた。ふかふかした座り心地に、内心驚く。棚から陶器の茶飲みと瓶に入った果実汁がだされる。

「すみません、ごちゃごちゃしていて。父がいろいろ送ってくるので、このようなことになっているのです」

紺々は困った顔で打ち明けた。通常、後宮に外部から多くの品物を取り入れることは禁止されている。しかし、紺々の父親があの手この手を使って届けてくれるのだと。

「私、ただでさえどんくさいのに、父がこういうことをしてくれるので、余計に嫌われてしまって」

「こんこん、どんくさく、ないですよ」

珊瑚は話す。紺々は鷹揚――ゆったり振る舞う、大らかな人だと。少しそそっかしいところもあるが、それが魅力だと珊瑚は感じていた。

「こんこん、私は、あなたの存在に、救われています。いつも、ありがとう、ございます」

「いっ、いいえ、そんな、その、光栄です」

紺々は顔を真っ赤にして、恐縮しているようだった。なんとも微笑ましい初心な反応である。珊瑚はこの瞬間だけは憂い事を忘れ、心から笑みを浮かべた。

「それで、珊瑚様、お悩みをお聞きしても？」

珊瑚の悩みは口にするのも恥ずかしいことだ。もじもじと躊躇ってしまう。

「あ、あの、私なんぞに話しても、解決できないことでしょうか？　無理にとは言いませんが、心配でして」

「いえ、こんこん。そんなことは、ないのです。こうして、聞いてくれることに、感謝をします、が――」

途中で言葉を切り、頬を染めて顔を俯かせる。

「ま、まさか、汪内官に何かされたとか!?」

「いいえ、こーうは、まだ何もしていません！」

「まだ、ですか!?」

「まだ、です」

紺々は頭を抱え、顔色を悪くする。

「そんな、清廉潔白で品行方正、馬鹿真面目で女性嫌いの疑いがあるとも言われた汪内官が、珊瑚様の色気にやられたというのですか!?」

「こんこん？」

早口で捲し立てる言葉は、何一つ聞き取れなかった。紺々は「な、なんでもないです！」

と言って、手を横に振っていた。

「そ、それで、汪内官はなんとおっしゃったのです？」

「あの、仕事を、星貴妃との、子作りを、手伝ってくれと、言いました」

紺々は口をポカンと開いたまま、言葉を無くしているようだった。

「こんこん、こういう、共同作業？　は、どうやって、するのですか？」

「ぞ、存じません～、もも、申し訳ないです～～」

「多分、大丈夫です。こーうが、一対一で、簡単なことから、じっくり教えてくれると、言いました」

「理性的かつ真面目そうな顔をして、とんでもなく性欲旺盛じゃないですかあ～」

「せい……ん？」

「なんでもないです。すみません、つい――ううっ！　うっ、うっ、こ、子作りなんて、頑張って一人ですればいいのに、珊瑚様を巻き込むなんてっ！」

「こんこん……」

珊瑚は紺々のいるほうへ回り込み、肩を抱いて流れる涙を絹の手巾でそっと拭う。

「私は大丈夫です。泣かないで、ください」

「変態です。汪内官は、変態です……」

狸も紺々の元へやってきて、励ますようにすりすりと身を寄せる。

「私は、ここに連れてこられた以上、なんでもする決意でいました。ですが、慣れないことだったので、不安で……。それから、恥ずかしいなと、思ってしまったのです」

「そう、ですよね」

「こんこん、ありがとうございます。私の代わりに、泣いてくれて」

紺々は手巾を受け取り、涙を拭う。それから、すっと立ち上がって、棚の中からあるものを取り出した。卓子の上に木箱が置かれる。中からでてきたのは、小さな小瓶とお香焚(た)き。

「こんこん、これは？」

「父が異国より取り寄せた、催淫効果のある精油です」

花々の中の花(イランイラン)と呼ばれる植物から精製されたもので、媚薬(びやく)としてひっそりと流通している。紺々は説明をした。

「こちらは気分を高揚させる作用がございます。負の感情を取り除き、気分を盛り上げてくれるそうです」

床に入る際、羞恥心の高い女性はこの精油を焚いて、気分を誤魔化していたと話す。

「これならば、珊瑚様の不安を取り除くことができるかと。よろしかったら、どうぞ」

「いいの、ですか？」

「はい。私にできることといえば、これくらいしかないのですが」

もしかしたら、こういうものを使う時がくるのかもしれない。紺々は覚悟を持って所持していたのだろう。その想いと一緒に、珊瑚は受け取った。そして、彼女に深々と頭を下げたのだった。

◇◇◇

珊瑚が牡丹宮へやってきてから十日ほど経った。言葉はずいぶんと上達している。聞き取りはあと一歩といった感じであった。珊瑚、紘宇、紺々の関係は相変わらず。

紘宇は珊瑚を男だと思い、星貴妃との間に子どもを作らせようと画策している。紺々は珊瑚が女性だと把握しているものの、なんらかの事情があり性別を偽って後宮にやってきた者だと勘違いしていた。珊瑚自身も、紘宇より男性に勘違いされていると認識しておらず、また、紺々の思い違いにも気付いていなかった。さらに、彼女は紘宇のことを二つ、三つ年下だと思い込んでいるのだ。現在、珊瑚は二十歳。紘宇は二十五である。年下だからと、共に眠ることに対しても目を瞑っているが、すべての勘違いを知った時に、彼女は何を思うのか。今はまだ、誰も知る由はない。

迷い狸を保護してずいぶんと経った。牡丹宮の者達は、揃って「存じません」の一言。さらに、狸を愛玩動物として飼う話など聞いたことがないと話していた。

「一応、今日あった後宮の内官会議で狸のことを聞いてみたが、誰も知らんと言っていた」

珊瑚は狸を胸に抱き、期待の視線を紘宇に向けていた。

「よって、狸を飼っている物好きは、後宮にはいないということだ。さらに、お前が抱いているそれは、紛うことなき野良の狸。誰の所有物でもない」

「はい！」

紘宇はキラキラと輝く視線を向ける珊瑚から目を逸らし、文句を口にする。

「私はお前のせいで恥をかいたのだ。迷い狸を保護していると言って、皆から白い眼で見られた」

「そ、それは、申し訳ありませんでした」

紘宇は狸なんぞ興味ないという感じでいながらも、きちんと誰かの所有物でないか確認してくれたのだ。珊瑚は心から感謝する。

「それで、あの――」

我が儘だとわかっていた。けれど、だめ元で聞いてみる。

「この子を、引き取りたいと思っているのですが」

「言っただろう。狸は愛玩動物ではないと」

「ですが、この子を野に放つことは、できなくなっているのです」

大人しい狸だった。牙を剝くこともなく、性格は至って温厚。狸は珊瑚によく懐いており、すり寄ってくる。可愛くて、可愛くて、仕方がないというのが本音である。いつの間にか、心の拠り所にもなっていたのだ。

腕を組み、顰め面を浮かべる紘宇に懇願するように、じっと見つめる。それでもだめだと言われたら、黙って従うつもりでいた。紘宇は珊瑚の監督官である。彼に逆らうことは許されないのだ。沈黙が部屋を支配する。狸が切なげに「くうん」と鳴いた。悲壮感を増していく部屋の空気に耐えきれなくなった紘宇は、はあと憂いの息を吐く。

「わかった。狸は好きにしろ」

「い、いいのですか？」

「ああ。その代わり、問題は起こさず、私の言うことはしっかり聞け」

「はい、ありがとうございます。こーうの言うことは、かならず聞きます」

珊瑚は沈んでいた表情から、一気にぱあっと花が綻(ほころ)んだような表情となる。狸を下ろし、左手で右手を包むと、頭上まで上げて礼をする。この国での最敬礼であった。

「大袈裟な奴」

「そんなことないです。寛大なこーうに、心からの感謝を」

顔を上げて目が合うと、ふいと逸らされる。こういったことが恥ずかしい年頃かと思い、珊瑚はくすりと笑った。

朝、紺々よりある巻物が届けられる。盆の上に載っていたものを、珊瑚は受け取った。

「なんでしょう？」

ぽつりとつぶやきつつ、巻物の紐を引っ張って解く。それは星貴妃が開催する、雅会への招待状だった。

「雅会が、開催されるようです」

「牡丹宮では三ヶ月ぶりでしょうか？」

「そうなのですね」

開催は二十日後。わりと開催は近かった。

「雅会では出し物をするんですよねえ」

「なるほど」

出し物は希望者のみ。時間が限られているので、出場は五組までと決まっている。

「希望者が殺到した場合は、事前に選考会を行うんですよ」

牡丹宮の女官は三十名ほど。毎回、応募多数で選考会を行っている。選考会は十日後と書いてあった。

「こんこんは、でるのですか？」

「いえいえ、恐れ多いです。選考会だって、きっと落選するに違いありません！」

「こんこん、私と一緒に頑張りませんか？」

「そ、それは、ちょっと難しいような、気がするのですが……？」

「挑戦する前に諦めるのは、もったいないですよ」

紺々は珊瑚に説得され、雅会の出し物へ応募することになった。

「珊瑚様は何をなさるんですか？」

「以前、二胡を薦められたので、覚えてみようかなと」

二本の弦で奏でる楽器、二胡。七本の弦の七弦琴や、二十五本の瑟よりは簡単だろうと、尚儀部の女官が話していたのだ。二胡は華烈の一部地域で作られている楽器で、特別な方法で鞣した蛇革を使ってあるので、作れる職人は多くない。高価な楽器である。

ヴァイオリンの説明をすると、一番似ていると言われたのが二胡であった。

「こんこんは、何か楽器弾けます？」

「い、いいえ、あまり、得意ではなくて」

「では、一緒に頑張りましょう」

「が、頑張ります！」

二胡は紺々の私物を借りることになった。実家から送られてきたものが四つもあるという。

箱から取り出された二胡は、ヴァイオリンの形状とはまったく異なっていた。細長い棹部分に、六角形の胴。品のある黒色で、材木は血紫檀を使っている。弓は馬の尾。ピンと張られた弓毛だった。

「何か、取り扱い上の注意はありますか？」

「え～っと、弓の毛に触れてはいけないそうです。手の油などで、音がでにくくなるとか」

「そうなのですね」

注意しなければと、胸に刻んでおく。

「あと、直射日光と湿気に弱いので、可能であれば避けたほうがいいと」

「わかりました」

紺々は幼い頃、二胡、七弦琴、瑟など、楽師を呼び寄せて習ったらしいが、どれも向いていないと言われ、投げだしてしまった記憶を語る。

「お姉様は皆お上手だったんです。私だけ、落ちこぼれでして」

「でも、そのおかげでこんこんと一緒に練習ができますね」

「あっ、はい、そうですね」

そろそろ尚儀部にいく時間となる。珊瑚と紺々は各々二胡を手に持ち、移動する。

尚儀部では、女官三人娘が待ち構えていた。

「まあ、素敵な二胡」

「けれど、二胡での雅会の参加は希望者多数なので、激戦ですわよ」

「十日で覚えるなんて無理無理」

珊瑚と紺々はさっそく、ダメ出しされる。

「ですが、弾き方は伝授いたします」

「もしかしたら、才能がおありかもしれませんし」

「物は試し、ですわ」

女官達も二胡を手に稽古場に向かう。

「まずは基本の姿勢から」

「二胡は椅子に座って弾きますの」

「背筋をピンと伸ばし、深く腰かけず、膝は軽く開いて、左足だけ半歩前にだす」

言われた通りの姿勢を維持するだけでも、なかなかきつかった。

「珊瑚様、肩に力が入っています」

「膝も広げ過ぎです」

「紺々さんはぽかんと開いた口を閉じてくださいな」

容赦なく注意が飛んでくる。姿勢が正しくできるようになったら、持ち方を習った。

「弓は手の平にそっと持ち、親指と人差し指で挟むように持ちます」

「二胡の胴は腿に置いて、左手の親指と人差し指で支えてください」

「二人共、顔が引き攣っていますよ」

細々とした決まりがあるので、操り人形のようになる珊瑚と紺々。その動きに合わせるかのように、弓を弦に滑らせれば、ギギギと、油の切れた歯車のような硬い音が鳴った。

「あらあら」

「まあまあ」

「最初は皆、こんなものですわ」

珊瑚と紺々は共に苦戦していた。最後まで、綺麗な音をだすことができなかったのだ。

珊瑚と紺々はとぼとぼと、落ち込みながら帰る。

「珊瑚様、選考、難しいかもですね」

「まあ、今回は練習時間が短かったですから」

花札が欲しかったと、珊瑚は呟く。

「あの珊瑚様、何か欲しいものがあるのですか？　父に言って、取り寄せることもできますよ」

珊瑚は首を横に振る。気持ちだけ受け取ると、紺々に礼を言った。

「すみません。過ぎたことを」

「そんなことないです。こんこんの優しい気持ちで、心が温かくなりました」

そんな話をしながら、私室へと戻る。

「あ、こんこん。二胡、借りてもいいですか」

「はい、どうぞ。使わないものなので」

「ありがとうございます」

私室の前で紺々と別れた。夕食の時間まで自由時間となる。扉を開くと、狸が出迎えた。ふわふわの尻尾を揺らしながら、こちらへ駆けてくる。

「くうん」

「はい、ただいま帰りました」

くりっとした目で珊瑚を見上げる狸に心癒やされていたら、すぐ傍から指摘(ツッコミ)が飛んでくる。

「真面目な顔で、狸と喋るな」

「あ、こーう」

部屋の奥にある竹の長椅子に、紘宇が腰かけていたのだ。どうやら読書をしていたようで、右手に古びた本を持っていた。

「二胡の練習をしていたのか。まさか、それで雅会に参加をするのか？」

「はい」

弾いてみろと言われ、珊瑚は紘宇の隣に腰かける。二胡を腿に置き、弓を構えた。

すると、紘宇が噴き出した。

「どうかしましたか？」

「いいから早く弾け」

「はい……」

すうっと息を吸い込んで、ゆっくりと吐き出す。一瞬で、集中力を高めた。弓を弦に当て、本日習った短い旋律を弾いてみたが——ギギギギィ～と、絹を裂いたような、耳障りな音が鳴っただけだった。珊瑚は頬を染め、ゆるゆると紘宇の顔をちらりと横目で見る。

紘宇は、口元を押さえ、笑いを堪えているように見えた。

「こ、こーう？」

紘宇は我慢できなかったのか、ぶはっと噴き出す。

「お前、弾くすぐ前は二胡の名手みたいな雰囲気だったのに、死ぬほどヘタクソ！」

「今日、初めてなので……」

思えば、ヴァイオリンも褒められたことはなかったと、記憶を甦（よみがえ）らせる。課題は毎回及第点ギリギリだったのだ。がっくりと肩を落としていると、紘宇より二胡を貸すように言われる。

「こーう、弾けるのですか？」

「まあ、齧（かじ）った程度だがな」

紘宇は二胡を手に持ち、演奏を始めた。ヴァイオリンとは違う独特の美しい音色で音に艶があり、どこか哀愁を秘めた響きがある。女官達の弾く賑やかで楽しげな二胡とはまったく違っていたのだ。演奏が終わると、珊瑚は拍手喝采する。

「すごいです、こーう。星貴妃から、花札を何枚も、もらえます！」

「大袈裟だ」

「そんなことないですよ。本当に、綺麗で……その、素晴らしい腕前です」

紘宇は顔を逸らし、二胡を珊瑚に押し付けて返す。照れているのがわかったので、珊瑚はからかわずに放っておいた。

珊瑚と紺々は、来たる雅会の選考会を前に、二胡の練習に励んでいた。本日、紘宇は不在。珊瑚の狸を後宮の愛玩動物として登録しにいったのだ。そのため、居間で練習していた。毎晩、紘宇の指導もあって、珊瑚はそこそこ演奏できるようになった。

一時期、紘宇を意識し過ぎて距離を置いていたが、今は元通りとなっている。紘宇は真面目で、異性として見られている気配はまったくなかった。接していくうちに夜の営みについても、恥ずかしがらずに真剣に考えるようになった。後宮とは、妃嬪と内官が子を成すための場所である。皇帝となる男児が生まれなければ、意味がない。紘宇は真剣に務めを果たそうとしているのだ。人となりを理解していくうちに、珊瑚は力になりたいと思うようになる。しかしその前に、出し物を披露する選考会で合格しなければ。珊瑚はやる気満々だった。一方、紺々はいつまで経っても上達せず、心が折れかけているようだった。

「やっぱり、私には向いていないんですよ」

もう、珊瑚も励ましの言葉が尽きてしまった。目を伏せる紺々の肩を抱き寄せ、頭を撫でる。しんみりとした雰囲気になっていたが、突然部屋の扉が開かれる。

入ってきたのは、狸を小脇に抱えた紘宇だった。愛玩動物の登録から帰ってきたのだ。

「なっ、お前ら、そこで何をしているのだ⁉」

恋人同士のように寄り添う珊瑚と紺々を見て、紘宇は目を剝いていた。

「あっ、いえ、汪内官、違うのです！」

慌てて弁解をする紺々だったが、紘宇は部屋からでていくように命じた。狸の面倒も見るように言って、紺々共々追い出す。

タン！　と乱暴に扉を閉めた。振り返った紘宇の顔は、怒りで歪んでいた。

「こーう？」

「お前は、女官を誑(たぶら)かす余裕があったとはな」

仲が良過ぎると、前から疑っていたと言われてしまう。珊瑚は首を横に振って否定した。

励ましていただけだと弁解する。

「こーう、誤解です。こんこんが、悲しそうにしていたので、つい……」

「落ち込んでいる人を見れば、誰でもあのように肩を抱き寄せ、慈しむように励ますと？」

「いえ、それは……」

誰にでもあのようなことをするわけではない。言葉に詰まる。そもそも、誑かしていたとはどういう意味なのだろうかと考える。紺々のことを惑わしていたわけではない。紘宇はただ、仕事をサボっていたと言いたかったのかと、勝手に解釈した。

「こーう、ごめんなさい。これからは、気を付けます」

床に膝を突き、頭（こうべ）を垂れる。

「目的を忘れるな」

一言だけ言葉を残し、紘宇は執務室へと姿を消した。冷たい声色が胸に深く突き刺さる。

きっと自業自得なのだろう。珊瑚はそう自身に言い聞かせた。

それからの日々も二胡の練習に時間を費やす。

朝も昼も夜も、一心不乱に打ち込んでいた。

「珊瑚様！」

紺々に名前を呼ばれ、ハッと我に返る。弦で指先を切り、血まみれになっていたのだ。

「傷に気付いてから痛み出すなんて、不思議ですね」

「少々、根を詰め過ぎていらっしゃるのかと」

「そうかも、しれないですね……」

何を一生懸命になっていたのかと、自らを意味もなく追い詰めていたことを自覚する。心配する紺々を見て、周囲が見えていなかったことを、反省した。

「牡丹宮の雅会の開催は少ないですが、年に数回ございます。今回が駄目でも、次がありますから」

宮刑を受け、後宮に身を置く状況で、何か成果をだしたかった。珊瑚は紘宇に認めてもらいたかったのだと気付く。

「浅ましいですね」

「そんなことないですよ。珊瑚様がひたむきに頑張る姿は、素敵です」

「ありがとうございます」

健気なことを言う紺々を抱きしめたかったが、仲良くし過ぎると紘宇に叱られてしまう。珊瑚はぐっと堪えた。

しばらく休んで、練習を再開させる。楽譜でわからない音階があったので、紺々に聞いてみた。演奏はいささか微妙なものであったが、譜面は正確に読めるのだ。

「ここはですね、ふんふんふ～ん、の音階ですよ」

珊瑚は顎に手を当て、考える。もう一ヶ所、難しい場所があったので、教えてほしいと頼んだ。歌う紺々に頷く珊瑚。それを数回繰り返した。

「こんこんは、お歌がお上手ですね」

「そんなの、初めて言われました」

「他の人の前で歌ったことは？」

「な、ないです」

　ここで、珊瑚はある思いつきを口にした。

「こんこん、選考会の時に、私の演奏する曲を歌ってくれませんか？」

「ええ!?」

「とても歌が上手なので、きっと合格間違いなしです」

　珊瑚の突然の申し出に、紺々は目を見開く。

「私は祖国でもいろんな方の歌声を聞いてきましたが、その中でも一番好きです」

「そ、そんな……歌声を披露するなんて、恐れ多い……」

　珊瑚は問いかける。自分の言うことが信じられないかと。

「いいえ、珊瑚様のことは信用しております。その、褒められ慣れておらず、混乱しておりまして」

「自信がないのですね」

　コクリと頷く紺々。珊瑚は強い目で見つめた。

「こんこん、一緒に頑張りましょう。そして、花札をいただくのです」

「し、しかし……」

「きっと大丈夫。こんこんは、私を信じて、歌姫になってください」

熱烈に懇願したが、紺々は頷かなかった。

「すみません」

「いいえ、無理に誘って、申し訳ありませんでした」

今日のところは諦め、帰ることにする。

――数日が経った。珊瑚の手先は包帯だらけになっていた。二胡の練習のし過ぎである。

はあと、憂鬱な気分で柱廊を歩く。

ふわりと白い息が漂い、一瞬のうちに消えていった。季節は冬となり、吹く風は肌を突き刺すよう。

紘宇とはあの日から険悪な雰囲気だった。ほとんど会話を交わすことはない。年下の異性との付き合いは慣れているつもりだったが、どうにも上手くいかない。騎士の身分を捨てて宮官となり、剣の代わりに二胡を持つ。そんな慣れない生活を送ってきた。酷い毎日を想像していたが、実際は穏やかで、不自由のない日々だった。心優しい女官達がいて、可愛い狸がいる。尚儀部の指導のおかげで、言葉も覚えることができた。

すべては、紘宇の采配のおかげである。感謝をしなくてはと、改めて思う。

肌寒い柱廊を抜け、西の廊下へと進む。すると、前方よりぞろぞろと人を従えた女性がやってくる。

途中で、やってくる者が誰か勘付く。珊瑚は壁際に避けた。

黒い髪は漆のように黒く、光沢があって鮮やかに輝いていた。頭のてっぺんに髪で輪を作り、準輝石のピンや、翡翠の櫛で美しく飾られている。ひと際美しいのは歩揺と呼ばれる竜を模った櫛に、房が垂れた金の簪であった。それは名前の通り、歩みを進めるたびにシャラリ、シャラリと澄んだ音を鳴らす髪飾りである。

以前、紺々が言っていたのだ。歩揺を頭に挿すことを許されるのは、一部の身分が高く特別な女性だけであると。

艶やかな髪に、華やかな容貌、金の歩揺に、銀の刺繍がなされた美しい絹の上衣下裳を纏っている。あのように、金の簪を挿し、贅が尽くされた衣服を纏った者など、牡丹宮に一人しかいない。

――星貴妃だ。

珊瑚は慌てて、頭の上で抱拳礼を作る。雅会でお目にかかるとばかり思っていたので、まさかの邂逅に動揺していた。ドクドクと、胸が激しく鼓動を打つ。

以前、紘宇が口にしていた言葉が甦ってきた。

――腐刑には気を付けろ。大変なことになる。

腐刑とは、四夫人が処することができる、刑罰の一つである。死の次に辛いものだと言っていた。今になって思い出し、不興を買ってしまわないかと考え、緊張で額に汗が浮かんでしまう。このまま通り過ぎてほしい。そう願っていたが、シャラン、シャランという歩揺の音は、珊瑚の目の前で止まった。

「お主は——」

声をかけられ、ハッとなる。顔を上げるように言われ、ゆっくりと背筋を伸ばした。

「噂(うわさ)になった、異国の宮官だな。名は?」

珠珊瑚だと名乗ると星貴妃は目を細め、じろじろと上から下まで値踏みするように眺めていた。

「ずいぶんと女官共が騒いでいたが、別に大したことはないな。元武官と聞いていたが、貧相な体ではないか。がっかりした」

ふんと鼻先で笑い、珊瑚の前から去っていく。シャラン、シャランという簪の音が聞こえなくなるまで、その場で動けずにいた。

星貴妃——美しいけれど、どこか冷めていて、少し寂しげな眼差しが印象的な女性であった。気分を害せば、たちまち腐刑に処されてしまう。

この先も、気を付けなければ、と珊瑚は心に誓う。

珊瑚はふらつきながらも部屋に戻る。知らぬ間に、額に汗が滲(にじ)んでいることに気付き、手巾を取り出して拭った。

ここにきてから上手くいかないことばかりで、気持ちだけが焦っていた。まだきたばかりだから慣れていないだけだと、自らに言い聞かせていた。

辛いと思わないようにしていたのに、星貴妃との邂逅が止(とど)めとなってしまう。

騎士の世界は実に単純だった。ただ、強ければいいのだ。礼儀やふるまいなどが求められることもあったが、裕福な家庭に育った珊瑚には、幼い頃より身に付いていたことなので、思い悩むことではなかった。

けれど、後宮は違った。女性ばかりの世界で、楽器や舞踊などで実力が認められる世界。牡丹宮で頂点に立つ星貴妃の不興を買えば、腐刑という世にも恐ろしい罰を受けることになるのだ。自分の命は自分のふるまい次第。なんて恐ろしい世界なのか。珊瑚は身をもって実感することになる。

狸を抱いて、気持ちを落ち着かせよう。なんて思っていたのに、部屋で待ち構えていたのは現在険悪な雰囲気となっている紘宇だった。

「あ、あの、ただいま戻りました」

「見ればわかる」

いつもならば軽く受け流す紘宇のそっけない態度も、今日は心に突き刺さる。狸はどこにいるのか。いつもならばすぐに迎えにきてくれるのに……。

「あの、こーう、たぬきを知りませんか？」

「さあ。今日一日見ていないが」

朝、狸の見送りを受けてから、部屋をでてきた。そのため、ここにいないはずはない。

珊瑚は寝室を確認しにいく。寝台の布団を剝ぎ、下の隙間も覗き込んだが、狸の影も形もない。一言断ってから、紘宇の部屋も探しにいく。けれど、結果は同じ。狸はどこにもいなかった。

部屋係の女官を呼んだ。けれど、夕方には部屋にいたと話す。呆然とする珊瑚に、紘宇は冷たい一言を投げかけた。

「放っておけ。腹が減ったら戻ってくるだろう」

その言葉を聞いた珊瑚の眦から、ポロリ、ポロリと涙が零れる。後ろ向きな気持ちになっていたので、もう二度と会えないのではと、思ってしまったのだ。

一方で、はらはらと涙を流す珊瑚を見た紘宇は、目を見開いていた。けれど、すぐに我に返ったのか、強い言葉を向ける。

「お、お前、狸がいなくなったくらいで、めそめそするな!」

「うっ、すみません」

他人の前で泣いたことなど今まで一度もない。いい歳なのに、みっともなく泣くなんて。自らを情けなく思ったら、余計に泣けてくる。

「ですが、た、たぬきが、どこかで迷子になっていたら……」

部屋は数名の女官が出入りする。もしかしたら、扉が開いた隙に抜けていった可能性もあるのだ。この寒い中、帰る場所もわからず、腹を空かせてくうくうと鳴いている様子を想像したら、また泣けてくる。それか、可愛い狸の噂を聞きつけて、誰かが連れ去った可能性もあった。無理矢理誘拐されている姿を想像し、口元を手で覆って嗚咽を堪える。

「いや、狸を盗む物好きはいないだろうよ」

紘宇の冷静な指摘も、耳に届いていなかった。後宮内を自由に動き回る許可はでていない。それに、今日は星貴妃がどこかへ移動していたので、探しにいかないほうが妥当だとも思う。

「た、たぬき……」

「おい。もしかして、狸の名前は〝たぬき〟なのか？」

「はい、そうです」

聞き慣れぬたぬきという言葉の響きが可愛くて、たぬきと命じた。呼べば、喜んで駆け寄ってくるのだ。

「たぬき……いい子だったのに……とても、悲しいです……」

またしても涙がジワリと浮かんでくる。顔を伏せると、ぶはっと噴き出すような声が聞こえた。ゆっくりと顔を上げ紘宇を見る。口元を手で覆い何かに耐えているような表情でいた。

「こーう、どうしたのです？」

「な、なんでもない」

肩が震えているように見えたが、気のせいだと軽く頭を振る。

「わかった。狸を探してきてやる」

「ほ、本当ですか」

先ほど、星貴妃と出会った旨を伝えれば、問題ないと言う。

「お前はここで待っておけ。私が戻るまで、大人しくしていろ」

「わかりました。ありがとうございます」

深々と頭を下げると、紘宇はすぐに狸を探しにいった。珊瑚は大人しく部屋で待つばかりである。

半刻後──戸の開く音が聞こえ、珊瑚はハッと顔を上げる。部屋に入ってきた紘宇の脇には、狸がいた。

「ああ、なんてこと……」

珊瑚は駆け寄り、頭を撫でれば目を細める狸。

「こーう、ありがとう……ありがとうございます」

狸を受け取る。頬ずりをすれば、「くぅん」と鳴いた。

「女官の休憩所にいた。尚食部の者達が可愛がっていたようだ」

「そうですか。よかったです」

再びじわりと涙が浮かんでくる。眦に浮かんだものが流れないように、ぎゅっと瞼を閉じた。それから、狸に顔を埋める。最後にもう一度、紘宇に礼を言った。じわじわと、喜びが湧き上がる。暗くなっていた気持ちも吹っ飛んだ。

「こーう、本当に、本当に、感謝を、しております。あなたは、私の恩人です」

「大げさな奴め」

紘宇に呆れられてしまったが、それでもいいと珊瑚は思ってしまった。

話は遡（さかのぼ）って――数刻前。紘宇は苛（いら）ついていた。発端は珊瑚と紺々が部屋で抱き合っている姿を目撃したことにある。二人については、前から怪しいと思っていた。仲が良過ぎたのだ。注意しようと考えていた矢先の出来事である。

女官と恋仲になる内官や宮官の話は珍しくない。牡丹宮でも、紘宇の他に男がいた時はよくあることだった。その際、自分には関係ないので、好きにすればいいというのが本音であった。けれども、珊瑚と紺々が抱き合っているのを見て、苛立ちを覚えた。その理由を、珊瑚が汪家の駒であるのに、現（うつつ）を抜かしていると思い込んでいたのだ。

怒りは数日経っても治まらず、珊瑚ともまともに会話しない日々が続く。向こうが話したがっている素振りを見せているのはわかっていたが、まだ許すことができなかった。

さすがに一週間も続けたら、やり過ぎてしまったと反省する。

珊瑚が帰ってきたら、一言謝ろう。そう思っていたのに、口から出たのは相手を突き放すような冷たい言葉だった。しかしそれは、珊瑚が悪いのだと決めつける。

せっかく謝ろうと思っていたのに、あろうことか、狸がどうこうと言い出したのだ。あの間抜けな顔をしている獣のことなんかどうでもいい。気まずい雰囲気をどうにかしようと歩み寄る姿勢を見せた途端にこれだ。

だが、狸がいないことは、珊瑚にとって大事件だったようだ。ポロポロと泣き始める様子を見て、なぜか動揺してしまう。今までも、キツイ物言いから他人を泣かせてしまうことはあったが、心が揺れ動いたことなどなかったのになぜだろう?

紘宇は男の涙など、欠片も価値のないものだと思っていた。

しかし、珊瑚の青い目から零れる涙は美しかった。金の睫毛を濡らし、一粒一粒、眦から雫を溢れさせていく。見入っていたことに気付けば、何を馬鹿なことをと自らの感性を疑っていたが、どうしてか目を離すことはできなかった。

男の涙に価値はないが、女の涙も鬱陶しいと思っていた。そのどちらでもない、珊瑚の涙を流す姿。いち個人の涙に心奪われることなど、あってはならない。自らの気持ちを隠すために、泣くなと口にしてしまう。

悪いのは自分であるが、これ以外の言葉がでてこなかったのだ。

ここで意外な事実も発覚する。珊瑚が可愛がっていた狸の名前は〝たぬき〟だったのだ。おかしみ溢れる想定外の名前に、噴き出してしまう。

珊瑚は不思議そうな顔で紘宇を見ていた。ぽかんとする表情の瞼は腫れ、痛々しい姿となっている。思わず同情してしまった。

珠珊瑚という異国人は誠実さがあり、呆れるほど馬鹿真面目。それから社交性があって、相手の意見を聞く傾聴力もあった。兄が選んだ理由も頷ける。

しかし、今の珊瑚は本当に身を挺して母国の主人を守ったのかと、疑うほどの狼狽えぶりである。たかが、狸が一匹いなくなっただけだというのに。

心から気の毒に思ってしまった。だから、紘宇は狸を探しにいった。さまざまな場所を探し、普段話しかけない女官にも狸の行方を聞いた。どうやら後宮をうろついていたようで、たくさんの目撃情報が集まる。あちらこちらへと部屋を回り、最終的に辿り着いたのは尚食部の女官の休憩室であった。

やってきた紘宇を見て女官達は驚き、狸を探しにきたと言えばさらに驚かれる。狸はいた。はあと、安堵の息を吐き出す。後宮内で狸を探し回るとか、自分のことながら何をしているのかと呆れてしまった。けれど、連れて帰らなければ、この先もずっと珊瑚は落ち込んでいるだろう。それは嫌だった。

狸を受け取ると脇に抱え、一目散に部屋に戻る。戻ってきた狸を見て、珊瑚の表情はパッと明るくなる。そして、紘宇にも笑みを向けて礼を言った。

それは、今までの愁いを含んだものではなく、心からの微笑みだった。

その瞬間、紘宇の中で異変が起きる。胸が大きく鼓動を打ち、顔が熱くなったのだ。

今までにない感情に、混乱状態となる。

彼がこの気持ちの正体に気付くのは、しばらく先の話であった。

狸を通じて、珊瑚と紘宇は仲直りをした。食事の時間も、会話こそなかったものの、空

気は穏やかだった。二胡も久々に教えてもらえることになった。

しかし珊瑚の手元を見て、紘宇は顔を顰める。

「お前、なんでそんなに怪我しているんだよ」

「練習に夢中になっていたら、いつの間にか、こんなふうに、なっていました」

紘宇は特別な軟膏があるというので、部屋から持ってきてくれた。小さな丸い入れ物に入った薬を手渡される。珊瑚はじっと軟膏を見下ろし、切なげな表情になっていた。

「どうした?」

「実を言うと、こんこんも、薬をくれたのですが」

切り傷に効く薬は液体で、塗布するたびに痛みを感じるものだった。紺々が薬を塗ってくれていたのだが、あまりの痛さに自分でするからと言って受け取ったのはいいものの、朝と晩、本来は二回の塗布のところを、一日一回しかしていなかった。

「そんなことをしているから、いつまで経っても治らないんだ」

「で、ですよね」

怒られた珊瑚は、身を縮める。顔を上げると、紘宇が怖い顔で見下ろしていた。今すぐ薬を塗らないと、また怒られる。指先に巻いていた包帯を外していたら、手首を取られた。

「これは、酷いな。二胡の演奏で、どうしてここまで怪我をする?」

手を掴まれ、紘宇の顔が眼前に迫る。今までにない距離にまで接近していたので、どきんと胸が高鳴った。動揺を隠すように、早口で返事をする。

「ぶ、不器用でして」

ヴァイオリンの練習をしている時、演奏中に弦が切れて、頬に跳ね返ってきて怪我をすることはあったが、あれは稀な例だろう。二胡の怪我のすべては、珊瑚の不注意であった。

盛大にため息を吐かれ、恥ずかしい気分になる。

紘宇はぼんやりしている珊瑚の手の中から、軟膏を奪い取った。

「貸せ」

蓋を開けて指先に塗り込んでいく。塗られた軟膏は、今までの薬とは違い、痛みを伴うものではなかった。そっと優しく、塗布してくれる。今まで、こんな手つきで触れてくれる異性はいなかった。珊瑚はカッと、顔が熱くなるのがわかる。

「おい」

声をかけられ、パッと顔を上げる。すると、紘宇の顔がすぐ目の前にあった。思いがけない距離感に、顔を真っ赤にさせた。相手も同じだったのか、不自然に目を泳がせている。

「あ、すみませ、いえ、ありがとうございます」

「朝と晩、きちんと塗布しろ。包帯をつけたままでは、いい演奏もできん」

「わかりました」

今日は休んで、また明日から練習することにした。食後は紺々と共に、風呂場にいく。

狸は紘宇に頼んだ。風呂場へ向かう長い廊下を歩いていると、紺々が話しかけてくる。

「あの、珊瑚様、先日のお話ですが……」

先日の話というのは、雅会の選考会にて、珊瑚の演奏で歌ってくれとお願いしたもの。紺々は皆の前で歌うなど、恥ずかしいので難しいと返事をしたのだ。

「すみませんでした、無茶を言って」

「いえ――」

「珊瑚様～～!!」

紺々がもじもじしながら話そうとした瞬間に、麗美の叫ぶ声が聞こえてくる。ドドドと勢いよく走ってきて、珊瑚の前で急停止した。

「あ、れいみサン」

「はい！」

いったいなんの用なのか、問いかける。

「あ、いえ、先ほどの妃嬪様のことですが……」

珊瑚はさきほど、星貴妃と邂逅した。そこで、大したことがないと、言われてしまったのだ。思い出しただけで、ゾッとする出来事である。

「妃嬪様は、その、男性嫌いでして」

「そう、なんですね……」

だから、男のような恰好(かっこう)をしている珊瑚のことを嫌うような言葉を口にしたと。そう解釈した。

「珊瑚様を個人的に嫌っているわけではないので、ご安心なさってくださいまし」

「れいみサン、ありがとうございます。感謝、します」

感極まった珊瑚は、麗美の手を取って、指先にキスをした。

「きゃあっ！」

麗美は腰を抜かしたが、珊瑚は体を受け止める。

「あ、すみません、私、また、間違ってしまいました」

「はわわ」

麗美は顔を火照らせ、体がぐにゃぐにゃになっていた。ちょうど紺々の部屋が近かったので、部屋に連れ込み、水を飲ませてなんとか落ち着かせる。

「申し訳ありませんでした」

「いえ、お気になさらないでくださいまし……あら？」

麗美は紺々の部屋にあった、立派な二胡に気付く。

「そういえば、珊瑚様と紺々さんは雅会の選考会に参加をなさるとお聞きしましたが」

「あ、はい、ですが……」

手はこんな状態だし、紺々の協力を得ることはできなかった。今回は辞退したほうがいいのではないかと、肩を落としながら口にする。その発言に、紺々はぎょっとした。

「そ、そんな、珊瑚様、あんなに一生懸命練習したのに、諦めるなんてもったいないです！」

「ですが、私の演奏では、選考会に通るなど、とても思えなくて」

しょんぼりと肩を落とす珊瑚の姿を前に、紺々が一歩前にでる。彼女の表情は、これまで見たことがないくらい力強いものだった。

「だったら、私、歌います、珊瑚様のために！」

紺々は珊瑚の前に膝を突き、宣言する。

「こんこん……いいの？」

「はい、珊瑚様のためならば！　は、恥ずかしい、ですが、頑張ります！」

ここで、目を爛々（らんらん）とさせた麗美が口を挟む。

「面白そうですわね。歌なら、わたくしも得意ですわよ」

麗美は何度か、雅会で歌を披露したことがあると話す。なんだったら、一緒に参加してもいいと言う。

「れいみサン、本当ですか？」

「え、ええ、まあ」

「ありがとうございます！」

珊瑚は紺々と麗美を抱きしめた。男らしく荒々しい、というよりは、大型犬がじゃれるような抱擁である。けれど、二人の女官は顔を真っ赤にさせていた。

ハッと我に返った麗美が、珊瑚に話しかける。

「そういえば珊瑚様、昨日、汪内官がものすごい剣幕で後宮内を歩き回っていたようですが、何かありましたの？」

「たぬきを探してもらっていたのです」

ここで、珊瑚は心から愛するたぬきの説明をした。狸を可愛がっている旨を伝えるにつれて、麗美の顔が引き攣っていった。

「な、なるほど。狸を拾われて、飼われていると」

「はい。暇を持て余して、遊びにいっていたようです。こーうが見つけてくれて、本当によかった」

たぬきのためにあんなに一生懸命になってくれるとは思いもせず、珊瑚は紘宇に深く感謝していた。

「いつか、こーうにご恩をお返ししたいと思っているのですが……」

「そうですね。珊瑚様は、裁縫はできますの？」

麗美の質問に、首を横に振る。手巾に刺繡を刺し、男性に贈ることが華烈では一般的な感謝の気持ちを伝える方法であったが、珊瑚には難しいようだった。

「楽器も、汪内官は名手ですしねえ」

紺々の言葉に、珊瑚は深々と頷いた。三人で頭を振り絞って考えるが、お礼はなかなか思いつかない。

「やはり、こーうの〝お仕事〟の手伝いを頑張るしか――」

なんて言いかけると、紺々が顔を真っ赤にさせながら制止する。

「い、いえいえ、その〝お仕事〟は頑張らなくてもいいと思います！」

「お仕事ってなんですの？」

麗美は珊瑚のお仕事という発言に首を傾げる。紘宇の仕事とは、星貴妃との子作りであった。紺々が慌てて発言をもみ消そうとする。

「れ、麗美さん、なんでもないです！　どうかお気になさらずに！」

「別に、深く追求するつもりはございませんけれど」

「あ、ありがとうございます」

話は戻って、仕事以外で何かできるか考える。

「男性が、喜ぶもの、ですか」

珊瑚は考えるが、異性に贈り物などをした覚えがない。そもそも、何か思いついても、後宮で品物を得る手段がなかった。

「あ、でしたら、いい案がございます！」

麗美が男性に贈って喜ばれたものを教えてくれた。

「肩たたき券とかはいかが？　お祖父様やお父様は、大喜びでしたよ」

「なるほど」

そういえばと思い出す。紘宇はよく、肩を押さえて腕を回したり、自分で揉んでいたりしていたなと。凝り性なのかもしれない。

「いいかもしれません。れいみサン、ありがとうございます」

麗美の両手を取り、珊瑚は礼を言う。

「いえいえ、それほどでも」

盛り上がっている二人を他所に、紺々がボソリと呟いた。

「汪内官が肩たたき券で喜ぶって、それ、本当に大丈夫でしょうか？」

もちろん、珊瑚と麗美の耳には届いていなかった。

その日から、珊瑚と紺々、麗美の練習が始まった。三人で選んだ曲は〝花紅柳緑（かこうりゅうりょく）〟という、春の美しさを奏で、歌うものである。演奏はそこまで難しくないが、歌は難易度が高い。高音を紺々、低音を麗美が担当する。そこまで長い曲ではなく、紘宇の指導もあって珊瑚は演奏がひと通りできるようになった。問題は、紺々と麗美であった。

「紺々さん、あなた、声が小さいですわ！」

「うう、ご、ごめんなさい」

紺々は声が小さく、麗美は声が大きかった。二人共声は美しく上手なのに、息が合わず、歌は美しく聞こえない。

「こんこん、れいみサン、仲良く、してください」

揉めるたびに珊瑚は止めているが、根本的な解決にならない。気が弱い紺々と、まったく逆の気質を持つ麗美。それから、のんびり者の珊瑚。皆、てんでバラバラで、息が合わない。今日はとりあえず解散となった。

すっかり夜は更けた中で、暗い廊下をトボトボと進んでいく。部屋に戻ると、狸が小さく「くうん」と鳴きながら出迎えてくれた。珊瑚は小さな狸の体を持ち上げ、頬ずりした。

ふかふかで、温かい。ホッとするような気持ちになる。たぬきは可愛いと口にしようとした瞬間、窓の縁に腰かけて本を読んでいた紘宇に声をかけられた。

「ずいぶんと、疲れているな」

「あ、こーう」

背筋をピンと伸ばしたあと、ただいま帰りましたと言って頭を下げる。いつもの通り、「見たらわかる」と素っ気なく返された。そんなつれない態度なのに、心配するような言葉をかけてくれた。

「元気がないが、どうしたんだ?」

「演奏を練習しているのですが、ちょっと、息が合わなくて」

シンと静まり返る。紘宇は隣の寝室にいって、何かを持って帰ってきた。布に包まれた細長いものを投げられて、珊瑚はとっさに受け取った。

「こ、これは——!?」

布を解いてみると、中から木刀がでてくる。紘宇も同じものを手にしていた。

「運動不足だから、いろいろ思い悩むんだ。こい、手合わせしてやる」

「あ、はい!」

珊瑚は紘宇に連れられて、中庭にでる。月灯りの下で、互いに向き合う形になった。さらりと、穏やかな風が舞う。静かな夜だった。

紘宇は木刀を腰よりも下の位置に構える。防御の体勢であった。珊瑚がどのような動きをするのかわからないからだろう。珊瑚は期待に応えるように頭の上まで木刀を上げ、攻撃の姿勢を取った。視線が交わったのが、戦闘開始の合図である。

　珊瑚はそのままっすぐ踏み込み、紘宇に向かって木刀を振り下ろす。肩に向かって鋭く振り下ろしたが、ヒュン！　と風のように紘宇の木刀が上がってきた。珊瑚の木刀は弾かれる。続けて、素早い突きが襲ってきた。体を捻って、回避する。戦いながら、珊瑚は心が躍っていた。紘宇はかなり強い。今まで相手にしてきた誰よりも。

　若いながらも、懸命に武芸に打ち込んでいたこともわかる。このように、戦っていてワクワクする相手は初めてだった。同時に、後宮にやってきた時、悔しそうに話をしていたことを思い出す。男であっても家の都合に振り回され、後宮での先が見えない暮らしを強いられるということはどんなに苦しかったか。胸が切なくなる。

　そんなことを考えていると、強い一撃を木刀に受けることになった。手先から腕が痺れ、木刀は手から落ちてしまった。

「私の勝ち、だな」

「え、ええ」

　紘宇は木刀の切っ先で、地面に落ちた木刀をくるりと器用に回転させて手に取る。

「戦いの最中だというのに、考え事をしていたな」

「あ、いえ、その……はい、していました」

「ふん。大した余裕だな。しかし、いい腕前だ」

「ありがとう、ございます。嬉しいです」

初めて紘宇に認めてもらえたようで、珊瑚は嬉しくなる。

「して、何を考えていた?」

木刀を受け取りながら、珊瑚は正直に答える。

「紘宇は、その、素晴らしい剣の腕だと、思いまして。ですから……」

ここにいるのはもったいない、と感じたのだ。そこまでは言えなかったが、紘宇には伝わってしまったようだ。

月灯りが照らす中、紘宇は草の上に腰を下ろす。珊瑚も、隣に座った。空に薄雲がかかり、ぼんやりと浮かび上がった玉桂を見上げながら、紘宇は話し始める。

「ここ、牡丹宮には、かつて十五名の内官がいた」

四名の妃嬪が後宮に立てられ、各貴族の若い男が召される。紘宇もその一人だった。

「男どもは、星貴妃に気に入られようと、さまざまな手を尽くして媚(こ)びた」

だが、星貴妃は一筋縄ではいかない女性だったのだ。

「あれは、星貴妃本人も後宮の決まり事に、納得がいっていないのだろう」

皆、特殊な後宮という環境に慣れず、ギスギスした雰囲気だった。そんな中、なかなか心も体も許さない星貴妃に付き合いきれなくなった、男のほうが自棄(やけ)を起こす。

「馬鹿な男が女官達を騙(だま)し、寝所へ入り込んで星貴妃を襲ったのだ」

幸いというべきなのか。星貴妃には武芸の心得があった。彼女は迷いもせずに、男の急所を蹴り上げた。

「その男は腐刑となった。だが、事件は絶えなかった」

野心の絶えない男達は、星貴妃を孕ませようと、寝込みを襲った。

「一人、二人、三人、四人と、日を追うごとに男達は拘束され、腐刑を言い渡された」

そして、半年も経たないうちに、牡丹宮の内官は紘宇一人になってしまう。この、平和にしか思えなかった後宮で起きた壮絶な事件は、衝撃的な話であった。

「そう、だったのですね。だから、星貴妃は――男嫌いなのですね」

自分を守るために腐刑を言い渡すのも無理はない。

一方、紘宇は子を作ればいいという単純な問題ではないと、冷静に構えていた。そのため、星貴妃へは接触せずに、内官の仕事のみを毎日淡々とこなしていた。というのも、彼は汪家の次男として生まれ、野心などを抱かせないような教育が徹底されていたのだ。紘宇は自身について語る。この状況を打開するには、自分が星貴妃との間に子を儲けるしかないが、気位の高い星貴妃との相性もいいようには思えない。それに、後宮で過ごすうちに、紘宇の中に今までなかった独立心が芽生える。しだいに、周囲の思惑通りに動くことが嫌になってしまった。そんな話を、ポツリ、ポツリと語っていく。

「今までの私はきっと、汪家の思想に染まりきっていたんだと思う」

そんな考えがあったので、紘宇は星貴妃に近付くことはなかった。

「んん？　あの、こーうは、星貴妃に近付かなかった、の、ですか？」

「そうだと言っただろう」

「一度も？　夜のお仕事は？」

「なんのことだ？」

珊瑚は消え入りそうな声で答える。

「こ、子作りのこと、です」

「はあ⁉　何を言っているんだ！」

「だ、だって、こーう、夜遅くまで、仕事をしていて」

「それは内官数名で行わなければならない事務処理を一人でやっているから、夜遅くまでかかるだけだ！　まさか、夜な夜な私が星貴妃のところに通っていたと思っていたのか？」

「す、すみません！」

紘宇は顔を真っ赤にしながら怒る。

「おかしなことを聞くと思っていた」

「だって、こーうが、房中術を教えるとか、言うから」

「言ってない！」

「はい、言って、いませんでした。勘違いで、よかった」

珊瑚は安堵した様子を見せている。紘宇は盛大なため息を吐いていた。

「あの、こーう。私、お仕事、お手伝いします」

「最初からそのつもりだ。でもその前に、雅会の選考会を通過しろ。俺があれだけ教えたんだ。絶対に合格するだろう」

「う……はい」

　珊瑚の表情は完全に晴れない。まだ、悩み事があるようだ。

「まだ、何かあるのか？」

「あ、えっと、こんこんとれいみサンの問題なのですが」

　どうしても息が合わないという悩みを、紘宇に打ち明けた。

「――というわけでして」

「女のことはわからん。しかし、そういう者同士は、だいたい自分のことしか考えていない」

　珊瑚はそれでピンときたようで、表情が一気に晴れていく。

「こーう、ありがとうございます！　とても、助かりました」

　深々と頭を下げて、珊瑚は紘宇に頭を下げた。そんな様子を見ながら、紘宇はおかしな奴だと思う。馬鹿正直で、生真面目で、どこまでもまっすぐで――今時こんな男なんかいない。

　今日、紘宇は珊瑚と剣を交えて、やっと本質に気付けたような気がした。

　本気の打ち合いをしたので、珊瑚と紘宇は汗だらけになっている。灯りがぼんやりと照らされた薄暗い廊下を歩きながら、話しかける。

「お前のせいで、また風呂に入らなければならない」

「すみません」

「悪いと思うのならば、背中でも流してもらおうか」

「え!?」

紘宇は軽い冗談のつもりだったが、珊瑚は立ち止まる。顔を真っ赤にさせて二、三歩と後ずさった。男同士で、なぜそのような反応をするのか。紘宇は理解できないが、軽い気持ちで言った自分までも恥ずかしくなった。

珊瑚は酷く狼狽していた。頭を抱え、俯きながら異国語でぶつぶつと話し始める。

『――父が疲れている時は、労いの意を込めて、背中を流すと母は言っていましたし、我が国の貴族にはそういうしきたりがあるって……で、でも、何の関係もない男女がするのはちょっと……』

異国の言葉なので、紘宇にはわからなかった。

「おい、それは、お前の国の言葉か?」

「あっ――! はい、私ったら、すみません」

顔を上げた珊瑚と目が合う。パチパチと瞬きの多くなった青い目は、潤んでいるように見えた。先ほどの言葉は冗談だった。そう言おうとしたのに、珊瑚は早口で訴え始める。

「あ、あの、普段、こういうことは、し、しないのですが、こーうが、その、どうしてもと言うのならば……」

珊瑚はどうやら、背中を流してくれるらしい。頬を染め、目線を泳がせながら照れたように言うので、紘宇まで顔が熱くなってしまう。と、ここで気付いた。珊瑚相手に、なんで羞恥心を覚えなければならないのかと。視線を逸らしたら、珊瑚の白い首筋を見てしまった。廊下の火の灯りが照らす肌は、汗ばんでいてどこか艶めかしい。ドクンと胸が大きく鼓動を打つのと同時に、戸惑いを覚える。珠珊瑚は男である。なぜ、こんな思いを抱くのだ、ありえないと思ってしまった。

「こーう？」

突然名を呼ばれたので、再度、紘宇の心臓が跳ねた。

「な、なんでもない。背中を流せと言ったのは冗談だ！」

相手の反応を見ずに大股で広場に向かう。珊瑚はあとを追ってこなかった。一人で風呂に入っている間、珊瑚が本当に背中を流しにくるのではないかと、気が気ではなかった。真面目な性格なので、一度頼まれたことは冗談だと言おうが実行しそうな気がしていた。

だがしかし、珊瑚は現れない。ホッとしたのと同時に、なんとなくモヤモヤしつつ部屋に戻る。たぬきが紘宇を出迎えた。

「くうん」

部屋にはたぬきしかいない。

「おい、あいつはどこだ？」

「くうん？」

たぬきは首を傾げる。珊瑚には狸に話しかけるなと言っていた紘宇であったが、最近は自身もついつい話しかけてしまう。本人は無意識なので、気付いていないが。

「いったいどこにいったのか」

「くうん」

たぬきと共に寝室や執務室を覗いたが、どこも無人だった。雅会の選考会の練習にでもいったのかと思ったが、二胡は椅子の上に立てかけられている。用事もないのに、紺々のところにでもいっているのか。気分が落ち着かず、部屋をウロウロしていると、カタンと音を立てて扉が開く。珊瑚が戻ってきた。

「あ、こーう、起きていたのですね」

「お前――」

珊瑚はおかしな姿で現れた。布団敷きのような大きな布を、体全体を覆うように巻きつけていたのだ。湯冷めをしないためならば綿入りの上着を着るのに、なぜ、そのような恰好を？　紘宇は訝しげに思い、珊瑚に問いかける。

「あ、いえ、その、ちょっと恥ずかしいと言いますか、なんと言いますか」

「恥ずかしい？」

具体的にはと聞くと、湯で赤くなっていた頬をさらに火照らせる。その様子は、初心な娘のようだった。紘宇は自分の目がおかしくなったのかと思い、ぶんぶんと首を横に振る。

「こーう？」

声をかけられて、ハッとなった。

「具合でも、悪いのですか？」

胸の前で布を押さえながら珊瑚は接近する。紘宇の額に手が伸ばされたが、さっと身を引いた。珊瑚からふわりと石鹸のいい香りが漂ってきたので、なぜか酷く動揺してしまったのだ。

「あの――」

「な、なんでもない。私に構うな。寝る！」

紘宇は踵を返し、まっすぐに寝台へと向かった。寝室の灯りを消し、布団に寝転がる。瞼を閉じて寝てしまおうと思ったが、なかなか睡魔は襲ってこない。

それから数分後、珊瑚とたぬきがやってくる。ごそごそと、布団に潜り込む音が、妙に大きく感じられた。

今日はおかしい。紘宇は眉間に皺を寄せる。どうしてかどぎまぎとしてしまった。相手は珊瑚なのに。他人に対して、今までこのような思いを抱いたことはなかった。武官をしていた時は仕事が忙しく、見合いも断っていたのだ。三十くらいになったら、手も空くだろうと、呑気に考えていた。汪家にはすでに兄の子――跡取りがいる。なので、紘宇の結婚に対して口うるさく言う者はいなかった。毎日朝から晩まで働く中で、結婚について考えている暇などなかった。そんな紘宇のことを、同僚は心配していた。結婚は時期がくればと、ずっと考えていたのに、あまりにも結婚しないので、ある日、同僚に余計なことを邪推されてしまったのだ。

——汪は、恋愛に興味がないのか？

その時、紘宇は大真面目に、「なんのことだ？」と聞き返した。相手は、ポカンとしたあと、「気のせいだったか」と言った。今、同僚が言おうとしていたことに気付く。

いつまで経っても結婚しないので、恋をしないのか、と聞かれたのだろう。

そんなわけはない。紘宇にだって、誰かを求める日は——これまでなかった。

「うわっ‼」

紘宇が叫んだのと同時に、隣で寝ていた珊瑚とたぬきがビクリと反応を示す。

「うわっ、びっくりしました」

「く、くう？」

微睡みかけていた珊瑚とたぬきだったが、紘宇の叫び声で起きてしまったようだ。

「こーう、どうかしましたか？」

珊瑚は起き上がり、大丈夫かと聞いてくる。その姿を、紘宇は振り返った。

今宵は、夜空が明るかった。月灯りが寝室の窓から差し込んでくる。珊瑚の白い肌は、暗闇の中で美しく輝いているように思えた。どうして、彼の肌はこのように綺麗なのか。目が離せなくなる——が、すぐに我に返った。

おかしい。そんなことはない。他人の肌を見て、美しいと思うことなど、あり得ないことであった。再度、首を横に振る。

「あの、水を飲みますか？」

たしかに、喉がカラカラだった。しかし、そんなことよりも、気になることがあった。

自分は本当に、他人に対して劣情を抱かないのか？

「こーう？」

心配したのか、珊瑚が紘宇の腕に触れる。その瞬間、手首を摑んで引き寄せ、布団の上に押し倒した。

「ひゃっ！」

珊瑚が、女みたいな高い声で悲鳴をあげる。身を捩ろうとしていたので、肩を押さえ、ぐっと顔を近付けた。これで、劣情を抱かないなら大丈夫、だと思ったが。

「――ダメだ」

絶望したように、紘宇はボソリと呟いた。

月が照らす寝室の中で、二人は見つめ合う。額には、汗が浮かんでいた。どうすればいいのか。紘宇は迷っていた。

自分は彼に欲望を抱いている――ということが、たった今判明した。

衝撃を受ける。そんなはずはないと思いたいのに、珊瑚を押し倒した状態でも、相手が彼だからという嫌悪感はない。それどころか、このまま行為に至れる自信がある。

いやいやいやと、首を横に振った。

珊瑚はといえば抵抗することなく、身じろごうともしない。向けられた眼差しからは確固たる信頼と、これから起こるかもしれない事態をまったく想定していない様子が見て取れた。

いったいどういう育ち方をしたのか。警戒心がまるでない。これほど世間知らずとはと、驚いてしまう。

剣の腕はなかなかのものだった。王族の警護にあたっていたらしく、家柄だけではなくて、能力も高く買われたのだろうということが剣を交えてわかった。珊瑚が裕福な家庭で育ったというのは、間違いないだろう。

相手が紘宇だから、自身の貞操の心配はいらないと判断したのか。だが、現に珊瑚には今、身の危険が迫っている。しかも、本人はまったく気付いていない。

紘宇の中の邪な心が囁く。別に、手をだしても問題ないだろうと。

この年で、無知なほうが悪い。自分の身は自分で守らなければならないのに、珊瑚はそれをしなかった。襲われても仕方がない。

一方で、良心が待ったをかける。承諾を得ていない相手にむりやり行為を強いるのは、あってはならないこと。しかも、相手は武人。実力を認めた相手だ。欲求を解消する相手として見るのはおかしい。

「あの、具合が悪いの、ですか?」

珊瑚が上目遣いで見上げた。澄んだ青い目には、紘宇を心配するような色合いが滲んでいた。ハッとなる。紘宇はここにきて初めて、他人から心配された。皆が皆、紘宇ですら、

自分のことしか考えておらず、他人を慮ることはしなかった。この悪意と野望蔓延る後宮の中、珊瑚は穢れていなかった。唯一と言ってもいい。不幸な状況を嘆くことなく、前向きだった。

妙な気を起こした紘宇に対しても、慈しみに満ちた優しい目を向けている。このような清廉潔白な者など、今まで出会ったことがない。

じっと見つめていると、たぬきが近寄って「くうん」と鳴く。そのなんとも言えない間の抜けた鳴き声に、噴き出してしまった。紘宇は珊瑚の上にのしかかっていた体勢から横に移動する。そして、一言謝罪を口にした。

「すまん」

「いいですけれど、どうかしたのですか？」

この行動を、どう説明すればいいのかわからなかった。正直に言うのも、気が引ける。こんなことをしておいてなんだが、珊瑚とは今までどおりの付き合いをしたいと思っていたのだ。最低な行為を働こうとした。嘘を吐くわけにもいかない。

紘宇は珊瑚に軽蔑されない範囲内で、正直に自らの欲望を告げた。

「別に、人肌が、恋しくなっただけだ」

遠回しに、遠回しに、振り絞った言葉がこれだ。

「こういうことは、他人であるお前に、求めることではなかった。本当に、すまなかった」

「こーう」

気まずくなって、紘宇は顔を背ける。珊瑚は何を思ったのか、起き上がってたぬきを抱きしめる。そして、紘宇に近付き、たぬきを間に挟んだ状態で抱きしめた。

「くうん」

紘宇と珊瑚の間に挟まる形となったたぬきは、嬉しそうに尻尾を振っていた。

「なっ！」

一方で、紘宇は驚いて身を硬くしている。

「こーう、温かい、ですか？」

ドクンと、胸が高鳴る。背中に回された腕は、温かかった。それに、なんだかいい匂いもする。頬に触れた髪は柔らかくて、あとたぬきはフワフワしていて、獣臭くない。空っぽだった心の中が、今まで感じたことのないもので満たされた。

「ありがとう……珊瑚」

無意識のうちに、感謝の言葉を口にしていた。優しい声色に、口にした自身が驚く。

珊瑚は紘宇から離れる。たぬきを抱きしめたまま、にっこりと微笑みながら言った。

「こーう、初めて、私を名前で呼んで、くれましたね」

その事実に紘宇は驚く。今まで珠珊瑚と姓名を口にすることはあっても、名前だけで呼ぶことはなかったらしい。

「その、少し照れますが、嬉しいです」

そう言われた紘宇も照れてしまう。だが、すぐに我に返った。なぜ、他人同士、名前を呼び合って恥ずかしがっているのかと。

「そんなことで喜ぶとは、めでたいやつだな」

「はい！　よろしかったら、もっと呼んでください」

ここで照れるのはおかしい。別に名前を呼ぶなんて、なんてことはない。紘宇は半ば自棄になりながら、珊瑚の名を口にした。

「珊瑚」

「あ、えっと、はい！」

珊瑚はたぬきの体に顔を埋め、嬉しそうにしていた。その可憐な反応に、紘宇は言葉を失う。奥歯を嚙みしめ、沸き上がる感情を頭の隅へ追いやろうとしていた。

「あの、こーう？　その、お願いがあるのですが」

もう、これ以上振り回さないでくれ。そう叫びたかったが、珊瑚に対してもう、大きな態度でることはできなくなっていた。震える声で、どうしたのかと問いかける。

「よかったら、この子の名前も呼んでいただけないですか？」

「……は？」

たぬきの期待に満ちた視線が、紘宇のほうへと向けられる。なぜ、改めてたぬきと呼ばなければならないのか。普段から、たぬきたぬきと呼んでいる。

何をいまさら、と思ったものの、珊瑚とたぬきの期待に満ちた視線は無視できない。

「もう、寝るぞ。珊瑚、たぬき」

「こーう！」

珊瑚は目をキラキラとさせ、たぬきは手足をバタつかせて喜んでいた。

最後に、珊瑚は紘宇に止めを刺すような行動にでてくる。珊瑚はたぬきを抱いたまま枕の下を探り、紙に包まれた何かを差し出してきた。

「こーう、これは日頃の、感謝の印です」

紘宇は首を傾げながら受け取る。基本的に、後宮内で何かを入手することは不可能だ。いったい、何を用意したのか。表に何か書いてあった。慣れない異国の文字を一生懸命書いたものだとわかる。角灯の火を灯し、記されていた文字を読んだ。

――肩たたき券。

見間違いかと思い、もう一度、声にだして読んでみる。

「肩たたき券？」

珊瑚は元気よく頷く。紘宇はいつも肩が凝っているように見えたので、用意したのだと言う。

ふと、庶民の幼子が家族に対し肩たたき券を渡す健気（けなげ）な話を思い出す。

同時に、肩たたき券を持つ手が、ブルブルと震えた。紘宇は、思っていたことをそのまま口にする。

「私は、お前の祖父か！」

言いきってから、ハッとなる。角灯に照らされる珊瑚の顔は、しょんぼりと、落胆しているように見えた。なぜかたぬきまで、耳をペタンと伏せて、元気がなくなっているようだった。おそらく、喜ぶと思って用意してくれたのだろう。

その気持ちを無下にするわけにはいかない。

「あ、いや、うん。そうだな、言われてみたら、肩は、凝っている」

今度、頼むかもしれないと言ったら、珊瑚は嬉しそうに頷いていた。たぬきも、尻尾を振りだす。礼を言い、肩たたき券は枕の下に入れた。

どっと、疲労感に襲われる。珊瑚とたぬきに振り回されてしまった。深いため息を吐いて、布団を被る。眠れないのではと思っていたが、瞼を閉じたらあっさりと寝入ってしまった。紘宇の長い一日は、こうして終わる。

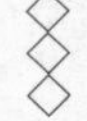

翌日、珊瑚は麗美に礼を言った。

「れいみサン、ありがとうございます。こーう、肩たたき券、喜んでいました」

「本当ですか？　よかったですわ」

珊瑚と麗美は手を取り合って喜んでいた。その様子を見た紺々がボソリと呟く。

「汪内官、案外優しいんですね……」

紘宇の意外な一面を知る紺々であった。今日はお喋りをするために集まったのではない。

選考会の練習をする前に、紺々と麗美に意識を入れ替えてほしいと珊瑚は考えていた。

「すみません、少し、いいでしょうか？」

すっかり歌うつもりで発声練習をしようとしていた二人の動きが、ピタリと止まる。

「珊瑚様、どうかいたしましたか？」

「あ、あの、もしかして私は、何か失敗をしましたか？」

両者、対照的な反応を示す。ここでも、二人の思考はバラバラだった。

「こんこん、れいみサン、私のために、こうして集まって、練習してくださり、ありがとうございました」

まず、珊瑚は抱拳礼をして感謝の気持ちを示した。

「お安い御用ですわ」

「いえいえいえ、とんでもないことでございます！」

二人には心から感謝をしていた。歌が上手く、向上心もあった。だがしかし、致命的な問題がある。麗美は自分に自信があり、紺々は自分に自信がない。そんな二人が歌っても、綺麗な旋律になるわけがなかった。

「ところで、こんこんはれいみサンの歌声をじっくり聞いたことがありますか？」

「いえ、自分のことで精一杯で」

「では、れいみサンは？」

「紺々さんの歌声を聞いていたら、音程がわからなくなって、主旋律に引きずられてしまいそうで」

紺々が高音を、麗美が低音を歌っている。二人は互いに互いの歌声を聞いていなかった。

珊瑚は麗美にお願いをする。少しだけ、一人で歌ってみてほしいと。

「すみません、無理なお願いをしてしまって」

「いいえ、珊瑚様のお願いとあれば、なんでもやってみせますわ」

麗美は珊瑚の願いを聞き入れてくれた。今度は、紺々にお願いをする。

「こんこん、一度、れいみサンの歌声を聞いてみてください」

「はい、承知いたしました」

珊瑚の演奏に合わせて麗美が歌う。低く難しい旋律であったが、間違えることなく歌い終えた。紺々は拍手する。

「麗美さん、すごい、お上手です」

「ふふん。まあこれくらい、なんてことでもないですけれど」

紺々に褒められて、麗美は満更でもないといった様子だった。珊瑚は感想を聞く。

「こんこん、れいみサンの歌は、どうでしたか？」

「えっと、声量があって、音程のブレもなく、完璧な歌声だったかなと」

続いて、珊瑚は紺々に、今度は一人で歌ってみてくれないかと頼み込む。恥ずかしがり屋の紺々は顔を真っ赤にしてたじろいでしまう。珊瑚は重ねて懇願した。

「こんこん、お願いします」

「うっ……！」

珊瑚のお願いには、紺々も弱かった。意を決したようで、歌ってくれるという。珊瑚の弾く旋律を優しくなぞるように、紺々が歌う。野に咲く花のような、可愛らしい歌声であった。なんとか歌い終わり、紺々は胸を押さえてはあと息を吐く。珊瑚は拍手で労った。

「こんこん、ありがとうございます」

「い、いえ、お粗末様でした」

今度は麗美に紺々の歌声がどうだったか聞いてみる。

「そうですわね。とても、綺麗なお声だと思いました。しかし、声がとても小さくて、せっかくいい歌声なのに、聞き取れなくてもったいないですわ」

ここで、珊瑚は二人に問いかける。

「今の状態で、こんこんとれいみサンの歌声は、綺麗に重なっていると、思いますか？」

二人は今になってハッとなる。歌声は素晴らしいものであった。しかし、今の状態では、音律が調和することはありえない。紺々も麗美も、相手に合わせようとせずに、自分のパートを間違うことなく正確に歌うことしか考えていなかった。

「こんこんは、どうすれば綺麗に聞こえると、思いますか？」

「えっと、そうですね。もうちょっと声を張って、声量を上げたほうがいいかな、と」

「そうですね」

続いて、麗美に同じことを問いかける。

「わたくしは、少し声を抑えたほうが、いいのかもしれません」

相手の歌声を聞いて、感想を述べ合い、初めていいところ、悪いところに気付く。紘宇の言っていた通り、息が合わない者同士は、自分のことしか考えていなかった。しかし、紺々と麗美は改善すべき点に気付けた。今から、きっとよくなるだろうと珊瑚は思う。

「では、一度合わせてみましょう」

相手を思いやりながら、綺麗な歌声を旋律に乗せていく。恐る恐る相手に合わせるような、荒削りな部分もある歌声であったが、今までのものよりもぐっとよくなった。紺々と麗美も、手応えを感じたようで、歌い終わったあと、手と手を握って喜びをわかち合っていた。

練習は再開される。メキメキと上達する歌声は、廊下を急ぐ者の歩みを止めるほど、美しいものであった。

やっとのことで訪れた雅会の選考会当日。珊瑚と紺々、麗美はドキドキしながら控え室で待機していた。珊瑚、紺々、麗美の三人は「たぬき組」という名で登録している。

「ああ、ダメです。ドキドキして、体が氷のように冷たくなっています」

「こんこん、大丈夫、ですよ」

珊瑚は紺々をぎゅっと抱きしめた。

「あ、はわわ、珊瑚様、そ、そんな」

紺々は顔を真っ赤にして、ぐにゃぐにゃの状態になる。氷のようになっていた体は解れたが、別の意味で問題が生じた。

「紺々さんばかり、ずるいですわ。わたくしも、珊瑚様にぎゅっとしていただきたいのに」

そんなことを言う麗美の体も、珊瑚は引き寄せた。

「ああ、珊瑚様、そんな、強引に……うふふ」

左腕に紺々、右腕に麗美を抱き、二人の耳元で珊瑚は囁く。

「こんこん、れいみサン、今日は、おねがいいたします」

「もちろんですわ」

「が、がんばります」

そうこうしているうちに、出番がやってきた。選考会を行う部屋には、貫禄のある女性が一人座っている。尚儀部の女官長、李榛名であった。彼女が選考員を務めるようだった。

「皆の演奏、楽しみにしておった」

ただし、と付け加える。今回参加した者の大半は、二胡の演奏で歌を歌うという出し物を披露していたと。

「よって、激戦である」

その宣言に、珊瑚は凛としながらも言葉を返す。

「はい、頑張ります」

一同、抱拳礼をしたのちに、位置につく。二胡を演奏する珊瑚は椅子に座った。紺々と麗美の後ろ姿を見る。二人共、緊張しているようだった。

珊瑚はトントントンと足で拍子を取り、二胡の演奏を始める。二胡を弾いている間、李榛名の顔などみることはできなかった。皆、各々の務めで疲れているのに暇を見つけては集まって、一生懸命練習をしていたのだ。紺々と麗美は本番に強いのか、いつもより上手く聞こえた。珊瑚も精一杯いい演奏ができるように努める。難しい旋律も、なんとか乗り越えた。こうして、最後まで弾ききることに成功する。

終わったあと、やっと李榛名の顔を見ることができた。険しい表情で三人を見ている。

珊瑚はにっこりと微笑みかけた。すると、ふいと視線を逸らされる。

手元にあった紙にさらさらと書きながら、命じた。

「もう、下がってもよい」

「はっ」

一礼し、部屋をでていった。結果発表は一刻後。皆、無言で控え室まで歩く。それから、用意されていた水を飲み干した。

シーンと静まり返っている中、沈黙を破ったのは、麗美だった。

「はあっ、緊張しましたわ」

雅会は今回ばかりではない。それなのに、最後と言ってもおかしくないような、全力を出しきった演奏と歌だった。悔いはない。珊瑚は二人に頭を下げる。

「こんこん、れいみサン、ありがとうございました。とても、綺麗でした」

今までの中で、一番の仕上がりだったと、感想を述べ合う。それから一刻の間、ドキドキしながら結果を待った。ついに結果発表の時となり、尚儀部の者に呼び出される。案内された広間には、三十名ほどの参加者が集まっていた。李棒名より合格者の発表がある。

「まず、一組目。美しい舞踏を舞った、花組」

五人組で挑んだ花組の女官達が飛び跳ねて喜んでいた。

「続いて、摩訶不思議な手品を見せた、虹組」

たった一人で挑戦したらしい女官が、両手を挙げていた。

「三組目、愉快な人形劇で楽しませてくれた、白組」

二人組の女官が、手を取り合って飛び跳ねている。

「次、素晴らしい品玉芸を披露した、木の葉組」

四人組の女官がワッと沸く。次が最後だ。ドキンと、珊瑚の胸が高鳴る。紺々は神頼みをするように、胸の前で手を組んでいた。麗美は、瞬きもせずに、李棒名を見ている。

「二胡と美しい歌声を聴かせてくれた――」

二胡の演奏を奏でながら歌を披露した者は、何組もいたと言っていた。果たして、誰が合格したものか。ドキドキを通り越して、バクバクと心臓が鼓動を打つ。

「たぬき組！」

読み上げられた瞬間、三人はポカンとしていた。結果が信じられず、ぼーっとしていたのだ。李棒名は顔を顰めつつ、もう一度たぬき組と読み上げた。

「さ、珊瑚様、あ、あの、どうやら、私達が、合格のようですが?」

「そ、そうみたいですわね」

たぬき組と書かれた巻物が広げられた。ここで珊瑚は我に返る。合格にしてくれた李榛名に、慌てて深々と頭を下げた。

「二胡と歌は、今回一番多くの者が披露した。どれも、甲乙つけがたいものであった」

最後の決め手は、〝笑顔〟であったと話す。

「この後宮生活でもっとも重要なのは、笑顔である。それができていたのは、たぬき組一つだけだった。妃嬪様は現状を嘆いておる。我らまで、暗くなってはいけないだろう」

参加者の中で、珊瑚だけが笑顔を忘れていなかった。そこを一番評価したのだ。

合格発表後、珊瑚は紺々と麗美を抱きしめる。

「こんこん、れいみサン、ありがとうございました」

「い、いえ」

「そ、そうですわ。合格は、珊瑚様のおかげで」

違うと、首を横に振る。

「合格できたのは、こんこんとれいみサンがいてくれたおかげです。一人では、微笑むことなんて、とてもできなかった」

だからありがとうと、感謝の言葉を口にした。

雅会の選考会に合格できた。珊瑚はワクワクと心躍らせながら私室へと戻る。紘宇に、

嬉しい報告ができるのだ。部屋の扉を開くと、たぬきが出迎えてくれた。

「ただいまかえりました」

「くうん」

尻尾を振って珊瑚を見上げている。フワフワの体を持ち上げ、頬ずりした。

「今日は、嬉しい報告があるんですよ」

「くうん、くうん」

喜びを堪えきれず、たぬきに話しかける。努力を重ねた結果が実ったのだ。これ以上嬉しいことはない。紘宇は居間にはいないようだった。執務室の扉に目を向けた瞬間、中から紘宇がでてくる。

「こーう！　あの、お疲れ様です。お仕事、終わりましたか？」

「ああ、終わっている」

ここで女中がやってきて、茶と菓子を用意してくれた。香り高い茉莉花茶と、栗の餡入りの饅頭である。たぬきには、木の実が用意された。

「たぬき様、木の実の皮は剝いて差し上げますね」

「くうん！」

たぬきは女中にも可愛がられているようで、よく世話をしてもらっている。その様子を珊瑚は目を細めて眺めていたが、紘宇からの視線を感じて我に返る。

「あ、あの、そう、こーうに報告したいことが、あったのです」

ここで喉の渇きを覚え、茶を飲む。深呼吸してから、選考会の結果を報告した。

「それで、今日、選考会があったのですが、合格をいただきました」

いつものように冷たくあしらわれると思っていたが、そんなことはなく、紘宇はふわりと微笑んだ。

「そうか、よかったな」

不意打ちの穏やかな笑顔に、珊瑚は顔を赤くする。

「こーうの、ご指導あっての、合格です。それから、こんこんとれいみサンの頑張りも」

「お前もずいぶんと頑張っていた。その成果だろう」

「あ、ありがとうございます」

まさか、褒められるとは思わなかったので、照れてしまった。紘宇はなんの見返りもないのに、熱心に指導してくれた。何度礼を言っても足りないくらいだ。

「そういえば、なんでお前はそんな必死になっていたんだ？」

雅会は年に何度もある。なのに、珊瑚の力の入れようは目を見張るものだった。紘宇は疑問に思ったらしい。

「それは、妃嬪様より、花札をいただきたいなと、思いまして」

「欲しいものがあるのか？」

珊瑚が頷くと、紘宇は「欲しいものがあるのならば、言えばよかったのに」と言う。内官である紘宇は、女官とは違って、必要な品物があったら用意してもらえるらしい。しかし、珊瑚の欲するものは、安易に入手できるものではなかった。

「いったい、何を欲している?」

「その、お仕えしていた主人との別れ際に、剣を賜ったのですが、没収されてしまい……」

もしかしたら、花札と交換してもらえるかもしれない。そのためには、雅会にでて最高の演奏をしなければならない。その件がきっかけで、珊瑚は練習を重ねてきた。王子から授かった剣は、珊瑚にとって唯一、国との繋がりとなる剣だったのだ。

顔を上げると紘宇と目が合う。穏やかな顔から一変し、険しい表情となっていた。

「残念だが、宮官の帯剣及び所持は認められていない」

衝撃を受けるのと同時に、やはりそうであったかという諦めと落胆する気持ちが湧き上がる。没収された時に、そうではないのかと考えていた。あの美しい剣は珊瑚には過ぎた品だった。そう、思うことにした。

「なぜ、その剣に固執する?」

紘宇はまだ、硬くなった表情を崩さない。責めるように、珊瑚に話しかけてくる。

「それは、主人が私にくださった剣、ですので」

「大切な品だったのか?」

珊瑚はコクリと頷いた。ここで、想定外のことを問われる。

「まさか、その主人とお前は、深い関係にあったんじゃないだろうな? 命を挺して守るとは、なかなかできないことだ。まさか、愛人関係だったのか？」

「ち、違います！」

慌てて否定する。メリクル王子とは、そのような関係ではない。

「決して、決してそのような関係ではありません。たしかに一度、結婚を申し込まれたことはありますが、過ぎた話だと思って、お断りをしました」

「なんだと!? お前の国では、同性でも結婚できるのか!?」

強ばった表情で問い詰められたので、珊瑚は萎縮してしまう。言葉も聞き取れなかった。

「あの、すみません。早口で聞こえなかったので、もう一度おっしゃっていただけますか？」

「お前の国では、お前のような者が王子と結婚できるのかと聞いたのだ」

珊瑚のような者というのは、身分差のことなのか。伯爵家の者が王族と婚姻を結ぶことは多くはないが、ないことはない。珊瑚の家は歴史ある名家で、王家に嫁いだ者もいたはずだ。

「そう、ですね。ですが、あまり、多い話ではありませんが……」

華烈ではありえないことなのか、紘宇は絶句している。

「お慕いしておりましたが、私的な感情は抱いておりませんでした」

厳しい人だったが、優しい人でもあった。ただ異性として意識したことなど一度もない。

「それは、お前が自分自身の好意に、気付いていなかっただけだろう」

「え？」

「なるほどな。その主人からもらった剣のために、練習をしていたというわけか」

紘宇の口調が激しく、またトゲトゲしくなっていく。

「下心があってのことなのに、私は知らずに協力してしまった。馬鹿馬鹿しい」

「こーう、あの」

立ち上がった紘宇は、早足で執務室へと向かう。珊瑚はあとを追いかけたが、ピシャリと扉を閉ざされてしまった。部屋に入って弁解しても、怒らせるだけだろう。

「こーう、ごめんなさい。こーう……」

今になって気付く。剣のことは、今日まで忘れていた。二胡が上達していくのは、楽しかった。紺々と麗美の息が合うようになって、仲良くなっていく様子を見守るのは微笑ましかった。何よりも紘宇の熱心な指導が嬉しかった。しだいに、紘宇に認めてもらいたい、褒めてもらいたいと思うようになり、日々、頑張っていた。

珊瑚の中にあった目的は、いつの間にか変わっていたのだ。しかし、今となってはそれを説明するのも白々しいだろう。怒ってしまった紘宇の機嫌を直すことはなかなか難しい。時間が解決してくれるだろう。そう、思うしかない。

「くうん」

たぬきがやってきて、珊瑚を励ますようにすり寄ってくれた。

「たぬき、ありがとうございます」

頭を撫でたが、心は落ち着かない。少し、頭を冷やしてこよう。珊瑚はたぬきに留守番を頼み、部屋をでる。

薄暗い夜の後宮をとぼとぼ歩く。周囲に人の気配はない。格子窓の外を見上げると、雲がかかった月がぼんやりと浮かんでいた。この国では、ひと際輝く一番星ですら、ぼやけて確認できない。前に、紺々が見たいと言っていた彗星など、見ることは不可能だろう。

そもそも、星が見える国でも、彗星の観測などないに等しい。そんなことを考えながら、進んでいく。柱廊から中庭にでる。今宵は風が強く、ひやりとしていた。上着を羽織ってくればよかったと後悔する。

高い木があったので、登って太い枝に座った。小さな頃はこうして、木登りをして遊んだものだった。木々に囲まれた場所の澄んだ空気を吸い込んだら、モヤモヤしていた気持ちも少しだけ落ち着いた。ほんの、少しであったが。

メリクル王子も、珊瑚の発言が原因で機嫌が悪くなることがあった。あれは、いつの話だったか。珊瑚は王子に夜会に誘われた。てっきり護衛だと思っていたら、なんと、ドレスを着て同伴するようにと言われたのだ。冗談だと思って軽く受け流したら、怒らせてしまい、一ヶ月は口を利いてくれなかった。その出来事を甦えらせながら思う。きっと、自分には無神経なところがあるのだと。今回も、紘宇が許してくれるのを待つしかない。

息を大きく吸い込んで、吐く。気分は入れ変わった。そう、思い込むしかない。紘宇が心配するといけないので、部屋に戻ろう。

木から飛び降り、着地したのと同時に、女性の驚く声が聞こえた。

「な、なんだ⁉」

声がするほうにいたのは――見目麗しい貴婦人、星貴妃であった。

目と目が合い、気まずい時間が流れていく。人に見つかった野良猫はこんな気持ちなのか、と珊瑚は思った。

それよりも、まさかこんなところに星貴妃がいるなんて。珊瑚の額に汗が浮かぶ。

考えごとをしていたので、人の気配にまったく気付かなかった。騎士失格だろう。今はもう、騎士でもなんでもないが。

星貴妃は供も連れずに歩き回っていたようだ。寝間着ではなく、紫色の華服を金の帯で締めた姿である。無地の生地で仕立てられており、この前見た時よりも質素な印象があったが、それでも、彼女は美しかった。

艶やかな美しい髪は、夜闇を丁寧に磨き上げたかのような深い漆黒である。その髪を飛仙髻（ひせんけい）――頭の上で輪を二つ作るようにして結い上げていた。切れ長の目には、朱が差してあった。魔除けの化粧であるが、星貴妃の美しさを際立たせているように思える。スッととおった鼻筋、ふっくらとした唇、陶器のようななめらかな肌と、目の前の女性は絶世の美女であった。月灯りが姿をぼんやりと照らし、彼女の魅力をかきたてていた。旅人を湖へ誘い、水底に沈めてしまうセイレーンのような――。背後に池があるので、余計にそういうふうに見えるのかもしれない。珊瑚が星貴妃に見惚（みと）れていると、ジロリと睨まれてしまう。

「お主、そこで何をしておったのだ！」

言葉が見つからず、立ち上がって一歩前に踏み出すと、星貴妃は後退しながら叫ぶ。

「近付くな！」

「あ、危ない！」

珊瑚を警戒した星貴妃は、一歩足を引く。すぐ後ろは池だ。

「う、うわっ！」

星貴妃の体は後方へとぐらりと傾いた――が、珊瑚が駆け寄って腰を抱き寄せた。

間一髪。冷たい池に落ちずに済む。

「大丈ぶ――」

「無礼者!!」

星貴妃は混乱状態にあったのか、珊瑚の肩を力いっぱい叩いた。すると、星貴妃を支えきれず、珊瑚は体の均衡を崩す。

「わっ！」

「なっ！」

珊瑚は星貴妃を胸に抱いたまま、草むらのほうへと転倒してしまった。相手に衝撃がいかないようぎゅっと抱きしめ、背中から転ぶ。上手く受け身が取れたので、そこまで痛くはない。星貴妃が珊瑚を押し倒したような体勢となる。

二人は至近距離で見つめ合う形となった。黒く濡れた星貴妃の目は、宝石にも劣らない美しさである。これが生の輝きであると、珊瑚は思った。その瞳からは、彼女の揺るがない強さを感じる。またしても見惚れていると、ジロリと睨まれてしまった。

「お主、何をする⁉」

「も、申し訳ありません」

しかし、星貴妃が退かないと、起き上がることはできない。小柄な紺々ならまだしも、彼女の体は成熟した大人の女性のものであった。

珊瑚は睨まれ続ける。どうすればいいのかわからず、硬直していた。それは、相手も同じなのか。否——違うと気付く。どうやら、腰を抜かしているようだ。微かに、震えているのにも気付く。星貴妃は男性が嫌いだと麗美から聞いた。後宮の仕組みを利用しようとした、野蛮な男達に襲われたからだ。男装している珊瑚の姿が怖いのかもしれない。

なるべく優しい声で、話しかける。

「あの、セイ貴妃、私は、大丈夫です。あなたを、害したりしない」

その言葉に星貴妃は反論する。

「そんなの、口ではいくらでも言えるであろう！」

か細い反応とは違い、口からでる言葉は勇ましかった。珊瑚の上にいる星貴妃は、体を硬くしながら話し続ける。

「お主も、他の男どものように、私を孕ませるために、いろいろと画策しているのではないか？　今日だって、ここに夜、散歩をしていることを知っていて、待ち伏せをしていたのだろう？」

星貴妃の口調はだんだんと早口となり、半分も聞き取れなかった。唯一わかるのは、男装姿の珊瑚が気に食わないということである。

気の毒な女性である。政治のために、この後宮に身を捧げることになったのだ。

珊瑚は、なんと言葉をかけていいのかわからない。

「何か言ったらどうなのだ！」

「わ、私は――」

星貴妃を見上げる。その表情は――泣きたくても泣けない。そのように見えた。かつてのメリクル王子と重なってしまう。孤独な王子は誰にも理解されなかった。頑張っても、王族として当たり前の務めだと周囲から認められず、父親の愚かな行いを指摘したら、逆に不興を買ってしまう。心の拠り所がなく、自らで自らを奮い立たせて強く生きるしかなかった。その孤独は、計り知れない。珊瑚も、ここにきたばかりの頃は、辛かった。皆、親切だったのに、言葉と文化の壁があって、身の置き所がわからずに心がザワザワとしていた。しかし、珊瑚には親身になってくれる紺々がいた。支えてくれる紘宇だっていた。

明るい麗美の姿には、暗くなってはいけないと励まされた。

それから、珊瑚には可愛いたぬきがいた。周囲の人達のおかげで、なんとかやってこられたのだ。星貴妃も、そんな心安らぐような存在を見つけてほしい。そう思って、恐る恐る話しかける。

「あの、セイ貴妃、私の、たぬきと会ってみませんか?」

「は?」

「たぬきです。フワフワで、賢くて、とても、可愛くて……」

たぬきの可愛さを、一生懸命星貴妃に伝えた。

「お主、狸なんか飼っておるのか?」

「はい。せんえつながら」

西柱廊で偶然狸を発見し、飼い主がいないというので、紘宇に愛玩動物の登録をしてもらったことを話す。星貴妃はポカンとした顔で、珊瑚の話に言葉を返した。

「狸を好んで飼う者など、聞いたことがない」

「そう、みたいですね。最初、犬かと思って、拾ってしまったのです」

ここでやっと体を動かせるようになったのか、星貴妃は上体を起こす。そして、そのまま立ち上がると思いきや、珊瑚に馬乗りの状態となった。前髪をかき上げ、珊瑚を見下ろす。

「……変な奴」

呆れた顔で、ボソリと星貴妃は呟いた。表情から、強張りや警戒心などが解れたように思えるのは、気のせいかと思う。

「お主のような変わり者など、見たことがない」

変わっているというのは元同僚のヴィレにも言われたことがあった。これで二人目なので、きっとそうなのだろうと、自らの評価を受け入れる。ここでバタバタと柱廊を走る音が聞こえた。

「星貴妃！」

「妃嬪様！」

女官達の声が聞こえた。どうやら、星貴妃は誰にも言わずに部屋を抜け出してきたようだ。女官達は中庭の人影に気付き、駆け寄ってくる。

「星貴妃——きゃあ！」

「どうかなさっ——まあ！」

星貴妃は、珊瑚を押し倒した姿で発見される。女官達は顔を真っ赤にして、両手で顔を隠す。最初は眉を顰めていた星貴妃であったが、その意味に気付くと、女官と同じように頬を朱に染めた。

「違う！　お主達、何を勘違いしておる！」

女官達は主人と噂の宮官が中庭で子作りをしていたと、勘違いしていた。

無理もない。星貴妃は珊瑚に馬乗りの状態となっていた。この体勢でやることなど、一つしかない。珊瑚はここで、そろそろ起き上がらなければと思い、空気も読まずに起き上がる。星貴妃の腰を掴んだ状態で、上体を起こした。

「えっ、なっ⁉」

再度、珊瑚と星貴妃は顔が近くなった。唇が触れ合いそうなほどの距離である。

「セイ貴妃、失礼いたします」

珊瑚は星貴妃の体をずらして自らの上から退かすと、すっと立ち上がる。

すぐに星貴妃へと腕を伸ばし、体を横抱きにした。

「部屋まで、お送りします」

「なっ！」

星貴妃は顔を真っ赤にさせて、口をパクパクとさせている。珊瑚は女官に、部屋に案内するよう願った。

「すみません、星貴妃の部屋に、案内してもらえますか？」

「は、はい、ただいま！」

「こ、ここでは、なんですものね！」

女官の言葉の意味がわからない。けれど今は星貴妃を部屋に連れていくことを優先させなければならなかったので、深く追求はしなかった。長い廊下を抜け、北柱廊を通った先に星貴妃の寝殿があった。女官は先回りして、左右二枚ある引き戸を開く。部屋には灯篭（とうろう）が点されていた。薄明かりの中に敷かれた布団に、星貴妃をゆっくり下ろす。その刹那、胸倉を掴まれた。胸の前で重なった襟を引かれ、首元がぎゅっと締まる。

「んんっ!?」

「お主、こんなところにやってきて、どういうつもりだ？」

「ゆ、ゆっくり、お休みいただこうと、思いまして」

思いがけない言葉だったからか、星貴妃はポカンとした表情を浮かべる。そして、珊瑚の服の襟から手を離した。

「セイ貴妃、おやすみなさい」

襟を正し、片膝を突いた珊瑚は、深々と頭を下げて寝殿を去る。出入り口にいた女官が何か言いたげであったが、微笑みだけ返しておく。なんとか無事に送り届けることができた。あとは、翌日にお咎めがありませんようにと祈るばかりである。

珊瑚は重たい足取りで廊下を歩く。気分転換をするために外にでたのに、星貴妃と出会ってしまい想定外な事態となった。なんとなく、今まで以上に嫌われたような気がして、落胆する。雅会の評価に響かないといいが……。その上、紘宇を怒らせてしまったことも悩みの種だ。悪いことは重なるものだと、深いため息を吐く。

「あ、珊瑚様、よかった」

廊下で紺々と会った。風呂に入るか否か、訊くために捜し回っていたらしい。

「ありがとうございます。入ります」

紺々は先に入ったようだった。入浴の手伝いをするかと訊かれたが、一人で入りたかったので断る。終始ぼんやりしつつ風呂を終えた。紺々と廊下を歩いていると、心配そうに顔を覗き込まれた。

「あの、珊瑚様、どうかなさいましたか？」

元気がないように見えたらしい。なんでもないと言おうとしたが、星貴妃といろいろあったので、珊瑚のお付きである紺々にも、なんらかの影響がでる可能性があった。

「少し、部屋にお邪魔をして、話してもいいですか？」

「ええ。もちろんです」

廊下から紺々の私室に移動し、事の次第を説明した。

「そんなことがあったのですね」

「もしかしたら、こんこんにも、何か影響が、あるかもしれません」

「いえいえ！　私は大丈夫です。元から、星貴妃にいい感情は持たれていませんので！」

気にしないでくれと、念押しされる。今回の件は、運が悪かっただけだとも。改めて、珊瑚は紺々の存在に励まされた。

「こんこん、ありがとうございます」

珊瑚は紺々の小さな体を抱きしめた。

「あ、ふわっ！　いえ、はい……」

ふと、紺々の耳が真っ赤になっていることに気付く。華烈では、礼として抱擁はしないと礼儀の時間に習った気がする。それを思い出し、離れようとしたら――。

「紺々さん、尚食部の方からお菓子をもらったの――きゃあ!!」

突然部屋に入ってきたのは麗美だった。部屋で抱擁する珊瑚と紺々を見て、目を剝く。

「あ、あなた達、何をされているの!?」

「え？」

「まさか、二人ができていたなんて!!」

ここで、麗美が大変な勘違いをしていたのだと気付く。紺々に続いて、珊瑚も慌てて弁解することになる。

珊瑚は星貴妃に会い、いろいろやらかしてしまって落ち込んでいた。それを紺々が励ましてくれた。最後に礼として抱擁する。以上が部屋で行われていたことのすべてであった。

「驚きましたわ。紺々さんと珊瑚さんが秘められし関係なのかと、思ってしまいました」

「あ、ありえないです。絶対に！」

「当たり前ですわ。内官と宮官は、もれなく全員妃嬪様の愛人ですし、関係なんか持ったら、後宮追放ですわよ」

その事実に、珊瑚は驚く。

「あら、珊瑚様。聞かされていなかったのですか？」

「は、はい……」

後宮にいる男性すべてが、妃の男であるという事実は把握していたが、それに女である自分まで含まれているとは知らなかったのだ。

「そ、それは、私みたいな、変わった者も、ありうると？」

「ええ、もちろん。珊瑚様みたいな珍しい御方は、おそらく他にいないでしょうけれど」

「で、ですよね」

女の珊瑚が星貴妃の愛人であることはありえるのか。そういう意味で麗美に聞いた。

だが、麗美は異国人であることが変わっている点だと勘違いして、深々と頷く。

上手い具合に、互いの勘違いが成立していた。

「そういえば前から聞きたかったのですが、ヒヒン様、というのは、どういう意味ですか？」

女官の多くは、星貴妃よりも妃嬪と呼ぶ者が多い。ずっと、疑問に思っていた。

麗美が説明してくれる。

「妃は皇帝の妻を示す言葉で、嬪は高貴で美しい女性という意味です。ですので、妃嬪様というのは、〝わたくし達の高貴で美しい妃様〟という意味となります。我が国独自の後宮言葉ですね」

星貴妃の美しさや気質に心酔している女官が積極的にそう呼ぶ。麗美は後宮事情を丁寧に説明してくれた。ついでに、正しい発音も教えてもらう。

「ひひん……ヒヒン……、うーん、妃嬪」

「それです!!」

「さすが、珊瑚様ですね」

三人で集まって会話していると、胸の中にあったモヤモヤが少しだけ晴れた。問題は紘宇である。果たしてどうやったら機嫌が直るのか。そんなことを考えつつ、部屋に戻った。

部屋の灯りは消されていた。小さな灯篭が一個だけ点っているばかりである。執務室も同様に。もう、紘宇は寝ているのだろう。

「くうん」

「たぬき。まだ、起きていたのですね」

暗闇の中から、帰ってきた主人を出迎えようとたぬきがやってくる。いつもより元気がない珊瑚を見て、切なげな鳴き声をあげていた。

「私達も眠りましょう」

「くうん」

珊瑚はフワフワモコモコなたぬきを持ち上げ、寝室に向かう。予想どおり、紘宇はすでに眠っていた。珊瑚のほうに背中を向けている。いつもは仰向けに寝ているので、怒っていると示しているのだろう。

なぜ、ここまで怒らせてしまったのか。わからない。一度、自分のことに置き換えてみる。

たとえば、騎士隊の同僚であるヴィレが、珊瑚に剣を習いたいと言ってきたので、一生懸命指導したとする。のちに、剣の修業を頑張っていたのは、姫君より贈られた剣を取り返すためであると明らかになる。考えてみたが、別に怒りは感じない。それどころか、微笑ましく思った上に頑張ったねと声をかけていただろう。

ここで、珊瑚は紘宇の年齢について思い出す。彼は年下だ。年上を指導して、欲のためだったと判明した場合、腹が立つのではと気付く。仮に、兄や先輩騎士に同じことをされたら、微笑ましくは感じないかもしれない。別に年下の者に頼らなくても、他に指導できる人はいたのではと思う。ようやく、珊瑚は紘宇の怒りの理由に気付くことになった。寝台に上がってたぬきを寝かせたあと、珊瑚は背を向ける紘宇の前に正座する。そして、頭を下げた。

「こーう、ごめんなさい。せっかく、指導してくれたのに、ごめんなさい」

今は、謝罪の言葉しか言えない。弁解はしないでおこうと思った。代わりに、紘宇の仕事の手伝いを頑張る旨を伝える。一度下賜された宝剣のことは忘れて、仕事に励むことを決意した。返事はない。眠っているとわかっていて、話しかけた。これは、自分に言い聞かせるための言葉だった。話が終わったので、全身をすっぽりと覆う上着を脱ごうとしていたら、ごほん、ごほんと、咳(せき)払いが聞こえた。

「こーう、大丈夫、ですか？」

そういう咳ではないと返された。

「お、起きていたのですか？」

「あれだけ大きな独り言を言っていたら、誰だって起きるだろうが」

「すみません、でした」

シンと静まり返る。このまま眠ったほうがいいのか。そんなことを考えていると、紘宇が話しかけてくる。

「お前は……本当に、反省しているのか？」

紘宇は背を向けたまま、話しかけてくる。相手に見えていないが、コクリと頷いた。

「反省しています。もう、しません」

「当たり前だ。二度と、このようなことはないように、気を付けろ」

「はい、わかりました」

紘宇は許してくれた。ホッと、安堵の息を吐く。

「お前の剣については、今度兄に聞いてみる。たぶん、役目と交換であると言いそうだが」

役目と聞いて、珊瑚は頬を染めた。内官と宮官は星貴妃の愛人である。次代の皇帝及び皇后を産ませることが、お役目であった。女である珊瑚に、役目を果たすことはできない。

しかし、床に入ることはできる。

「私に……お役目が果たせるのでしょうか」

「お前か俺が役目を果たさないと、どうにもならん」

珊瑚が星貴妃のもとへ通うこと以上に、紘宇が星貴妃のもとへ通うことについて衝撃を受けた。後宮とはそういう場である。しかしどうしてか、それについて――嫌だと、そう思った。この、心のくすぶりはなんなのか。珊瑚は理解できず、胸を強く押さえていた。

第三章　男装宮官は恋心を自覚する!?

雅会の開催が近付き、牡丹宮の人々は活気づく。各内侍省の女官達は、忙しなく働き回る。当日の演奏を担当する尚儀部は楽器の手入れに余念がない。工芸を行う尚功部の女官達が、雅会の会場となる〝花房の間〟を美しく飾る。真っ赤な絨毯を敷き、灯篭も満月を模ったものをだす。壁にあるのは〝結芸〟と呼ばれる、一本の赤い紐で作られた飾り。花や蝶の形をしたものが吊されている。星貴妃が座る席の背後には、皇帝と皇后を表す鳳凰（ほうおう）の絵画を置いた。久しぶりの雅会なので、尚功部の者達も気合いが入っている。

尚食部の者達は、宴のために特別な料理を作っているようだ。中心となる食材は蟹。雌がたくさんの卵を抱いている姿は子孫繁栄を象徴し、ハサミを動かす様子は、ツキを招いているように見えることから、縁起のよい生き物とされている。さらに、火を入れるとめでたい色とされる赤になることも、好まれる理由であった。本日後宮へと運ばれたのは、大閘蟹（ダイジャーシエ）。川に生息している小型から中型の蟹である。栄養価が高く、健康にもいいことから、貴人達にも人気を博していた。大閘蟹は星貴妃の大好物でもあるので、尚食部の料理人達は、腕によりをかけて作っていた。

尚服部は、星貴妃の衣装作りで忙しかった。白い布地に青い襟を合わせ、薄紅の花を糸で刺す。羽衣のような布地で羽織を作り、団扇に張った布地には、白い牡丹の花を刺繍した。服に合わせる金の帽子冠も宝物庫から持ってきて、手入れする。忙しなく働くのと同時に、彼女らは口も動かしていた。

「この前の晩の事件、聞きました？」

「ええ、ええ。妃嬪様が、中庭で珠宮官を押し倒していた話でしょう？」

「そう！　びっくりしたわ」

星貴妃と珊瑚の中庭で起きた事件は、あっという間に牡丹宮内で広がっていた。

「妃嬪様は大の男嫌いだから、いろいろ諦めていたんだけどねえ」

「男嫌いは仕方がないわ。私でも、嫌になる事件だったもの」

四人の妃が立てられ、次代の皇帝を産むために作られた四つの後宮。そこには、国中の美男子が集められた。厳選に厳選を重ねた結果、牡丹宮にも数十名送られる。星貴妃は四人の妃の中で一番年上となる、二十五歳。よって、牡丹宮に送られた男達は総じて焦っていた。三十になったら、妃を交代し、男達も入れ替えると言われていたからだった。

星貴妃は気が強く、誰にも弱みを見せない。男達がどれだけ口説いても、微笑むことすらしなかった。そんな星貴妃の強情が原因で、男達は次々と寝込みを襲い、腐刑となった。

「あの殿方達もツイてなかったわね」

星貴妃の周辺には、護衛の女官がいる。寝込みを襲った男達は、その女官に捕まったということになっていた。

実際は違った。星貴妃は武芸に長けた姫君で、すべて彼女が一人で返り討ちにしてしまったのだ。それと同時に、護衛の女官は必要ないと、全員牡丹宮から追い出してしまった。

「なんでも、ここにくる前は、戦って勝つことができた男を、夫として迎えるとおっしゃっていたのですって」

「だから、独身でしたのね」

絶世の美女である星貴妃であったが、武を極めるあまり、夫となる男がいなかったのだ。娘に手を焼いていた星家の当主である父親が、厄介払いとばかりに、後宮に送ったのだ。

「ってことは、妃嬪様のご実家は、後継者争いに消極的ってことなの？」

「みたいね。もともと、星家の領地は異国の文化を取り入れた、独自の暮らしをしている土地ですし、帝都でのいざこざに興味がないのかもしれません」

星貴妃は自らを倒した者を夫とする。そのことについて詳しく調べていたのは、汪家だけだった。星貴妃に子どもを産ませるために、ある男に後宮入りを命じた。それが、一族の中でも見目麗しく、武芸に長けた汪紘宇であったわけだったが、本人はやる気がないようで、星貴妃に近付くことすらしない。

「汪内官と妃嬪様はお似合いだと思うんだけど」

「そうよねえ」

女官達は美男美女である紘宇と星貴妃が並んだ姿を想像し、うっとりする。

「なぜ、お勤めを果たそうとしないのかしら？」

「武官をされていたらしいので、妃嬪様にも勝てる実力はあると思いますが……」

「妃嬪様がお好みではなかったとか？」

ここで、口元に弧を描いた女官が話し出す。

「汪内官は噂があって――」

秘密の話なので、あまり大きな声では言えない。手招きして、近くに寄せる。

「なんでも、星貴妃に興味がないらしいの！」

「まあ、そうなの？」

「星貴妃に惚れない男性がいるなんて、驚きだわ」

潜めた声のまま語り続ける。続きは、さらに内緒の話らしい。

「早くおっしゃって！」

「気になるわ！」

「ここだけの話、実は――珠宮官に片想いをしているらしいの！」

「あらあら！」

「まあまあ！」

珠珊瑚。三ヶ月前に牡丹宮にやってきた異国人。すらりと高い背に、金糸のような美しい髪。瞳は空の青さを閉じ込めたかのよう。優しげな甘い容姿を持ち、微笑みかけられた者は誰であろうと陥落してしまう。女官達のほとんどを魅了する者であった。

「いったいどうして、汪内官が珠宮官に懸想していると思ったの?」

「この前、珠宮官のたぬき様の捜索をされていて」

「あの、誰にも興味を持たない汪内官が?」

「ええ。珠宮官のために、必死になって後宮内を捜していたみたい」

しかし、ここで誰かが指摘する。

「それだけでは弱いわ。もしかしたら、ただの狸好きの可能性もありますし」

汪紘宇が狸愛好家で、狸を可愛がる様子を想像し、ちょっとほっこりしてしまった。

「狸はいいとして、二人は同室なのよ。怪しい関係に決まっているわ」

「もしかして、あなたの妄想なの?」

「当たり前じゃない。そんなの勘よ、勘! 絶対、あの二人は相思相愛なの!」

確固たる証拠はないが、珊瑚と紘宇はできている。女官は信じて疑わない。

「まあ、でも、夢のある話よね」

「ええ。珠宮官は、妃嬪様とでも、汪内官とでも、どちらでも絵になる御方だわ」

女官達は想像を膨らませ、恍惚の表情を浮かべていた。

「まあでも、汪内官との関係はどうでもいいとして、珠宮官が妃嬪様の心の拠り所になればいいけれど……」

星貴妃はずっと心休まる時もなく、自らの貞操を守るために、気を張りながら暮らしてきた。今はもう、星貴妃を狙う野心家の男はいない。今度は安らぎを得てほしいと女官達は思っていた。あの心優しい珠宮官ならば、星貴妃と心を通わせることもできるのではと、女官達は願ってやまない。

「でも、妃嬪様が珠宮官を押し倒していたっていうから、脈ありよね？」

「ええ、そうよ！」

「しかし、妃嬪様から押し倒すなんて……」

「もしかしたら、お稽古をしていたのかもしれないわ」

「床入りの？」

違うと、肩を強く叩く。

「珠宮官も武官だったらしいから、武芸のお稽古をしていたのかもって意味！」

「ああ、なるほど」

着衣の乱れはなく、星貴妃が珠宮官に馬乗りになっているだけだったらしい。なので、床入りの稽古をしている可能性は低かった。

「夢がないわ」

「でも、妃嬪様が誰かに興味を持ってくれるのは、嬉しいことだと思うの」

「それもそうね」

ここで、今まで大人しく刺繍をしていた女官がポツリと呟く。

「もう、後宮の雰囲気が暗くなるのは嫌だわ」

「ええ、そうね」

そのためには、雅会を成功させなければならない。女官達は星貴妃に楽しんでもらうため、準備に力を入れる。待ちに待った雅会は、もうすぐだった。

ついに雅会の当日となる。珊瑚は今までにないほど緊張していた。ソワソワする珊瑚に、紘宇は呆れたような視線を向けていた。

「お前な。雅会は年に一回開催でもなんでもない。まあ、牡丹宮は他よりも少ないが、それでも、二、三ヶ月に一度はある」

「え、ええ、そうなのですが」

メリクル王子から下賜された剣を取り戻すことは難しいと明らかになったが、それでも、今回の雅会は珊瑚にとって一大事である。二胡を教えてくれた紘宇の想いや、歌を歌ってくれる紺々、麗美の頑張りが、演奏に込められているのだ。失敗をするわけにはいかない。

昼食が終わると、衣装室で身支度の時間となる。風呂に入り、爪を磨かれ、金の髪は丁寧に梳(くしけず)られる。それから、珊瑚のために作られた盛装が用意された。

いつもは無地の青い華服を纏っているが、本日は華やかな衣装だった。青い生地には白い糸で牡丹の花が刺されている。帯は黒地に銀の蔦模様。羽織は白地に、青い襟が合わせられている。髪は頭上で纏められ、式典用の幞頭(ぼくとう)を被った。目じりには、魔除けの赤化粧がいつもより広い範囲に塗られた。こうして、一刻半にも及ぶ身支度は完了した。

紺々は着飾った珊瑚の姿を見て、ほうとため息を吐く。

「珊瑚様、世界一美し……いえ、素敵です」

「こんこん、ありがとう」

にっこりと微笑みを返すと、紺々は頬を朱色に染めた。

「こんこんも、今日は盛装ですか？」

「せ、僭越（せんえつ）ながら」

「楽しみにしていますね」

「あ……う、はい。頑張って着飾ってきます」

紺々もこれから身支度に取りかかるというので、別れることになった。部屋に戻っていると、背筋をピンと張って大理石の椅子に腰かける星貴妃の後ろ姿を見つけた。

「セイ貴妃」

星貴妃は珊瑚だと気付くと、顔を顰めた。見たところ、星貴妃は着飾っていない。紺の華服を黒い帯で締めるという、この前会った時よりも地味な恰好となっていた。雅会まで残り一刻半ほど。そろそろ身なりを整える時間だろう。座っている星貴妃を見下ろすわけにはいかないので、珊瑚は地面に片膝を突いて見上げた。

「あの、セイ貴妃、こちらで、何をなさっているのですか？」

「見てわからぬのか。女官が本日の装いのことで揉め出したから、逃げてきたのだ」

女官達は星貴妃を美しくするために一生懸命であった。そんな中で、意見がぶつかってしまったらしい。

「まったく。話し合ってからくればいいものを」

星貴妃はかなり苛立っている様子だった。よくよく見たら、離れた位置に女官がいた。怒りが収まるのを待っているのかもしれない。

「女官達は、セイ貴妃に心から惚れ込んでおりますので、そのようになってしまうのでしょう」

「惚れ込むとは……。ふむ。まあ、よい」

ちらりと、珊瑚を横目で見る。星貴妃の切れ長の目が細められ、真っ赤な紅を引いた唇が三日月のような弧を描いた。今から何を言われるのか。固唾(かたず)を呑んで待つ。

「それにしても、本日のお主は、馬子にも衣裳という言葉が相応しい」

馬子にも衣装——華烈の古い格言である。馬子とは、貴族の家などで馬の世話をする召使いのことで、下働きをするような身分のない者でも、素晴らしい衣装を着たらそれなりに見える、という意味であった。決して、褒め言葉ではない。しかし、珊瑚は馬子にも衣裳という言葉の意味を知らない。無邪気な様子で、星貴妃に意味を問いかけていた。

「セイ貴妃、それは、どういった意味でしょうか？」

あまりにも、純粋な目を向けて尋ねてくるので、星貴妃はぎゅっと唇を結び、顔を盛大に顰める。わかりやすい意地悪であったが、珊瑚にはまったく通じていなかった。

「その、アレだ。馬子にも衣裳は、よく、似合っておる、という意味だ」

「セイ貴妃！　ありがとうございます。すごく嬉しいです！」

さらに、珊瑚はキラキラした目で話しかける。

「セイ貴妃の雅会の装いを、今から楽しみにしています！」

「わかったから、下がれ」

珊瑚は左手で拳を作った右手を包み込み、頭の上に上げる。抱拳礼の形を取って、命じられた通り中庭から去った。

部屋に戻ると、盛装姿の紘宇が寝室からやってくる。誰の手も借りずに、身なりを整えたようだ。紘宇は雅会に一度もでたことがないので、今回も不参加なのではと麗美が言っていたのだ。だが、姿を見る限り、今宵の宴にでることは明らかである。本日の紘宇の装いはとても華やかで、美しかった。青い華服には銀糸で牡丹の花が刺され、黒い帯には金糸で蔦模様が描かれている。純白の羽織に、深い青の襟と、宮官の盛装よりも贅が尽くされた仕様となっている。目元の赤は、瞼の線を沿うように普段よりも長く引かれている。キリリとした目元は、いつもよりも色っぽく見えた。見惚れていると、声をかけられる。

「おい、どうした？」

「いえ、あの……」

なんと声をかけていいものか。珊瑚は美しい男を絶賛する言葉を知らない。しかし、ここで先ほど星貴妃に教えてもらったぴったりの褒め方を思い出す。

「こーう、あの、馬子にも、衣裳ですね！」

「は!?」

「えっと、その、すごく、素敵です」

紘宇の表情が強張ったので、間違えて覚えたのかと思い、すぐに別の言葉に言い換える。

「その言葉、誰に習った？」

「セイ貴妃に、さきほど」

紘宇はこめかみを指先で揉みながら、盛大なため息を吐く。

「星貴妃が……？　お前は、それを言われて、喜んでいたわけか」

「はい」

しばらく考える素振りを見せたあと、「今後、馬子にも衣裳という言葉を使うのは禁止だ」と言われた。高貴な人しか使うことの許されない言葉なのかもしれない。珊瑚はそう思って、しっかりと頷く。紘宇は苛ついているように見えた。また、怒らせてしまったと、珊瑚はしょんぼりと肩を落とす。

「こーう、すみません」

「なぜ謝る？」

詰め寄られ、壁際に避難する。目が合い、さっと顔を逸らす。紘宇の怒った顔を見るのは辛い。気まずくなって後ろに下がろうとしたが、踵が壁に当たった。

もう逃げ場所はない。成す術もなく、俯いてしまう。紘宇からジロリと睨まれ、低い声で忠告された。

「お前は星貴妃に近付くな」

「それは、どうしてですか？」

「どうしてもだ」

きっと、何か粗相をしたのだろう。またやらかしてしまった。珊瑚は深く落ち込む。なんと答えていいのかわからず、パチパチと目を瞬かせると、眦から涙が浮かび、玉となった雫は頰を伝って落ちていった。その様子に、紘宇はぎょっとする。

「おい、泣くことはないだろうが！」

「ご、ごめん、なさ」

「い、いや、違う。お前は、悪くない。悪くないから、泣くな」

そう言われても、溢れる涙は止まらない。せっかく紺々が綺麗に引いてくれた目元の朱色は、滲んでしまっただろう。いつまで経っても涙が止まらなかった。紘宇は舌打ちをして、珊瑚の前から去る。執務室へ向かったようだった。

珊瑚は立つこともままならなくなり、ズルズルと壁を伝ってしゃがみ込む。

「くうん」

寝室にいたたぬきが、心配そうに珊瑚のもとへと駆け寄ってきた。

「くうん、くうん」

励ますように、頰ずりしてくれた。珊瑚はたぬきを抱き上げ、ふかふかの毛に顔を埋める。今まで眠っていたのだろう。ほかほかしていた。紘宇はすぐに戻ってくる。

珊瑚の目の前に片膝を突くと、珊瑚からたぬきを取り上げ、床に下ろした。

「あ、たぬき……」

「たぬきはあとだ」

代わりに蜂蜜を固めたような、丸い玉が差し出された。

「これは、なんですか？」

「琥珀だ」

華烈に伝わるお守りらしい。

「琥珀は、五臓――肺、心、脾、肝、腎を穏やかに落ち着かせ、物の怪や悪神を遠ざける力がある」

琥珀は虎の亡骸が結晶化したものだと言われている。

「トラ、ですか？」

「ああ。お前の国に虎はいないのだな」

「はい」

金の毛並みに黒い縞模様があり、牙は鋭く、爪は尖っている。性格は獰猛で、人の血を啜り、肉を食べる。森で出会ったら最後。死を覚悟しなければならない。

「そんな虎は、強さ、名声、権威の象徴とも言われている」

身に着けていたら、ありとあらゆる災いから守られるだろうという伝承があった。

「これを、お前にやる」

「私に、ですか？」

紘宇はこくりと頷いた。

「心配なんだ。いつか、私の知らない場所で、お前が傷つきそうで――」

そこで、珊瑚は気付く。紘宇は怒っていたのではなく、案じてくれていたのだと。珊瑚は、琥珀を手のひらに持つ紘宇の手を左右の手で握りしめ、礼を言った。

「こーう、ありがとうございます。大切に、します」

すると紘宇は心から安堵するような、柔らかな表情となった。ホッと胸を撫で下ろす。

目を擦ったので、赤化粧が取れてしまった。赤い涙を流していたようで、紘宇より恐ろしい形相になっていると指摘される。

「す、すみません」

「まったく、仕方がない奴だ」

そう言って、紘宇は珊瑚の目元から頬にかけて、手巾で拭ってくれた。そのあと、瞼から目じりにかけて、赤化粧を施してくれると言う。なんだかんだと言いながら、紘宇は面倒見がいい。異性からこのような扱いを受けたことがない珊瑚は、落ち着かない気分でいる。紘宇は寝室から紅を持ってくる。容器は貝殻になっていた。

「あ、入れ物、カワイイですね」

「ちょっと黙ってろ。集中できん」

紘宇は紅を小指に付ける。真剣な顔で覗き込まれ、珊瑚も緊張する。じっと見つめていたら、低い声で注意された。

「目を閉じてくれ。紅を塗れない」

「そうでした」

他人の前で、目を閉じることなんて初めてだった。よほどの信頼感がないとできない。

珊瑚は言われるがままだった。それだけ、紘宇のことを信じているのだ。

そっと、瞼に指先が近付く。先に、顎に手が添えられた。想定外の場所に触れられた瞬間、ドキンと胸が高鳴った。丁寧に、丁寧に、紅が引かれていく。指が瞼の線に沿うたびに、珊瑚の肌は粟立つ。このような感覚は今までにないことで、戸惑いを覚えた。

この状況に耐えきれず、ぎゅっと目を閉じたら、塗りにくいと怒られてしまった。

「終わった」

「ありがとうございます」

瞼を開くと、紘宇の顔がすぐ目の前にあり、珊瑚は顔を真っ赤にさせる。紘宇はじっと、珊瑚の顎に手を添えたまま、顔を見ていた。今までにない熱心な眼差しに、どぎまぎしてしまう。紘宇は、珊瑚が想像もしていなかった一言を口にした。

「うん、よく塗れているな」

紘宇の熱い視線は、珊瑚を見ていたのではなく、赤化粧がきちんとできているか確認していただけだった。いったい何を期待していたのかと、恥ずかしくなる。近くにいたたぬきを抱き上げ、顔を埋めながら、礼を言った。

「おい、毛が付くから、たぬきは雅会が終わってからにしろ」

たぬきについては、またしてもお預けを食らってしまう。紘宇からもらった琥珀は、小さな布袋に入れて腰から吊しておく。ずっと緊張状態にあったが、お守りの効果か心臓のバクバクは治まった。虎の力は偉大だと思う。

青空は茜色へと染まっていった。牡丹宮には赤い灯篭が点され、壁や床は赤く照らされる。一気に、いつもとは違う雰囲気になった。

女官達は普段の仕着せではなく、華やかな青の華服を纏っている。左右の腕に巻いた長い羽衣——帔帛（ひはく）が動くたびにヒラヒラと舞って美しい。雅会は、女官が着飾ることを唯一許された日でもあった。麗美曰く、これは牡丹宮だけの決まりだとか。他の後宮では、女官は物扱いで、普段より柄のある華服を纏うことすら、許されていない。櫛を挿すことすら禁止で、非常に地味な暮らしをしているらしい。牡丹宮では、女官は位によって牡丹の櫛があり、仕着せには刺繍が施されている。仕事を頑張ると、装いも変わっていくのだ。

些細（ささい）なことであるが、これらは女官達の張り合いにも繋がる。

元々、牡丹宮の女官達も他と同じ質素な装いであったが、星貴妃が途中から改革を行ったのだとか。実家の星家が裕福だったからこそ、できたことである。女官を想う心も、彼女らが星貴妃を心酔する理由の一つである。星貴妃はキツイ印象であるが、心優しい人なのだろう。珊瑚はそう思っていたが、紘宇は星貴妃に近付くなと言った。怒りをあらわにしていたので、理由までは聞けなかった。

何か、確執があるのかもしれない。紘宇は武官として身を立てていたのに、皇帝計画のせいで後宮に連れてこられてしまった。星貴妃は悪くないが、怒りの矛先を向けるやり場がないのだろう。そう、思っておく。いずれにせよ、後宮の頂点に立つ女性なので、そうそうお近付きになれる機会などないだろう。紘宇の言ったことは頭の片隅に追いやり、気にしないでおく。

紺々も美しく着飾っていた。今日のために麗美とお揃いの衣装を作っていたらしい。

「私、裁縫がヘタクソなのですが、麗美さんが手伝ってくれて」

「そうだったのですか。とってもお似合いです」

紺々と麗美は、珊瑚の知らないところで仲良くやっていたようだ。青い華服に白の襟を合わせ、黒い帯には白牡丹の刺繍が施されている。腕には水色の帔帛がかけられていた。湖を泳ぐ魚の鰭のように、ヒラヒラと動いている。その場が華やぐような、美しい装いだった。

会場に到着する。広間の中心には、二羽の赤い鳥——鳳凰の飾りがあった。壁には赤い紐細工が飾られ、天井からは満月を模した灯篭が吊されている。女官達は左右を囲むように列を成していた。内官である紘宇と、宮官である珊瑚は、星貴妃の座る場所の後方に案内された。やはり妃嬪の愛人は特別なのだと、珊瑚は実感する。

そのさらに背後に控えるのは、星貴妃に仕える女官達。麗美の姿を見つけた珊瑚は、軽く手を振った。麗美は微笑みを返してくれる。準備が整ったので、星貴妃付きの女官達がいなくなる。本日の主役を迎えにいったようだ。

シンと静まり返ったあと、尚儀部の演奏が始まる。二胡や古箏、楊琴、革胡、洞簫などから、柔らかく、美しい音楽が奏でられた。演奏が一番盛り上がる音色が奏でられた瞬間、扉が左右に開かれる。星貴妃が、女官を引き連れてやってきた。

その姿を目にした女官達は、ほうとため息を吐き、羨望の眼差しを向けている。星貴妃の額で輝くのは、艶やかに咲いた金細工の花と鳳凰の冠。赤い宝石が散りばめられ、左右から垂らされている金のビラが、シャラリ、シャラリと音を立てていた。天女のように優雅で、美しい。彼女こそが、牡丹宮の妃嬪である。誰も、異を唱える者はいない。威風堂々とした足取りで女官達の間を歩き、最後に、両手を肩の位置まであげた。

珊瑚と紘宇は、自然と手を貸す。星貴妃は二人の愛人の手を取って、その場に座った。

その後、宴は始まった。まず、尚食部が腕によりをかけて作った、蟹料理が運ばれる。毒味係が食べ、問題ないことがわかったら、星貴妃が料理を口にする。それから、酒を飲み、他の者にも食べるようにと促す。

雅会では、女官にも料理が振る舞われる。これも、牡丹宮の特別な決まりらしい。珊瑚の前にも、大きな蒸篭が置かれた。周囲の者達がしているように、蓋を開く。中からでてきたのは、大きな甲羅にハサミがある、不思議な生き物であった。

未知の料理を前にして目を丸くしていると、紘宇が話しかけてくる。

「それは蟹だ」

「カニ、ですか」

近くにあった匙で、甲羅をコンコンと叩いてみる。かなりの硬さであった。これをどうやって食べるのか。珊瑚はわからない。

「カニ……」

「貸せ」

紘宇は珊瑚の蟹の入った蒸篭を引き寄せる。まずナイフのようなもので足を切り、甲羅を剝ぐ。

「甲羅にタレを入れて混ぜるんだ」

「へえ」

面倒見のいい紘宇は、甲羅の中でタレも作ってくれた。胴体も半分に切って、匙で身を掬う。そのままタレにつけて――。

「ほら」

紘宇は匙を珊瑚に向けた。どうやら、食べさせてくれるようだ。

「え⁉　あ、あの、自分で、食べられます、ので」

「いいから早く食え。タレが滴るだろう」

「えっと、はい。ありがとうございます」

差し出された匙を珊瑚は口にする。蟹は味が濃く、おいしかった。強張っていた顔も緩む。

「こーう、とってもおいしいです」

「そうか」

ここで紘宇も自らの行為の過保護さに気付いたようで、顔を思いっきり逸らしていた。

「あ、あとは、自分で食べろ！」

「はい。ありがとうございます」

その様子を、女官達は注目していた。揃って嬉しそうに、キラキラとした視線を向けている。皆が注目していたら、星貴妃もなんだと思って背後を振り向く。仲良く並んで蟹を食べている様子を見て、ぼそりと呟いた。

「お主ら、仲が良いな」

紘宇は瞠目し、言葉を失っている。珊瑚は頬を赤く染めていた。女官達は皆、微笑ましい表情で見守っていたが――平和な時間も長くは続かなかった。誰もが想像していなかった事件が起きる。

絹を裂くような叫び声が、扉の向こう側から聞こえた。それと同時に、ガラリと扉が開かれる。突然広間へと入ってきたのは、武装し目元だけをだした、黒衣の男であった。

入ってきたのは一人だけではなかった。ぞろぞろと、七名ほどの黒衣の男達が押し寄せる。その中の一人は女官を担いでおり、彼女を乱暴に床に下ろした。黄色い櫛を付けているので、尚食部の女性だろう。おそらく、道案内をするように脅されたに違いない。

女官は負傷しているようで、真っ赤な敷物が広げられた床に、ポタリ、ポタリと額から血を滴らせていた。女官達は想定外の襲撃に、混乱状態となる。悲鳴を上げ、バタバタと走り出した。同時に、男達も動く。

目標は――星貴妃であった。女官達は主人を守ろうと、健気にも取り囲んでいた。

その中でまず動いたのは、帯剣している紘宇であった。剣を鞘から抜いて、前に躍り出る。先に襲いかかった黒衣の男を、迷うことなく胸から腹部にかけて斬った。大粒の雨のように、血が舞い散る。紘宇は手にしていた剣を他の黒衣の男に投げつける。見事、腹部を切りつけ、相手の動きを封じることに成功した。

足元にあった剣を足先で弾いて宙に浮かせ、柄を掴んだのと同時に、踏み込んで目の前に迫っていた黒衣の男を斬る。紘宇は驚異的な強さを見せていた。珊瑚は武器になるようなものはないのかと探し、飾り紐が吊してあった長い棒に気付くと、引き抜いてブンブンと振り回す。鉄製で、そこそこ強度はありそうだった。一方、女官達のほとんどは、広間から逃げていなかった。主人を守ろうと、壁となって立ちはだかっている。

「私のことはいいから逃げろ！　こんなところで命を落とすなど、あってはならぬ！」

星貴妃は叫んだが、誰一人として聞く耳を持たない。そうこうしているうちに、黒衣の男の一人が、星貴妃の前に辿り着いてしまった。邪魔者は斬り捨てる。男は叫んだ。剣が振り下ろされ、手を広げて星貴妃の前に立つ少女が、悲鳴を上げる――が、剣はいつまで経っても、襲ってこなかった。なぜならば、珊瑚の持つ鉄の棒が、受け止めていたからだ。

力では負けるので、すぐに剣を払いのけて黒衣の男の股の間を力いっぱい蹴り上げた。

男は絶叫し、床に倒れ込む。珊瑚は女官達を振り返らずに叫んだ。

「今のが男性の急所です！　覚えておいてください！」

命にかかわる事態である。大切なことなので、珊瑚は男の弱点を女官達に伝えておいた。

床に転がっていた剣を握りしめ、続いてやってきた二人の黒衣の男と対峙する。そここそ訓練を積んだ者だったように思えたが、騎士の訓練に明け暮れていた珊瑚の敵ではない。

二人同時に斬りかかってくる。一撃目は避け、剣の柄で手の甲を叩いた。運よく、男の手から、剣が離れていく。二撃目は後方に飛んで距離を取った。しゃがんだ先には蟹の入った蒸篭があり、すぐさま甲羅を力いっぱい投げつけた。辛子が入った甲羅の中のタレが黒衣の男の目に入り、視界を奪われたようだ。その隙に珊瑚は詰め寄って、腿を斬りつけた。

珊瑚と紘宇の奮闘あって、男達は床に倒れ込む状態となった。

「こいつらはいったい、どこからやってきたのか」

そう紘宇が呟いた瞬間、黒衣の男達は懐から薬のようなものを取り出して、一気に煽る。

皆、一斉に苦しみ出し、男達は絶命してしまった。

「毒……か？」

星貴妃の呟きに、返事ができる者はいなかった。あっという間に、事件は収束する。

当然ながら、その日の雅会は中止となった。

翌日、珊瑚と紘宇の手によって、牡丹宮の黒衣の男達の遺体は外に運び出された。事件は兵部に報告し、遺体は派遣された兵士達の手によって回収される。現場検証や、黒衣の男達が身に着けていた服などから調査を行ったが、どこの誰であるかわからなかった。

幸いと言うべきか、牡丹宮の女官に怪我人はいたものの、死人はでなかった。しかし、犯人はわからず、黒衣の男達は全員毒を飲んで死亡。何もかもが不透明という、身の毛がよだつような事件であった。

後日、恐ろしい事実も発覚する。黒衣の男達の顔は焼かれており、顔から身元を捜すことは困難な状態であった。いったいどこの誰が命じたことなのか。謎は深まる。

牡丹宮の周囲には、見張りの兵士達が派遣された。こんなこともあるかもしれないと、以前より閹官の兵士が用意されていたらしい。

「こーう、えんかんって、なんですか?」

珊瑚が質問すると、紘宇は苦虫を噛み潰したような表情となる。

「えっと、では、こんこんに聞きにいきますね」

「やめろ、女に説明させるのは、気の毒だ」

珊瑚は意味がわからず、首を傾げる。紘宇より、そこに座れと言われた。

「閹官とは——去勢された役人のことだ」

「去勢……え!?」

なぜ、そんなことを？　その疑問に、紘宇は答えてくれた。

「かつての後宮は皇帝以外の男は出入りできなかった。しかし、女手だけではとても暮らしていけない。そこで去勢を施した男が、後宮に派遣された。これが始まりだ」

「そ、そんな歴史が……」

閹官の去勢は後宮の秩序を保つために、もっとも大事なことだったと紘宇は説明する。

「なんでも閹官になると、多くの収入が得られる。身分は問わないものだから、なり手には困らなかったらしい」

「なんて、恐ろしいことを」

男である紘宇が話すには、辛いことだった。珊瑚は申し訳なくなり、頭を下げる。

「先に言っておくが、外の閹官には近寄るなよ？」

「なぜ？」

「閹官は野心を抱く者が多い。他人を利用し、妙な事件に巻き込む者もいる」

「わかりました、気をつけます」

そう答えると、紘宇は満足げに頷いていた。

夜――紘宇が眠りに就くのを確認し、寝間着に着替えようとした。その時、ある違和感に気付く。腰からぶら下げていた小袋がなくなっていたのだ。中に入っていたのは、紘宇からもらった琥珀である。

「あ、あれ？」

「くうん？」

慌てる珊瑚のもとへ、たぬきがやってきた。

「あの、琥珀の入った袋を、知りませんよね？」

「くうん……」

たぬきも知らないようだった。風呂に入った時はあったような気がした。失くしたとしたら、そのあとである。一刻前に、兵部の者がやってきて、雅会の会場で調査を行ったのだ。もしかしたら、その時に落としたのかもしれない。珊瑚はたぬきにここで待つように言って、自らは雅会があった広間へ足を運ぶ。正直に言えば、恐ろしいので一人でいきたくはない。しかし、琥珀が手元にないと、どうにも落ち着かなかった。

広間に辿り着くと、小さな角灯の火を頼りに、琥珀の入った小袋を捜す。濃い紫色だったので、夜闇に紛れてなかなか見つけにくい。突然、ガラリと出入り口の扉が開く。

「誰だ⁉」

鋭い叫び声に驚いた珊瑚は、角灯を床に落としてしまった。衝撃で、火が消える。

声は、星貴妃のものであった。

「せ、セイ貴妃、私です」

「その声は――珠珊瑚か？　そこで何をしておる？」

「捜しものをしておりました」

星貴妃は夜の散歩をするために寝所をこっそりと抜け出したようで、一人だった。しかも、灯りも何も持っていない状態らしい。廊下で怪しい人影を見つけて、追ってきたと言う。ズンズンと、珊瑚のもとへと近付いてくる。

「こんな夜更けにふらつきおって、驚かせるな！」

「す、すみませ――あっ！」

「うわ！」

星貴妃は距離感を掴めておらず、床に這いつくばっていた珊瑚に足を引っかけて転倒――しそうになったが、珊瑚が下敷きになったので、ことなきを得る。星貴妃の手が内腿の辺りにあったので思わず珊瑚が触れると、ビクリと体を揺らした。すぐに手が離される。

いったい何に驚いたのか。問いかけようとしたら、逆に問われる。

「え!? お、お主、玉は、どうした？」

「玉……？ あ、すみません、失くしてしまって」

「ど、どういうことなのだ？ まさか、腐刑で玉を失っていたというのか？ まったく気付かなかった……」

星貴妃は動揺しているようだった。ぶつぶつと何かを呟いていたが、早口かつ小さな声だったので、聞き取れなかった。珊瑚は琥珀を失くしていたが、内官の持つ玉には重大な意味があったのかもしれない。

双方の間で大変な勘違いが発生していた。星貴妃の言う玉と、珊瑚の捜している玉は別のものであったのだ。二人は、この奇跡のような偶然に気付いていなかった。

「お主は閹官ではなくて、宮官だったな。しかしなぜ、男ではないのか——」

「男？　私は男ではありませんが？」

「勘違いを、しておった」

「いいえ、お気になさらず」

祖国でも、小さな子どもから「お兄ちゃん」と言われることがあった珊瑚である。性別を勘違いされることなど、珍しいことではなかった。

「そう、そうだったのか。今まで、ずっと思い違いをしていた」

今まで星貴妃が冷たかったのは、珊瑚が男性だと勘違いされていたからだったようだ。

「お主も玉がなくて、大変だったな。私はそれに気付かずに、冷たく当たってしまい——」

珊瑚は首を横に振る。こうして、星貴妃は琥珀がなくなったことも深く同情してくれる、優しい人だという認識が生まれた。さらに、立ち上がった星貴妃は、驚くべきことを口にする。

「その、なんだ。珠珊瑚、今までいろいろとすまなかった」

珊瑚はとんでもないことだと、首を横に振る。

「許してくれるのか？」

珊瑚はもちろんだ、とコクリと頷いた。暗闇の中であったが、初めて微笑み合うことができた。星貴妃は珊瑚のことを玉がない――生殖能力のない男だと勘違いした模様。珊瑚は星貴妃が今まで自分を男と思っていたので、冷たかったのだと勘違いしていた。双方、誤解が解けたようで、まったく解けていなかった。

消えてしまった角灯を拾い、火を点けた。ぼんやりと、部屋を照らす。結局、琥珀の入った小袋は見つからなかった。この暗い中では、見つけることも困難なのかもしれない。

それに、星貴妃と出会ってしまった。今日のところは帰ろう。珊瑚はそう思う。

「セイ貴妃、もう、帰りましょう」

「うむ。そうだな」

「お部屋まで、お送りしてもいいですか？」

星貴妃はきょとんとした表情で珊瑚を見る。にこりと微笑みかけたら、ジロリと睨まれた。気を許してくれたといっても、まだ信頼は得ていないようだった。

「あの、変なことはしません。危ないので、お部屋にお送りするだけです」

「本当だな？」

「はい、剣に誓って」

珊瑚は癖で、剣を佩いていた腰辺りに手を移動させたが、そこには何もない。現在の珊瑚は、貴族でもなければ、騎士でもない。剣も、身分も、名前すら、奪われてしまった。切ないとも悔しいとも言えない想いがこみ上げてきて、腰にあった手を胸に当てて、ぎゅっと握りしめる。ここにいるのは、なんの身分もない、異国での名を与えられただけの者。

誓いの言葉を確かにするものは、何もなかった。

「お主、剣はどうした？」

「奪われて、しまいました。私は、罪人、なので――」

何をしたのかと訊かれたが、答えることはできない。舌を抜かれようとも、メリクル王子に被せられた罪を口にすることなどできなかった。今になって初めて、己はなんの力も持たない無力な人間であると痛感してしまった。祖国では、貴族であるシュタットヒルデ家が、近衛騎士であるという身分が、珊瑚という人間のアイデンティティに繋がっていた。

しかし、ここではそれが何もない。この気持ちは、なんと表せばいいものか。

言葉を失った珊瑚に、星貴妃は一歩前にでて、言葉をかける。

「お前の剣は、心と共に在るのだな」

ドキンと、胸が跳ねた。珊瑚は何もかも、失ったわけではなかった。騎士の志と、師の教え、それから、日々鍛錬していた剣技がその身に残っていた。しかし、それを言葉で証明するのは、酷く難しいことである。

けれど、星貴妃は違った。珊瑚の握りしめた手に、そっと自らの指先を重ねる。

「疑って悪かった。お主は、立派な武人だ。この前の戦いぶりは、素晴らしいものだった」

それからと、星貴妃は言葉を続ける。

「皆、お主のことは、真面目な人間だと言っている。誠実でもあると」

女官達の男を見る目は厳しいらしく、そんな彼女達からの最高の評価であると、星貴妃は話していた。

「珠珊瑚――私は、お主を信じたい。だから、私の前でも、強く、真面目で、それから裏切ることなく、誠実であってくれ」

珊瑚は気付いた。この、気高くも美しい人と共に在ったら、騎士でいることができると。家柄や身分は関係ない。大事なのは、こうであるべきだと思う心だった。

星貴妃のことを、守りたいと思った。この先、何が起ころうとも。

星貴妃の手が離れた瞬間、珊瑚は床に片膝を突いて、頭（こうべ）を垂れた。

それは、主人に忠誠を誓う騎士の如く。

「面（おもて）を上げよ」

命じられた通りにすると、目の前に刀が差し出されていた。それは、星貴妃が帯剣していたものだった。

「これを、お主に与える。受け取れ」

「し、しかし――！」

宮官の帯剣は認められていない。それに星貴妃より品物を下賜されるなど、恐れ多いことだった。

「よい！　私が許す。早く受け取れ！」

「は、はい」

星貴妃の言うことは絶対である。珊瑚は慌てて刀を受け取った。それは、ずっしりと重

かった。祖国で使っていた諸刃の剣とは違い、弓のように湾曲している刀である。華烈の武人が腰に差していた得物であった。

「それは、〝三日月刀（みかづきとう）〟という。私のお気に入りの刀だ。大事にしろ」

恐れ多いと思いつつも、しっかりと握りしめ、頭を下げる。こうして、珊瑚は刀を得ることができた。さっそく、部屋まで護衛するという務めを果たそう。その前に、疑問に思っていたことを口にした。

「あの、護衛の者は付けていないのですか？」

あの事件以来、再度、女性の武官が送り込まれた。生殖能力がなくても、男の身なりをしている閹官を牡丹宮に入れるのは嫌だと、星貴妃が言ったからである。

「奴らは私がこうして抜け出しても、気付かなかった」

先の事件のせいで後宮内はピリピリしていた。またいつ襲われるかわからないからだ。

「あの、危ないので、夜の散歩はお控えになったほうが」

「散歩ではない。見回りだ」

怪しい者がいたら、切り伏せるつもりなのだと、星貴妃は言う。なので、三日月刀を佩いていたと。

「御身に何かあったら、皆、悲しみます」

「それは、私も同じだ」

星貴妃は、前回の事件で傷ついた女官がいたことに対し、怒り、嘆いていたのだ。

「奴ら、見つけたら、切り刻んでやる。この、牡丹宮に在る者は、すべて私のものなのに！」

「セイ貴妃……」

女官達が星貴妃を守りたいと思うのと同じように、星貴妃も女官達を守りたいと思っていたのだ。そんな覚悟と共にこうして刀を佩き、後宮内の見回りをしていたという。

「セイ貴妃、いいえ、妃嬪様、これから見回りをする時は、私をお連れ下さい。お願い申し上げます」

必死になって頭を下げる。もしも、星貴妃が一人で傷つくことがあれば、牡丹宮の女官達は悲しむ。この平和な後宮で、血を流すことなど、あってはならないことだと思った。

「面を上げよ」

顔を上げると、星貴妃の黒い目と視線が交わる。その瞳は、すっと細められた。

目を逸らしてはいけないと、じっと見続ける。先に視線を外したのは、星貴妃であった。

「わかった。許そう」

「あ、ありがとうございます！」

珊瑚は深々と頭を下げた。その様子を、大袈裟だと言われる。

「お許しいただけて、嬉しいです」

「お主がどうしてもと言うからだ。だが、その前に聞きたいことがある」

「はい？」

星貴妃は一歩、後退し、珊瑚に質問を投げつけた。

「お主は、想い人などいるのか？」

質問の意図がわからず、珊瑚はポカンとする。頭上にある目には見えない疑問符(ハテナ)が、左右に揺れていた。

「妃嬪様、なぜ、その質問をされたのですか？」

「単なる好奇心だ」

「さ、さようでございましたか」

想い人と聞いて、ある人物が頭に浮かぶ。たいてい不機嫌で、なのに面倒見がよく、優しい人――汪紘宇。彼のことを想うと、胸がきゅんと切なくなり、また温かくなる。

ここで、珊瑚は気付いた。もしかしなくても、紘宇のことを、異性として意識しているのではないかと。燃えるように熱くなった顔を、指先で冷やす。いつから好ましく思うようになったのか、振り返ろうとしているところに、星貴妃に話しかけられた。

「珊瑚、答えを述べよ」

「あ、はい、す、すみません！」

全身が熱くなり、水風呂にでも入りたいような気分だった。このような気持ちは、初めてだった。

「答えにくいのであれば、ざっくりでよい」

「で、でしたら、私は、その、とある男性を、好ましく、思っています」

「やはりそうなのか。玉を取られると、異性に欲情しないというのは、本当だったのだな」

星貴妃は何やらブツブツと呟いている。小さな声だったので、珊瑚は聞き取ることができなかった。

「まあ、そういうことならば、許そう」

どういうことかわからなかったが、珊瑚は「ありがとうございます」と礼を言った。

さっそく、珊瑚は星貴妃を送り届ける。長い廊下を通り、柱廊を抜けた先に寝屋があった。護衛の女性武官が出入り口を守っていたのだが、星貴妃が戻ってきて、今まで中が無人であったことに気付くと、驚いた顔を見せていた。

「星貴妃、いつ、抜け出されたのでしょうか?」

「半刻ほど前だろうか」

半刻も無人の寝屋を守っていたことになる。女性武官の顔色はサッと青くなった。

「安心せい。部屋の内部に抜け道があるだけだ。気付かないのが普通であろう」

星貴妃は戦慄く女性武官の肩を叩いて労った。

「珠珊瑚、お前はもう休め」

廊下に片膝を突いて、抱拳礼の形を取る。部屋の扉はすぐに閉ざされた。

「あとは、お願いいたします」

珊瑚は女性武官に頼んで、部屋に戻ることにした。腰に下げる三日月刀はずっしりと重い。自由自在に振り回せるように、訓練をしなければと思う。

星貴妃に近付くなと紘宇に言われていたが、結局、近付いてしまった。彼女の近くに在りたいと言ったら、また怒られるだろうか？　それは、珊瑚にとって何よりも辛いことである。時間がかかってもいい。きちんと、傍にいたい理由を伝えなければ。

部屋に戻ると、たぬきが出迎える。

「ん？」

いつもは「くうん」と鳴いてやってくるのに、鳴かなかった。どうかしたのかと、しゃがみ込んで角灯の灯りで照らした。

「あ！」

たぬきの口には、失くしたはずの紫色の小袋が咥（くわ）えられていたのだ。手を差し出すと、ゆっくりと置いてくれた。

「たぬき、これは、どこに……!?」

「くうん」

たぬきは机の下に移動して、前足でトントンと叩く。どうやら、部屋の中で落としていたようだ。

「そこも捜したと思っていたのですが、慌てていたのでしょうね」

「くうん」

たぬきを抱きしめ、礼を言う。

「たぬき、ありがとうございました。これは、私の宝物なので」

「くうん！」

まるでよかったねと言ってくれているように思えた。琥珀の玉をだす。落としてしまったようだが、傷一つ付いていなかった。珊瑚はホッと安堵の息を吐く。紫色の小袋の紐が切れていた。お守りとはいえ持ち歩くのは危険か。珊瑚は琥珀をぎゅっと握りしめた。

その後、寝室には紘宇が眠っているので、執務室で寝間着に着替える。最近は、以前のように寝間着の下は裸、というわけではなかった。その状態で紘宇の隣に眠るのが気恥ずかしく思い、布を巻いたまま就寝している。まったく寝苦しくないと言ったら嘘になるが、そのほうが落ち着いて眠れるのだ。これも、紘宇を異性として意識していたからだろう。今になって気付く。腰部分の紐をぎゅっと結んで、襟を整える。

寝る準備が整ったので、執務室をでて、たぬきを抱き上げ、寝室に向かった。

紘宇はいつもの通り仰向けの状態で眠っていた。腹の上に手を組み、微動だにしていない。寝返りを打つこともなく、このまま朝まで眠っているのだろうか。夜中の体勢は定かではない。珊瑚は琥珀を枕の下に入れる。しばらくの間、ここで保管するしかなかった。明日にでも、紺々にいい持ち歩き方がないか、相談してみることにした。

三日月刀はすぐ手に取れるよう、敷き布団の下に潜り込ませる。紘宇を視界に入れると照れてしまうので、背中を向けた状態で横になった。

はあと、深い息を吐きながら、先ほどの出来事を振り返る。琥珀を探しにいった先で、星貴妃と会った。不審者に間違われたものの、誤解を解くことができた上に、三日月刀を賜った。思いがけない僥倖（ぎょうこう）だろう。やはり、目と目を合わせて話をしない限り、相手を理解することなどできないのだ。誤解が解けて、本当によかったと思う。

もう眠ろう。そう思ってたぬきを抱きしめ、目を閉じる。だが、気分が昂っているのか、なかなか眠れない。今まで、寝付けないことはなかった珊瑚である。どうすればいいのか。

それから、半刻ほど経ったか。体勢が悪いのかもしれないと思い、ぷうぷうと寝息を立てているたぬきを隣に寝かせ、仰向けになってみる。

紘宇は、珊瑚に背を向ける状態で眠っていた。一応、寝返りは打っているらしい。目を閉じて、眠ろうとしたが――眠れない。眠りたいと思えば思うほど、目が冴えてしまうのだ。再度、寝返りを打ち、紘宇に背中を向けた状態となる。たぬきを抱きしめたい気もしたが、起こしてしまいそうだった。なのですぐに諦めて、自分だけで眠る努力を行う。とはいっても、眠れ、眠れと心の中で念じるだけであったが。

ごそりと、背後で布が擦れる音が聞こえた。寝返りを打っているのだろう。眠っている紘宇を羨ましく思う――のと同時に、腰周りに腕が回され、ぐっと引き寄せられた。

「――!!」

珊瑚は声なき悲鳴を上げる。紘宇が寝返りと同時に近付き、珊瑚を抱きしめた状態でいるのだ。寝台は二台、ぴったりくっついているので、転がったら相手のほうへいけてしまう。

「こ、こーう!」

声をかけたが、もちろん相手は起きない。眠ったら朝まで起きないという噂だ。以前、女官達の部屋に男が忍び込み、それはそれは、大変な大騒ぎになったらしい。当時、たくさんいた宮官や内官のほとんどは、女性達の叫び声を聞いて目を覚ましていたが、紘宇だけは部屋で何事もなかったかのように眠っていたという。

本人曰く、基本、自分や周囲にいる者に殺気を向けられた場合や、身の危険を感じた場合のみ起きるが、それ以外で夜中に起きることはほぼないと。よって今、珊瑚が紘宇を起こすことは無理に等しい。どうすることもできず、珊瑚は体を硬くしていた。顔が真っ赤になっているであろうことは、自覚している。きっと、紘宇は無意識のうちに、こうして抱きついてきたのだろう。その気持ちは理解していた。珊瑚も温かなたぬきを抱きしめると、ホッとする。それと同じように、紘宇も温もりを求めているのだろうと。

いつも世話になっているので、このまま温もりを提供してあげたいという思いもあった。しかし、心臓に悪い行為でもある。先ほどから、胸がドクン、ドクンと激しい鼓動を打っていた。申し訳ないと思ったが、身じろいで、腕の拘束から逃れようとしたが――力が強くて、腕を動かすことができなかった。紘宇は年下ではあるが、男なので腕力では勝てない。がっかりしていると、さらに抱き寄せられてしまう。

「ひゃっ！」

今までだしたことのないような変な声をあげてしまった。というのも、紘宇の唇が、一瞬だけ珊瑚の首筋に触れてしまったからだ。

よくない。この体勢は本当によくない。心臓がもたない。珊瑚は最後の手段として、紘宇に殺気を向けてみる。が、どうにも、上手くいかない。相手は紘宇である。殺気などだせるわけもなかった。

「こーう、あのっ！」

「くうん？」

別の方向から、声が聞こえてくる。たぬきであった。どうやら、紘宇ではなく、たぬきを起こしてしまったようだ。

「あ、たぬき、すみません、ちょっと、想定外の事態になってしまい……」

「くうん」

なんでもないので、どうぞ眠ってくださいと勧めたが、たぬきは立ち上がり、尻尾を振っていた。

「あの、たぬき。こーうを、起こしてもらえますか？」

「くうん？」

「もしかしたら、背中をポンポンと叩いたら、起きるかも」

もちろん、珊瑚の願いなど届かない。そして、何を思ったのか、たぬきは寝台からでて、寝室の隅にあるお昼寝用の籠に入って寝始める。

「あ、たぬき……！」

ついに、布団の上は珊瑚と紘宇のみとなってしまった。いったいどうすればいいのか。このままでは、絶対に眠れない。

体が火照り、頭もクラクラする。紘宇を意識する気持ちから生じるものならば、辛過ぎる。

どうしようか——絶体絶命である。そう思った折に、腹をポンポンと叩かれる。紘宇が、珊瑚を寝かしつけようとしていた。もちろん、紘宇は眠っている。無意識の中での、行動なのだろう。子どもではないのだから、そんなことで眠れるわけなどない。そう思っていた珊瑚だったが、あっさりと眠ってしまった。

翌日、珊瑚は初めて寝坊をした。紺々に起こされて、真っ青になる。朝食の時間はとうに終わり、紘宇はすでに執務室に籠っている状態であった。

起き上がろうとしたが、紺々に止められた。

「あの、どうして、ですか?」

「どうやら、風邪を引かれているようです。具合はどうですか?」

紘宇が珊瑚の異変に気付き、紺々を呼びにいってくれたようだ。

「びっくりしました。汪内官が、すごく焦っていて」

「こーうが、ですか?」

「ええ」

後宮には、女性の医師がいる。先ほどやってきて、診察をしてくれたらしい。

「そう、だったのですね。まったく、気付きませんでした」

「先ほどまで、すごいお熱でしたから……。お医者様は、ただの風邪だと。食事を食べて、お薬を飲んで、ゆっくり休んだら、すぐに治るそうです」

「ありがとう、ございます」

昨日、風呂から上がったあと、寒空の下で兵部の者に付き合って、現場検証などをしたせいだろう。珊瑚は、ため息を吐く。昨日、やたら体が熱かったり、頭がクラクラしたりしたのは風邪のせいもあったのだろう。紘宇のせいばかりではなかった。

「それにしても、風邪なんて、子どもの時、以来です」

「そうでしたか……」

張り詰めていた気が、プツンと切れてしまったのだろう。異国の地で、どうにか頑張ろうと奮闘し、結果、体に無理をさせていた。

「今日は、ゆっくり休んでください」

「はい、ありがとう、ございます」

その後、紺々に粥を食べさせてもらい、薬を飲む。汗ばんでいた体を拭いて、着替えをした。新しい寝間着を着ると、すっきりとした気分になる。

「あ、あと、あのことは、先生に黙っておくように、お願いしておりますので、ご安心を」

「あのこと、ですか？」

「はい。珊瑚様が、男装をされているということです。先生はすぐにお気付きになりましたが――」

話を聞いている途中であったが、薬の効果が出始めたのか。眠くなる。せっかく紺々が何か話をしているのに、頭に入ってこなかった。紺々は濡れた布を珊瑚の額に載せてくれた。ひんやりしていて、気持ちがいい。

「ゆっくり、お休みください」

紺々の声を聞きながら、珊瑚は深い眠りに就いた。

◇◇◇

珊瑚の看病をするため、紺々は傍を離れなかった。

「う……ん」

珊瑚の首筋に浮かんでいた玉の汗を拭う。白い肌が目に眩しい。異国の人はこのように色白だというので、うらやましく思う。いつも以上に肌が白くなり、汗を浮かべる様子にはどこか色気がある。同性の紺々でも、ドキッとしてしまった。

この様子を見た紘宇は、何を思ったのか――想像できない。ここにきてから気が張っていた状態が続いていたからか、珊瑚は熱をだしてしまった。その様子にいち早く気付いたのは、同室の紘宇であった。血相を変えて紺々の元へとやってきて医者を呼べと命じた顔は、何があっても動揺しない冷静な男、という評判とはまったく違うものであった。

髪はきちんと整えられておらず、衣服にも乱れがあった。毎日きちっとした身なりをしている紘宇のこのような姿を目の当たりにし、なかなか大変なものを見てしまった気分になる。それだけ焦っていたのだろう。紺々はすぐさま医者を手配し、診察を受けさせた。

その際、女医であったからだろうか、ひと目で珊瑚の性別を見抜いた。紺々は服を脱いだ時に気付いたが、医者の視点からすると、骨格が男と女では違うらしい。

一応、このことは内緒だ。珊瑚がどういう目的で、男装して牡丹宮に潜入しているのかは謎であるが、悪いことをしているようには見えない。その点は、信頼している。

紺々は医者への口止め料として、金の櫛を手渡す。相手は、すんなりと受け取ってくれた。珊瑚の性別についても、黙っていてくれるらしい。

「しかし、驚いたねえ、男の姿の女性が、後宮に潜り込んでいるなんて」

「え、ええ……」

女医の名は真小香（しんしょうこう）。年は三十五歳。下町で医者をしていたらしいが、星家の者に才能を買われて、後宮の侍医となる。

赤い生地に金糸で花模様が刺された華服を纏う、派手な装いだった。艶やかな黒髪は邪魔にならないよう編み込まれ、後頭部で纏められている。医療行為をする上で邪魔になるのか、装飾品の類は身に着けていなかった。紺々よりも十歳以上年上の女性であったが、切れ長の目元にはホクロがあり、目元は紫、頰は薄紅、唇は真っ赤な紅と派手な化粧を施しており、それがよく似合っていた。一見して、後宮の妃のようにも見える、華やかな美人である。

彼女は元々、牡丹宮の医者として連れてこられたが、他の後宮の妃も女性の医者を希望したため、今はさまざまな後宮を行き来していた。曰く、四つの後宮の中で、一番牡丹宮が平和らしい。

「女官の派閥争いとか、妃の毒殺未遂事件とか、普通にあるからねえ」

それを聞いた紺々はゾッとする。牡丹宮でのほほんと暮らしていけるのは、すべて星貴妃が女官を選別して問題を起こす者は即座に解雇し、その上、女官達が満足できる環境を作っているからだと言う。

「あの方が皇帝の母となれば、この国もちったあマシになるんだろうけどねえ。私も、今まで苦労してね」

小香は女の身でありながら、幼い頃より医者の元へ通い、手伝いをしながら技術を学んだ。二十歳の時に独り立ちをすることになったが、女だというだけで、周囲は医者だと認めなかった。

「女狐が人間の姿になって、生気を吸い取っているとか、酷い言われようでね」

せっかく師より譲り受けた財で建てた治療院も、石を投げられゴミ捨て場となった上に、最後は焼かれてしまった。

「そのあとは、男装をして下町で細々と医者をしていたってわけ」

医者である上に男装経験もあったので、珊瑚の性別についても気付いたのだと話す。

「女と男では腰の位置が違う。だから、帯ももう少し下に巻いてやるといい。そうすれば、もっと男らしくなるだろう」

「ありがとうございます」

小香は珊瑚の男装に関して、協力的であった。

「すみません、私が気付けばよかったのですが……」

「いいんだよ。しかし、この子はどんな目的で男の姿をしているのやら――」

汪家が身元保証人なので、そこまで悪いことはできないだろうと小香は断言する。

「何か企んでいるようだったら、止めていたけれど、そういうことはしていないんだろう？」

「はい」

珊瑚は間諜のような行動はしていない。それに、そんなことができるような、器用な性格ではなかった。

「そうか、それはよかった。私は後宮の平和を誰よりも望んでいるからね。ここは、あたしにとっては天国だよ。皆が皆、医者だと認めてくれて、敬ってくれる」

男装する必要もなく、綺麗な服が用意されていた。だから、彼女は女性だけのこの後宮の存在に、感謝をしているという。珊瑚に関しては、女性の身でありながら男の恰好を貫き通すのも、辛いことだろうと同情もしてくれていた。

「安心しな。他の者には喋らないから」

「す、すみません、助かります」

医者である小香は、月に何度か、街にいくことを許されている。何か欲しいものがあったり、外に逃げなければならない事態になったりしたら、手を貸すとも言った。

「もちろん、金になるものと交換だけどね」

紺々はありがたい話だと思ったが、こういう者は金さえ渡せば、簡単に寝返るのではと疑問が浮かび上がる。知り合いになったばかりだし、あまり、頼りにするのも危険だろう。

しかし、紺々の中だけで抱えるには大きすぎる問題だったので、少しだけ心が軽くなった。もしも、珊瑚が窮地に追い込まれた場合は、小香を頼りにすることになる。そういう困った事態にならないことを、願っていた。

二人で協力して、眠る珊瑚の胸に布を巻いていく。診察するために、寛がせていたのだ。

「しかし、これだけ胸があれば、常に潰すのは苦しいだろうねえ」

「はい。ですが、男性と同室であることを考えたら、仕方がないかと……」

「う～ん」

現状として、珊瑚が我慢するしか対策はない。何かいい解決策がないか、紺々は考えなければと思う。以上で診療は終わった。

「真先生、ありがとうございました」

「あまり、無理をさせないようにね」

「はい、伝えておきます」

数刻眠らせたあと、食事を食べさせるように言われた。

一刻後、紺々は珊瑚を起こし、粥と薬を与えた。執務室で仕事をする紘宇にも、本日三度目の報告をする。顔色はだいぶよくなった。今は眠っていると伝えると、ホッとした表情を見せていた。朝の様子とは打って変わり、冷静さを取り戻したいつもの紘宇であった。

ここで、紺々の中で疑問が生じる。もしや、紘宇は朝、珊瑚の体を見てしまったのではないかと。あの慌て方は尋常ではなかった。

汪家が珊瑚の身元保証人だと聞いていが、どうやら紘宇は珊瑚を男として見ているようだった。今回の一件で具合を悪くしているのに動揺した上に、珊瑚の性別の勘違いに気付いていたとしたら――？

一緒の部屋で過ごさせるわけにはいかないだろう。相手はあの、珊瑚に夜伽（よとぎ）を手伝わせようとしていた、色欲魔の汪紘宇だ。女性と気付いたらどうなるのか。考えただけでも恐ろしい。まず、珊瑚が女性であることを察しているのか、いないのか、調べる必要もある。

紺々は紘宇に探りを入れるため、質問してみた。

「あの、汪内官」

厳しく、鋭い視線が向けられた。目が合った瞬間、ドキンと胸が鼓動を打つ。もちろん、ときめきの類ではない。妖怪とか、悪鬼を見た時に感じるような、嫌な胸の高鳴りであった。妖怪や悪鬼を見たことがないので、想像上の感覚ではあるが。愛想がなく、常に眉間に皺を寄せている紘宇は苦手な相手ではあるが、珊瑚のためだと己を奮い立たせ、なんとか質問を絞り出した。

「やはり、疲労が溜まると、珊瑚様のような男性でも、倒れてしまうのですね」

「そうだな」

紘宇は表情を変えずに返事をした。男であると言った際の動揺は見て取れなかった。

念のために、もう一度、質問してみる。

「診療をしてくれた真先生が、珊瑚様が、その、とても綺麗な男性だと、驚いていました」

「その辺は、個人の好みだろう」

紘宇は一瞬、目を泳がせてから言葉を返した。とても微妙な反応である。これは、珊瑚が綺麗だと言った部分に反応したのか。わからない。最後にもう一つ質問をぶつけてみた。

「なんと言いますか、こう、中性的な魅力があると言いますか」

「たしかに、あれは少々女らしいところがある」

この一言で、紺々は確信を得た。紘宇は珊瑚のことを男だと思っている、と。女性に対して女らしいとは言わないだろう。しかし、珊瑚が女らしいとは、いったいどういうことなのか。聞いてみたい気もしたが、これ以上話しかけたら、相手に不審に思われてしまうだろう。紘宇が珊瑚の性別に気付いていないとわかっただけでも、かなりの収穫だ。

「そ、それでは、引き続き、珊瑚様のことはお任せください。それと、今晩は、どうか別の部屋で、お休みいただけたらなと思います」

「ああ、わかった」

風邪がうつるからという言い訳を用意していたが、紘宇はあっさりと頷いた。

会釈をして、執務室からでる。紺々にとって生まれて初めての尋問であったが、心臓に悪いと、いまだに早鐘を打っている胸を押さえながら思った。

珠珊瑚が風邪を引いた朝――紘宇は起床時間より半刻はやく目覚めた。というよりは、珊瑚の飼っている狸のたぬきに起こされたのだ。「くうん、くうん」と執拗に鳴き、紘宇の肩をポンポンと前足で叩いていた。こういうことをしてくるのは初めてのことで、いったい何事かと、上体を起こす。最初は空腹か喉の渇きを訴えているのかと思った。のろのろと起き上がり、どうしたのかと訊こうとしたら、早朝の薄明かりの中で珊瑚の息遣いがおかしいことに気付く。

角灯に火を灯して照らしたら、汗ばんだ様子で苦しそうにしていた。

具合が悪いのはひと目でわかった。まず、枕元にあった手巾で額から頬にかけて汗を拭ってやる。寝間着の襟元が詰まって苦しそうに見えたので、寛がせようと思って襟を僅かに広げた。だが、首筋から鎖骨にかけての素肌の白さを目の当たりにして、見てはいけないものを見ているような気分になり、慌てて襟から手を離す。角灯の灯りに照らされた珊瑚は、汗ばんだ様子で胸を上下させ、美しい顔を歪ませていた。

その様子はどこか色っぽい。紘宇は慌てて珊瑚から距離を取った。相手は具合を悪くして苦しんでいるのに、なんてことを考えているのかと、頭を振りながら自身を責める。このまま看病などとてもできない。そう思って、早朝ではあったものの、珊瑚のお付きの女官、紺々を起こしにいった。

紺々は紘宇の訪問に驚いていた。珊瑚の容態を伝えると、さらに慌てふためく。とりあえず己のことは棚に上げて、落ち着くように叱咤した。すると、紺々は冷静になったのか、後宮に住む女医を呼びにいくと言って駆けていく。ちょうど、珊瑚と交流のある女官——麗美を見つけたので、しばらく様子を見てくれないかと頼む。今日は休日だったようで、快く引き受けてくれた。

その後、紘宇は井戸の水を頭から一気に被る。肌に突き刺すような、冷たい水であった。これには精神統一と、邪気を振り払う効果がある。ガタガタと全身が震えていたが、歯を食いしばってこらえた。合計十杯、水を被ったころには、手先の感覚はわからなくなっていた。

これは、武官の新人時代に毎日行っていたことである。紘宇の中にあった雑念は、水と共に流れ落ちていった。もちろん、このままだと風邪を引くことはわかりきっているので、風呂に入って体を温める。こうして、体を清めた状態で仕事に励むことになった。

その後、紺々より何度か珊瑚の容態についての話を聞く。症状はそこまで酷くないようで、二、三日安静にしていたら、完治するとのこと。

紺々に今日は別の部屋で寝てほしいと言われたので頷く。内官用の部屋はどこも空室なので、問題はない。

夕方、風呂に入りにいったついでに、尚寝部の者に布団を用意するよう命じておいた。

廊下を歩いていると、尚食部の女官が粥の載った盆を運んでいるところに出くわす。紘宇は女官を呼び止めた。

「おい。それは、珠珊瑚の食事か？」

「ええ、その通りでございます」

「だったら、私が運ぶ。お前は下がれ」

紘宇は女官から粥の載った盆を受け取った。部屋まで運び、寝室で眠る珊瑚のもとへ持っていく。紺々は食事にいっているらしい。珊瑚宛てに置き手紙があった。

やってきた紘宇に反応したのはたぬきである。「くうん」と鳴きながら近付いてきた。

珊瑚が心配で、一日中付き添っていたようだ。先ほど女官が用意したらしい木の実は、ほとんど手をつけられていない。珊瑚を心配しているからか、たぬきまでも食欲がなくなっていた。

「お前は何も心配しなくてもいい。しっかり食え」

「くうん」

今から珊瑚も食事にすると、宣言しておく。寝台の脇にある卓子に粥を置き、紘宇は寝台の縁に座った。珊瑚の顔を覗き込むと、医者の薬が効いたのか、だいぶ顔色がよくなっている。目元にかかっていた前髪を片方に流すと、珊瑚はそっと瞼を開く。

「んん、たぬき？」

珊瑚はそう呟き、紘宇に向かって手を伸ばす。頬にかかっていた紘宇の髪に珊瑚が触れると、愛おしそうに目を細めた。どくん、と胸が大きく跳ねる。

「たぬき……」

「いや、たぬきではない！」

珊瑚はその声ではっきりと覚醒したようで、青い目をパチクリと瞬かせていた。

「あれ。こーう、ですか？」

「どうして私をたぬきと間違うんだ？」

「あ、す、すみません。たぬきの、夢を見ていて……」

なんでも故郷の家族に、たぬきを紹介する夢をみていたらしい。家族の話をする珊瑚は、どこか切なげだった。

珊瑚はもう家族に会えない。気の毒なことだと思った。ここでは、家族を作ることすら許されない。後宮が解体になったら、話は別であるが。

兄は珊瑚をどう扱うつもりなのか。政治の駒にするのならば、紘宇は絶対に許さない。もう、武官という職にも未練はなかった。どうせ、守るべき皇族はいないのだ。だから、もしもの時は珊瑚を連れて——

「こーう、どうか、しましたか？」

珊瑚は起き上がり、紘宇の顔を覗き込んできた。ビクリと、肩を揺らしてしまう。

「今日は、忙しかった、ですか？」

いつもはきっちりと整えられている前髪が少しだけ乱れていると、指摘された。

一日中珊瑚のことを考えていたので、身なりを気遣う余裕などなかったのだ。

「風邪が治ったら、こーうのお仕事を覚えて、お手伝い、します」

「仕事のことは気にするな。しばらくゆっくり休んでおけ」

「でも、みんな、大変、ですし」

今日は具合が悪いからか、いつも以上に舌足らずだった。こんな状態なのに他人のことしか考えていないので、紘宇は食事を与えて黙らせることに決めた。

持ってきていた粥を盆ごと珊瑚の膝の上に置く。蓋を開けてやると、ふわりと湯気が漂う。保温性に優れた器のようだった。

「それを食べて、ゆっくり寝ろ」

「はい、ありがとう、ございます」

珊瑚は匙で粥を掬い、はふはふと口の中で冷やしながら食べていた。美味しかったからか、頬が緩んでいる。食欲はあるようでホッとした。たぬきも安心したのか、残していた木の実を食べ始める。紘宇は腕を組み、珊瑚やたぬきが食事をする様子を眺めていた。二人共、幸せそうに食べている。そんなにおいしいものなのか。覗き込んでみたが、珊瑚の粥は特別な具など入っておらず、たぬきはその辺に落ちているどんぐりを食べていた。

特別なものは食べていない。恐らく、本人達の気の持ちようで、質素な食事も美味しく感じるのだろう。なんとなく、ささくれていた心が癒やされる。

珊瑚は粥を完食した。女官が持ってきた食後の甘味にも、目を輝かせている。卓子の上に置かれた甘味は、黒くてプルプルとしていた。上から、蜜がかけられている。女官から、「仙草ゼリーです」と紹介があった。

「こーう、一口、食べますか？」

そう言って、仙草のゼリーを紘宇の口元へと持ってきた。仙草はシソ科の植物で、解熱や解毒作用がある。まさに、病人が食べるに相応しい甘味であると女官が言っていた。

それを、珊瑚は紘宇に食べさせようとしていた。

「遠慮せずに、どうぞ」

「いや、いい」

病人の食べ物を奪ってはいけないと、首を横に振って断った。

「一口だけなので、どうか」

「まあ、そこまで言うのならば……」

紘宇は仙草ゼリーを口にする。食べるのは初めてだった。女性に人気の甘味であると聞いたことはあったが――。

「なんだこれは、不味い！」

プルプルの食感は面白いが、味は苦味が強く、かけられていた蜜は甘味の役割を果たしていなかった。

「おいしくない、ですか？」

「はっきり言ってな。お前は食べたことないのか？」

「はい、初めてです。美味しそうに見えるのですが……食べてみますね」

珊瑚はパクリと仙草ゼリーを食べる。即座に、表情が曇った。明らかな表情の変化を見た紘宇は、噴き出してしまう。

「聞くまでもないが、どうだ？」

「健康になれそうな、気がします」

「全部食えよ」

「うう……」

こうして、珊瑚は紘宇の監視のもと、健康にいい仙草ゼリーを完食することになった。

星貴妃は夜空を見上げ、ため息を吐く。憂鬱な晩が訪れた。夜はお役目を果たす時間だ。もう彼女のもとを訪れる男はいないが、過去の記憶が星貴妃を気落ちさせるのだろう。
国中から美しい男を集め、皇族と繋がりのある娘と次代の皇帝を産ませるために用意された四つの後宮。星貴妃はその中の一つ、牡丹宮の主である。国内の四大貴族、星家の娘であり、皇族と血の繋がりのある者であった。
——己よりも強い男と結婚をする！　と、このような条件を掲げていたため結婚適齢期はとうに過ぎ、二十五となっていた。そんな中で、皇帝崩御の知らせが届いたのと同時に、おかしな計画が届けられる。四つの後宮を建て、皇族と繋がりのある四大貴族の娘を置き、国中から集めた男を侍らせ、初めに生まれた男児が次代の皇帝になるという。

その決定に、知らされた者すべてに衝撃が走る。受け入れ難い話であったが、国内の状況を考えれば、受け入れる他ない。星家から二人の候補が立てられた。本家の星紅華と、分家の星華蓮。星紅華は二十五と、少々薹が立っており、星華蓮は子どもが産めるか微妙な年頃である十一の少女であった。

当主は悩んだ結果、自らの娘——紅華を後宮へと送ることにした。選ばれた本人はとんでもないことに巻き込まれたものだと憤慨していた。皇帝が崩御し、次代を継ぐ者がいないのならば、今の王朝は終わらせて、新たな統治者を探せばいいのではと思う。皇族は血統を大事にしているが、皇族のその血を辿れば、蛮族に辿りつく。皇帝の座は血で血を洗い流しながら、歴史と共に挿げ替えられているのだ。わかりやすく言えば、皇帝の首を取った者が、次代の皇帝となる。今回も、そういうふうに強き者が皇帝になればいい。彼女はそう主張したが、父である星家の当主はそういうわけにもいかないと言う。

まず、四大貴族の力がどれも同じくらいで、争えば共倒れになる可能性が高いこと。次に、先の戦争の影響で、国力が衰えているということ。それから、国内飢餓の傾向にあり、内乱を起こしている場合ではないということが理由としてあった。現在は中央政治機関である三省六部が上手く機能しているので、なんとかなっていた。しかし、それも長く続くかわからない上に、政界には野心を抱き、政権奪取の機会を虎視眈々と狙う者がいないとも限らない。よって早急に、新しい皇帝が必要だったのである。

話し合った結果、四つの家が平和的に次代の皇帝を決めることができる仕組みが、今回の後宮であった。ここだけの話だと前置きされ、父親は娘に話す。星家としては、皇帝の座を得ることに、興味はない。星家の領地は独自に発展している。よって、帝都で天下を取る旨味はあまり感じられない。後宮にいるだけでいいからいってくれないか、と父親は頭を下げてきた。それならばと、しぶしぶと生まれ故郷を離れて、存在しない皇帝の妻となる決意を固めた。

こうして彼女には〝牡丹宮〟と〝貴妃〟の位が与えられ、星貴妃が誕生することになる。ぼんやり過ごしていたら、誰かが皇帝を産むだろう。そう思っていたのに、想定外の事態となる。牡丹宮に集められた女官と美しい男達は、皆が皆、ギラギラしていた。

女官は星貴妃に気に入られようとすり寄り、男達は皇帝を産ませるために媚びを売ってくる。星貴妃の心に寄りそう者は、誰一人としていなかった。毎晩夜這いに遭い、追い払うのにも疲れてしまう。後宮にやってきた数ヶ月間は、ゆっくり眠れる日はないに等しかった。心身共にくたくたになると、襲われた時に抵抗ができなくなる。一回、服を脱がされ、強引に組み敷かれたことがあった。星貴妃は男の急所を知っていたので、そこに膝蹴りを入れて難を逃れる。ここでようやく、身の危険を本格的に感じたため、彼女は男に〝腐刑〟を言い渡した。他の男達への、見せしめの意味もあった。

その晩より、夜這いは減った。けれど、まったくなくなったわけではない。原因を辿ると、女官と繋がっている男達がいることに気付いた。彼女らが、寝所へと導いていたのだ。

即座に、その女官達を解雇にする。害をなす者達は、次々と遠ざけた。

しかし、これだけでは敵ばかり作ってしまうことを、星貴妃はよくわかっていた。続いて彼女が行ったのは、忠誠心のある女官への褒美である。他の後宮では禁止されている櫛や華やかな服を纏うことを許可した。よい働きをしたら、大いに褒めたり、菓子を与えたり、休日を増やしたりと、福利厚生の充実を図る。そんな努力の甲斐あって、女官達は星貴妃により強い忠誠心を抱くようになった。

一方、鉄壁の要塞を築く星貴妃を前に男達は躍起になり、無理矢理にでも子どもを孕ませようと考える者ばかりになった。彼女はどんどん腐刑を言い渡す。そうこうしているうちに、牡丹宮の男は汪紘宇のみとなった。男達を次々と腐刑にする星貴妃のもとに、新たな男を送り込んでこようとする猛者はいなかったのだ。

紘宇とは一度も会ったことはないが、女官からは真面目で用心深い男だと聞いている。接触してくる様子もないので、気にも留めていなかった。三十になったら妃から降りることになっている。現在、二十五となった。あと五年耐えれば、お役御免となる。気の長い話ではあるが、耐えなければならなかった。

その後の牡丹宮はほどよく平和であった。女官達は忠誠心の高い者ばかりで、唯一の男である紘宇が何かしてくる気配もない。そんな中で、変化が訪れた。汪家が、新しい男を牡丹宮に送り込んできたのだ。

金の髪に青い目を持つ、美しい男——珠珊瑚。誰にも心を許さない星貴妃のために用意された者であることは、わかりきっていることであった。他の男同様、媚びるようであれば敵と見なし、徹底的に排除する。そう、心に決めていた。

女官達にどういう男なのか探りを入れさせたら、真面目な女官から堅物な女官まで、もれなく陥落していったのには驚いた。皆、珊瑚に夢中になっていたのだ。いったい、どういう男なのか。星貴妃に接触してくる気配は欠片もない。別の目的があるのか？　そう思っていたが、珊瑚が牡丹宮内を探り、他の男達のように女官を誑かすような行動をすることもなかった。間諜である可能性はゼロに等しい。

言葉遣いも拙く、現在尚儀部で礼儀を習っていると聞いた時は、牡丹宮に送る前にできなかったのかと、問い詰めたくなった。さらに、そのあと雅会にでるため、二胡の練習を一生懸命しているという話を聞く。珠珊瑚——聞けば聞くほど、謎の男である。

ある日の午後。星貴妃はついに、珊瑚と邂逅してしまった。たしかに、美しい男だった。金の髪は上等な絹のようで、青い目は今まで見た宝石と比べても一番美しい。整った顔に品のある様子は、星貴妃も気に入った。見目麗しく、明るい気質を纏った雰囲気は、見ているだけで心が華やぐ。しかし、口からでてきたのは辛辣な言葉であった。

——ずいぶんと女官共が騒いでいたが、別に大したことはないな。

——元武官と聞いていたが、貧相な体ではないか。がっかりだ。

隙を見せてはいけない。そういう思いから、つい、虚勢を張ってしまったのだ。珊瑚は青い目に、困惑と悲しみの色を滲ませていた。その表情を見た時にじわじわと浮かんだ感情は、加虐心か。それとも、庇護欲か。今まで感じたことのないものが、浮かんでは消えてを繰り返していた。不思議な気分を味わう。

それからというもの、過ぎ去る日々は平和そのもので、珊瑚が星貴妃に接触してくる気配すらない。そんなある日、珊瑚と星貴妃は二回目の邂逅を果たす。

供も付けずに歩き回っていた状態だったので、星貴妃は焦っていた。いつもの癖で気配を消して散歩をしていたが、相手も同じく、気配をなくした状態でいたのだ。互いに驚いていた。

珊瑚を前にじわじわと後退していたら、背後が池であることにも気付かず、体の均衡を崩して転倒してしまった。間一髪、珊瑚が星貴妃の腰を引き寄せたので、池に落ちることはなかった。しかし、鍛えられた腕に抱かれた星貴妃は混乱状態となり、目の前にあった肩を全力で押し返す。今度は珊瑚が体の均衡を崩し、背中から倒れてしまった。腰を抱かれたままだったので、星貴妃も一緒に転んでしまう。彼女が、押し倒したような体勢となった。密着状態になり、夜這いをかけられた晩を思い出して、その時の恐怖が甦る。

けれど、それを悟られるわけにはいかない星貴妃は、ジロリと珊瑚を睨みつけた。そんな彼女に、珊瑚は思いがけない言葉をかける。

――セイ貴妃、私は、大丈夫です。あなたを、害したりしない。

ドクンと胸が大きく跳ねた。考えていることが見透かされているのか。害したりしないというのは、言うだけならば誰にでもできる。簡単に、信じるわけにはいかなかった。いくつか、キツイ口調で責めるように言葉をぶつけると、珊瑚は口を噤む。眉尻を下げて、青い目には戸惑いの色を滲ませていた。

その刹那、星貴妃は気付く。この男は、他の者とは違うと。華烈に生きる男とは女を屈服させ、支配下に置きたい生き物である。星貴妃が高慢な態度を取れば、表面上は従いつつも、目の奥では許せない、絶対に屈服させてやるという感情を滲ませているのだ。

しかし、珊瑚は違った。まるで、本当に星貴妃を案じているように見えた。彼は本当に、何者なのかと思う。その上、おかしなことまで提案してくる。珊瑚は狸を飼っているようで、癒やされるので会ってみないかと。変な男だと思った。

その後、珊瑚は星貴妃を寝屋まで送り、何もせずに去っていった。ますます、変な男だと思う。宣言通り、珊瑚は星貴妃に対し、何もしなかった。まだまだ信用するわけにはいかないので、意地悪なこともしてしまった。けれど、珊瑚はそれにも気付かず、のほほんとしている。それどころか、襲撃に遭えば武器も持たない身にもかかわらず星貴妃を守ってくれた。

珊瑚はなんの見返りも求めず、害を与えることもなく、野心も持っていなかった。星貴妃は少しずつ、信頼し始める。彼女の凍っていた心は、溶けかけていた。襲撃事件から数日後、驚くべき事実が発覚した。珊瑚は腐刑を受けた身であり、生殖能力がない男だったのだ。いったいなんの罪を犯したのか、話そうともしない。今まで見た中で、一番硬い表情を見せていた。おそらく、珊瑚本人が何かしたわけではないのだろう。推測ではあるが、誰かを庇って腐刑になったのではないか。勘だったが、そうに違いないと思った。今になって、彼が星貴妃を害することはないと言い切ったわけを理解する。

そういう事情があるのならば、傍に置いてやってもいいのではと考えるようになった。

常に誠実であれ——願いを込めて、珊瑚に三日月刀を与える。

果たして、これからどうなるのか。予想はまったくつかない。

けれど、牡丹宮は以前よりずっと過ごしやすくなった。ピリピリとした雰囲気も和らいでいるような気がする。それは、彼女自身が前よりも柔和になったからだということに、気付いていない。これからも心穏やかに過ごしたいと、星貴妃は心から願っていた。

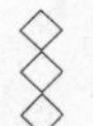

医師の腕がよかったのだろう、珊瑚の風邪は一日で完治した。すっきりと目覚める。

日の出前なので、外はまだ暗い。空が夜の闇色から薄明かりになりつつあるので、そろそろ日の出の時間なのだろう。たぬきは丸くなって眠っていたが、紘宇はいなかった。紺々の残していた書き置きを見ると、別の部屋で眠っているとある。それとなく寂しく感じたが、一昨日の晩、寝ぼけて抱きしめられたことを思い出すと、頬が熱くなる。

紘宇はパッと見た感じ細身であったが、元武官ということで体を鍛えているのだろう。腰に回された腕は、逞しかった。恥ずかしかったが、嫌な感じはまったくない。それは恐らく、紘宇だからなのだろう。変なことはしないという安心感はあるし、それ以上の信頼があった。騎士仲間に感じていたものとは違う、複雑な思いが胸に渦巻いている。

星貴妃との会話で、紘宇を異性として意識し、彼に対して好意を抱いていることを自覚した。それは親兄弟や親友に抱く感情とはまた異なる。確かな言葉は思い浮かばない。なんだかむずむずしてしまうのだ。ひとまず、深く考えるのは止めておこう。そう思い、頭の隅に追いやった。窓から太陽の光が差し込むような時間帯になると、紺々がやってくる。

珊瑚が元気になったことを喜んでいた。

「こんこん、ありがとうございました」

「いえいえ、お元気になられて、本当によかったです」

汗を掻いたので風呂に入り、身なりを整える。紺々がいつもより、帯を下に結んでくれていたので、どうしたのかと声をかけた。

「すみません、この服はこういうふうに着るようで」

「そうだったのですね」

「はい。昨日、お医者様が教えてくださいました」

女性の腰の位置と男性の腰の位置は違い、男性の腰のほうが下にあるらしい。男性の腰の位置に合わせて帯を結んだほうが、見た目がよくなるとのこと。

「あ、たしかに、しゅっとして見えますね」

「ですよね！　素敵です」

「ありがとうございます、こんこん」

着替えが済んだら、部屋に戻る。

「あ、こーう！」

いつもの通り、眉間に皺を寄せ、腕を組んだ状態の紘宇がいた。それだけで珊瑚は嬉しくなり、駆け寄る。

「あの、おはようございます。私、元気になりました！」

「見ればわかる」

相変わらずのそっけなさであった。いつもの紘宇という感じで珊瑚は安堵した。

「くうん、くうん！」

珊瑚の声を聞いて、たぬきも駆け寄ってくる。元気になったことが嬉しかったのか、尻尾をブンブンと振っていた。

「たぬきにも、ご心配をかけましたね」

珊瑚はたぬきを持ち上げ、頬ずりする。

「だから、真面目な顔でたぬきと話すなと言っただろう」

「はい？」

「なんでもない！」

平和な時間が過ぎていく。朝食後、珊瑚は紘宇に事務仕事を習った。大量に積み上げられた巻物には、後宮の財政についての情報が書かれていた。珊瑚には報告書の写しを命じられた。これは保管する分なので、練習にはうってつけであった。今まで羽ペンで書いていたので、筆で文字を書くのはいまだに慣れない。先がぐにゃぐにゃと曲がる上に、字も難しいので、悲惨な結果となる。完成したものを見て、珊瑚は絶望していた。

——絶対、紘宇に怒られる。しょんぼりしながら完成した報告書を持っていく。

「あの、こーう、できました」

受け取った紘宇は、珊瑚の書いた写しに厳しい視線を送っていた。時折、眉間に皺がぎゅっと寄り、紙面を厳しい目で睨みつけている。珊瑚は気が気ではなかった。早く、怒鳴ってほしいと思うほどである。無言のまま最後まで読み、くるくると巻いて巻物の山に差した。続けて、もう一本、別の巻物を珊瑚に渡す。

「今度はこれを書き写せ」

「えっと、さっきのは？　字、よれよれ、でしたよね？」

「別に、間違いはなかったが？」

字が汚いと怒られると思っていたが、紘宇は何を言っているのだという顔付きをしていた。

「何に怯えている？」

「その、こーうが、怒るかと、思ったからです」

「なぜ、私が怒ると思った?」

「上手く、字が、書けていないから」

「最初から何もかも上手くできる者はいないだろう。それに、お前は異国人だ。それを加味すれば、十分な働きだろう。こういった書類は、字の綺麗さよりも正確さのほうが大事だ。字は読めるし、頑張って写したというのはひと目でわかる。怒るわけがない」

「こ、こーう!!」

抱きつきたくなったが、相手は上司なのでぐっと堪える。代わりに、紘宇の近くで丸くなっていたたぬきを持ち上げ、ぎゅっと抱きしめた。

「くうん」

「私、こーうのお仕事、お手伝いできて、嬉しいです」

「だったら口ばかり動かさずに働け」

「はい!」

こうして、珊瑚は拙いながらも、紘宇の手伝いを勤め上げた。

午後となり、仕事は一段落する。珊瑚は紘宇に報告しなければならないことがあった。

それは、三日月刀を賜った件である。紘宇には星貴妃に近付くなと言われていた。しかし、珊瑚は近付いてしまった。三日月刀のことと、星貴妃を守りたいと思ったことを伝えたらどうなるのか。わからない。けれども、きちんと言わなければ。

寝室から三日月刀を持ち出し、布に包んだ。胸がドキドキと高鳴る。いつも、紘宇に対して感じているものとは、別のものであった。

強張った表情をしていた珊瑚を、たぬきが心配して覗き込んでくる。

「ありがとうございます、たぬき」

珊瑚はたぬきの頭を撫で、覚悟を決める。本を読んでいる紘宇に声をかけた。

「あの、こーう。お話があります」

「なんだ？」

紘宇は視線を本に向けたまま、返事をしていた。

「あの、とても、真面目なお話なのです」

「言ってみろ」

紘宇は視線を珊瑚へと向ける。黒い双眸にじっと見つめられたら、決意が揺らぎそうになった。きっと紘宇に嫌われる。そんなのはイヤだ。それでも、珊瑚は言わなければならない。星貴妃の騎士で在ること。それは、この後宮に身を置く理由でもあった。

「こーう、私は、妃嬪様を、お守りしたいと、思っています」

自らの決意を伝えたのと同時に、布に包んでいた三日月刀を見せる。紘宇は驚いていた。

「それは、どうした？」

「妃嬪様に、いただきました」

三日月刀を見せるように言われた。鞘から刀を抜き、鋭い眼差しを向けている。

「これは、星家の嫁入り道具だ」

「え⁉」

星家の女性は強い男を夫とすることを伝統にしていた。そのため、嫁入り道具に名匠が作った刀が用意される。三日月刀は、名高い職人が作った、とっておきの刀だった。

「なぜ、これをお前に渡したのだ？」

「妃嬪様をお守りしたいと申しましたら、私に下賜してくださいました」

珊瑚の話を聞いた紘宇は、不機嫌な表情となった。以前、珊瑚に「星貴妃に近付くな」と迫った時と似たような雰囲気になる。

「あの、こーう」

「お前は、どのような気持ちで、そう言ったのだ？」

星貴妃を守りたいというのが大義名分ではあるものの、元を辿ったら、違う感情が存在していた。

「私は……何者でもありません。しかし、妃嬪様を守ることによって、私は騎士に……武官へとなれるのです」

星貴妃を守ることによって、ただの珊瑚から騎士になれる。それは彼女にとって、大きな変化だった。目的がない後宮での日々に、目的ができる。

「もちろん、自分のためだけではなく、妃嬪様をお守りしたい気持ちもあります」

「なるほどな。星貴妃は、お前にとって守る対象であるのだな」

紘宇は腕を組み、眉間の皺を深める。まっすぐな瞳で、珊瑚に問いかけてきた。

「星貴妃との間に、愛が、あるわけではないな？」

「あ、愛、ですか!?」

「そうだ」

愛とはなんなのか。珊瑚にはわからない。あるとしたら、それは――。

「忠誠心、でしょうか？」

「なるほど」

その答えを聞いた紘宇は、しっかりと頷いた。一言、珊瑚の決意に対して応える。

「先の事件で星貴妃も不安に思っているだろう。武官をもっと増やさねばとも思っていたが、後宮の予算を思えば頭が痛い問題でもあった」

「でしたら――!?」

「ああ、許す」

紘宇は星貴妃の護衛を許してくれた。

「ありがとうございます、こーう。本当に、嬉しい……」

「ただし、お前のことを鍛え直す。これが条件だ」

「こーうが、私を？」

「そうだ」

以前手合わせをした時、動きの癖や身のこなしなど、気になる点があったのだと言う。

「稽古を、付けてくれるのですか？」

「他に何がある?」

珊瑚は頭を下げ、礼を言った。紘宇が稽古をしてくれるなんて、思ってもみない話であった。

星貴妃から賜った三日月刀は、今まで珊瑚が使っていた剣とはまったく違う形状をしていた。刃先が広く反り返っており、刀の幅は広く、片手剣であるがずっしりと重たい。この形状の刃を、華烈では〝大刀〟と呼んでいるらしい。刀自体は〝柳葉刀(りゅうようとう)〟という。柳の葉に似ているので、名付けられたとか。柄も湾曲していて、珊瑚の手には馴染まない。眉を顰め、じっと刀身を見下ろす。

——これで、戦えるのか。

そう思っていた折に、紘宇が剣術を教えてくれると言った。ありがたい申し出だった。

夕方から、中庭で稽古を付けてもらう。寒空の下、珊瑚は紘宇と対峙する。邪魔にならない位置に、紺々とたぬきがいた。紘宇は腕を組んで珊瑚に言う。

「まず、鞘から刀を抜いて、振ってみろ」

「はい、わかりました」

左手で鞘を押さえ、右手で柄を握って引く——が、いつもと違う手応えで、引き抜くのでさえ簡単にはできなかった。

「うっ、よいしょっと」

なんとか苦労して引き抜く。ちらりと紘宇を見ると、すさまじい目付きで睨んでいた。

「あの、その、すみません。なんか、手ごたえが違っていて」

「そんなに、今まで使っていた剣と違うのか？」

頷くと、刀をもう一度鞘に収めるように言われた。

「んっと、よい、しょ」

引き抜くのもひと苦労であったが、収めるのもひと苦労だった。紘宇が怖い顔をしているのはわかっているので、敢えて見ないでおく。

「おい、私のやり方をよく見ていろ」

「あ、はい」

紘宇は柳葉刀を腰に差し、流れるような動作で引き抜く。シャキンと、鞘と刃が擦れ合う音が鳴った。鮮やかな抜刀だったので、珊瑚は拍手する。

「こーう、カッコイイです！」

「う、うるさい」

褒めただけなのに、怒られてしまった。珊瑚はシュンとなるが、それは一瞬のことで、紘宇に見せてもらった動きを真似してみる。ただ力任せに抜刀するのではなく、刀の形をなぞるように引き抜いた。すると先ほどの紘宇のように、綺麗に抜くことができた。

「なるほどな。覚えはいいようだ」

今度は褒められたので嬉しくなる。幾度か抜刀を練習し、なんとか合格をもらった。

次に刀をその場で振るように言われた。ブオン！　と今まで耳にしたことのないような、風を切る音が聞こえた。加えて刀が重たいので、から足を踏んでしまう。最終的に、見当違いの方向へ刃先が向かっていった。振り下ろした刀に視線を向けたまま、珊瑚は呆然としていた。

「どうだ？」

「変形した鉄の棒を、振っているようです」

今まで使っていた剣と同じ感覚で使ったら、まったく想定外のほうへと曲がっていく。

「この刀は重量を活かして叩き割るものだと思っていたほうがいい。力のある者は二本使う」

「これを、二本も⁉」

珊瑚は信じがたい気分になった。一本だけでもなかなかの重量だ。何度か振ってみるが、ブオン、ブオンと大袈裟な音が鳴るわりに、まったく思った方へ向かわない。勝手が違う刀を握りしめ、むっと口を結び眉間に皺を寄せる。今まで身に付けてきた剣の腕は、まったく役に立たなかった。加えて、紘宇が刀の振り方を説明したが、いまいちピンとこない。

「口で説明するよりも、実際に動いて習得したほうがよさそうだな」

厳しい厳しい紘宇の稽古の始まりであった。

紘宇は夕暮れまで手を抜くことなく、きっちりと稽古を付けてくれた。珊瑚はこてんぱんにやっつけられ、ボロボロになる。

「まあ、諦めない根性だけは認めてやる」

時間いっぱいいっぱい頑張って、褒めてもらったのはこの一言だけだった。がっくりとうな垂れる。紘宇は一度自室に戻るようだ。珊瑚は全身汗びっしょりに濡れたので、そのまま風呂に向かうことにした。

「今日は、たぬき様も一緒にご入浴をしますか？」

たぬきは風呂が好きなようで、紺々の言葉を聞いて「くうん！」と鳴きながら喜んでいた。

「こんこん、たぬきは、お任せしてもいいですか？」

「はい、もちろんです」

いつもは紺々と二人がかりでたぬきを洗っているのだが、今日は慣れない武器を使ったので、さすがの珊瑚もくたくたであった。二人と一匹で風呂に入り、温泉に浸かってじっくりと疲れを癒やす。すっきりしたものの、体の倦怠感（けんたいかん）は残ったままだった。特に、肩がずっしりと重い。柳葉刀を使った剣技は実に奇抜で、相手の意表を突くような動きをする。剣術に加え、体術も使うのだ。刀を避けたと思えば、蹴りがやってくる。それを避けたら、拳が真っ正面に向かってくるのだ。片手剣なので、あのような動きも可能なのか。わからない。木刀を使った時の紘宇の実力は珊瑚より少し上かと思ったが、柳葉刀を使った戦闘では実力に天と地ほどの差がある。以前、雅会の日に襲われた時も黒衣の男達は柳葉刀を装備していたが、紘宇ほどの遣い手ではなかった。

「もっともっと、修業が必要ですね」

「珊瑚様なら、きっと上手くできるようになりますよ」

「くうん！」

「こんこん、たぬき、ありがとうございます」

紺々とたぬきの応援を受け、また明日から頑張ると決意を固めた。

「私、頑張りま――うっ！」

慣れない剣技で痛めた筋がじんじんと痛む。せっかく決意表明をしようとしていたのに、言葉に詰まってしまった。

「あの、珊瑚様？」

「な、なんでしょう？」

「よろしかったら、按摩をいたしましょうか？」

「あんま？」

按摩とは、体を揉んで筋肉を解し、血液の循環をよくする療法のことである。

「お仕えする妃様のために、仕込まれたのです。兄や父に試したことがあるのですが、なかなか評判もよかった気がします」

紺々は体が少しだけ楽になると言う。

「いいの、ですか？」

「はい！　もちろんです」

悪いなと思ったものの、体の痛みを我慢するのもよくないので、お言葉に甘えることにした。按摩は紺々の部屋で行う。たぬきは今から何か楽しいことをするのではないかと、尻尾を振りつつキラキラした目で紺々や珊瑚を眺めていた。

「では珊瑚様、こちらのお布団にうつ伏せに寝転がってください」

珊瑚が寝転がった上に紺々は膝をついて跨ぎ、腰を浮かせた状態で肩に触れる。親指でぐっ、ぐっと押していった。

「んっ！」

「あ、痛いですか？」

「いいえ、大丈夫、です」

押された患部は痛いのが半分、気持ちいいのが半分。按摩とは、不思議な施術であった。

体がポカポカと温まり、風呂上りなのにじっとりと汗を掻く。

「こんこん……すごい……ですね。これは……気持ちが、いい」

「あ、よかったです。もしかしたら、これが、唯一の特技かもしれません」

血液の流れがよくなったからか、患部の痛みはだんだんと薄くなっていった。

「これ、きっと、妃嬪様も、お喜びに、なるはずです」

「そう、だったらいいのですが」

腰を浮かせたままではきついだろうと思い、珊瑚は上に乗ってもいいと言う。

「そ、そんなことするわけにはいきません！」

「こんこんは、軽いから大丈夫ですよ」

「いえいえ、駄目です！」

そんなやりとりをしていると、紺々の部屋の扉が勢いよく開かれた。

「紺々さん、お饅頭をいただきましたの。一緒に食べ……きゃあ～～っ‼」

やってきたのは麗美だった。珊瑚に馬乗りになるような姿勢の紺々を見て、顔を真っ赤にして叫ぶ。

「あ、あなた達、ナニをしていますの⁉　こ、こんな時間から、子作りをしているなんて！　っていうか、やっぱり、お二人はデキていたのですね！」

子作り？　珊瑚と紺々の頭の上に、目には見えない疑問符が浮かび上がる。

先にハッとなったのは紺々だった。珊瑚の上から退き、勘違いを訂正する。

「れ、麗美さん、違います。これは、按摩という治療です。珊瑚様が体を痛めたので、血流の流れを指圧でよくしていただけですよ！　その、子作りでは、ありませんので！」

その言葉を聞いて、珊瑚は麗美の勘違いを把握する。麗美は真顔になり、状況をよくよく確認した。二人の着衣に乱れはない。完全な勘違いであった。

「じ、冗談ですわ」

顔を真っ赤にしながら言った麗美の言葉に、苦笑いをする珊瑚と紺々であった。

星貴妃はイライラしていた。女官達に「どうか夜の見回りはお止めになってください」と泣きつかれてしまったのだ。一人ではない。身の回りに侍るほぼ全員が、涙を浮かべながら懇願してきたのだ。皆、大事な女官であり、その意見を無視するわけにはいかない。それに、もしも一人で見回りをして、複数の侵入者と遭遇してしまったら、勝つことは難しいだろう。怒りと共に連日見回りをしていたが、一回冷静になるのもいいのかもしれないと思い直した。夜は大人しく眠っておく。

それから数日経った。今度は一度も珠珊瑚が目の前に現れないことに、苛立ってくる。

金髪碧眼の絶世の美青年と言っても過言ではない男が、星貴妃に傅き、忠誠を誓った。ただの美しい男ではない。真面目で、正義感に溢れ、武芸の才がある。だから、嫁入り道具であった三日月刀を渡した。男の手に渡ることはないと思っていたのに、あの時は珊瑚にこそ相応しいと思ったのだ。それなのに……それなのに、珊瑚は目の前に現れない。

星貴妃の不機嫌な様子を察した古株の女官が、珊瑚の近況を報告した。

「珠宮官は、汪内官と剣術の稽古をされているようです。午前中から午後は事務仕事をして、夕方から夜になるまで刀の打ち合いをされていると」

なんでも、珊瑚にとって三日月刀のような薙刀の形をした刀を使うのは初めてだったようで、上手く使えなかったらしい。そのため、紘宇に訓練を付けてもらっていたと。そういう理由があるならば、目の前に顔をださないのも納得できる。珊瑚が三日月刀での剣術を身に付けるまで、大人しくしていよう。そう思っていたのに、まさかの知らせが届いた。

送り主は祭祀、礼楽制度などを司る尚儀部からである。星貴妃は眉間に皺を寄せながら、手紙を開いた。中には、驚くべきことが書かれていた。

――武芸会〝百花繚乱〟のお知らせ
紙を握り潰し、さらにぐしゃぐしゃに丸めて力いっぱい投げつけた。

「ふざけておる！」

尚儀部主催の武芸会百花繚乱とは、牡丹宮、木蓮宮、蓮華宮、鬼灯宮、四つの後宮の中から一番の武芸者を決めようという催しであった。

いったいなぜ、今のこの時期にやるのか、まったく意味がわからない。上層部の意図を理解できず、星貴妃は怒った。

現在、四つの後宮に交流はない。話を訊かずとも、どこも緊張状態であることはわかりきっていた。それなのに、見世物にされる上に、妃の上下関係を決めるようなことをさせるなど、酔狂としか思えない。いくら考えても、頭の中は怒りで沸騰するばかりで、この催しを回避する術など思いつきもしない。こうなったら、誰かに意見を求めるしかない。

女官を呼んで命じる。夜、寝所に汪紘宇と、珠珊瑚の二人を呼ぶようにと。

牡丹宮が始まって以来、最大の一大事が起こる。今まで夜に男を呼び出すことがなかった星貴妃が、寝所にくるようにと命じたのだ。紺々の部屋でその件についての話を聞いた珊瑚は、珍しいことがあるものだと思っていた。彼女以上に動揺しているのは、紺々である。

「さ、珊瑚様、だ、大丈夫でしょうか？」

「何が、ですか？」

「えと、その、いろいろと」

星貴妃の寝所にいけば、男装の麗人であることがバレてしまう。その点を心配していた紺々だったが、その勘違いに気付いていない珊瑚が察するわけもない。

「し、寝所に呼ばれたということは……その……」

「お話しをするのでは？」

「ち、違います。寝所ですることは、一つしかありません」

ここで、やっと紺々が言おうとしていたことを珊瑚は察する。

「え、いや、まさか、そんな……！」

「や、やっと、星貴妃は、その、子作りをする気になったのでしょうか？」

「だとしたら、私はどうすれば？　必要なのはこーうだけでは……？」

そう言いかけて、なんだか心がモヤモヤとしていることに気付く。珊瑚の知らないところで、紘宇と星貴妃が子作りをする。それは、とても嫌なことだと思った。

「珊瑚様、いかがなさいますか？」

今晩、具合が悪いことにしておけば、星貴妃のもとへいかずに済む。しかし、紺々のその提案に、珊瑚は首を横に振った。ここは、後宮だ。妃のもとに男達が集められ、次代の皇帝を作る舞台だ。そのために、紘宇はここにいる。真面目な人なので、きっと命じられたら役目を果たすだろう。しかし、珊瑚の気持ちは複雑だった。仕事に私情を挟むことなんて、今までなかったのに、どうにも感情の整理ができない。

「このままでは、紘宇と星貴妃が――」

「珊瑚様？」

紺々に顔を覗かれ、ハッとなる。

「どうかなさいましたか？」

どう考えてもわからないことであった。だったら、紺々に聞いてもいいものか。珊瑚は逡巡したが、それも一瞬のことであった。うじうじ悩むなんて、らしくない。わからないことがあったら信頼する人に聞けばいいのだ。幸い、目の前にいる紺々は信用に足る女性である。珊瑚は決意を固め、悩みを口にしてみることにした。

「あの、こんこん。変なことを、聞いてもいいですか？」

「はい、私が答えられることであれば」

紺々は居住まいを正し、珊瑚の話を聞いてくれる。

「その、私は、紘宇がお勤めを果たすことを、嫌だと、思ってしまったのです」

紺々は珊瑚の手を、ぎゅっと握った。おかしなことではないと、首を横に振りながら言ってくれる。

「あの、こんこん、これは、おかしなことでは、ないのですか？」

「ええ、そうですよ。それは――純粋な恋心ですから。誰もが胸に抱くかもしれない、心の宝石箱と、ただ一粒の宝石です」

紺々は珊瑚の気持ちを宝石箱と宝石に例える。このモヤモヤしていて、切なくて、胸が苦しくなるようで、温かな気持ちは、〝恋〟という名のものだった。

それはかけがえのなく、誰もが持つ心の宝物だと紺々は教えてくれた。

「私は、こーうに、恋をしていたのですね」

「珊瑚様の様子を見ていて、そうではないのかと、思っていました」

「そう、ですか。これは……恋」

紺々に気持ちを言い当てられた瞬間、珊瑚は腑に落ちた。モヤモヤと不透明だった気持ちが、一気に透明となる。

「ありがとうございます。気付けて、よかったです。何かわからないまま、星貴妃と紘宇が、その、そういうことをしていたら、私は――」

珊瑚にとって、この気持ちは初恋だった。だが、どうしようもないものでもある。紘宇は星貴妃の男であり、また、汪家という大貴族の人間であった。運よく後宮が解散になったとしても、同じくらいの家柄の娘が妻となるに違いない。珊瑚の恋は気付いた瞬間、叶わぬことがわかってしまった。

「切ないですね」

しかも、今日は星貴妃と紘宇の床入りを見守らなければならない。

状況によっては、何か手伝わなければならないのだ。

「珊瑚様、やはり、今日は──」

「いえ、私はそのためにここにいるのでしょう。役目を、果たさなければ」

珊瑚は顔を上げたのと同時に、ぎょっとする。紺々がポロポロと涙を流していたからだ。

「こ、こんこん、どうしたのですか？」

「だって、悲しいです。珊瑚様と、汪内官はお似合いなのに……！」

「ありがとう、ございます」

珊瑚は紺々の頬を伝う涙を指先で拭い、体をぎゅっと抱きしめる。そして、耳元で優しく囁いた。

「私が男だったら、こんこんをお嫁さんにしています。可愛くて優しくて、素敵な女性です」

「さ、珊瑚様～～！」

紺々も珊瑚の体を抱き返し、さらに涙を流していた。ここで、扉がドンドンドンと三回叩かれたあと、勢いよく開かれる。

「おい、ここにいると聞いたが――」

いきなりやってきたのは、紘宇だった。部屋で抱き合っている珊瑚と紺々を見て、目を丸くしている。

「お、お前達、い、いったい何をしている⁉」

「ち、違うんです、汪内官！」

紺々が慌てて弁解をした。

「あの、珊瑚様は、私の悩みを、聞いてくださって！」

「本当か⁉」

「ほ、本当です。星貴妃に誓って！」

紘宇は怒りの形相で紺々の部屋に入り、珊瑚の腕を摑む。

「こ、こーう⁉」

「話がある。こい！」

珊瑚は紘宇にぐいぐいと腕を引かれ、紺々の部屋をあとにすることになった。

紘宇はぴしゃりと扉を閉め、珊瑚の腕を引っ張りながら廊下を歩いていく。

「こ、こーう、たぬきは？」

「たぬきはあとだ！」

たぬきは紺々の部屋に取り残されてしまった。しかし、このあと星貴妃の寝屋に赴かなければならないので、ちょうどいいかとも思う。たぬきは寂しがり屋なのだ。

部屋に戻ると紘宇は扉を勢いよく閉めた。居間では止まらず寝室へと進んでいく。

「あの、どうして寝室に、いくのですか？」

「居間は女官が入ってくることがある」

紺々などのお付きの女官を除き、普通の女官は寝室に掃除以外入ってはいけない決まりがある。そろそろ夕餉の時間なので、女官がくる可能性があった。邪魔が入らないところで、話をしたいのだろう。手を離された珊瑚は、寝台の縁に座る。

「えと、こーう、座らないのですか？」

じっと見下ろすばかりで、返事はない。紘宇は眉間に深い皺を刻み、目を細め、口はきつく結んでから珊瑚を見下ろしていた。上目遣いでちらりと見たら、視線が交わる。黒い目に滲んでいるのは苛立ちと焦燥。いったいどうしたのか。訊ねる前に、質問をされてしまった。

「本当に、翼紺々と関係があるわけではないのだな？」

「はい、紺々は友達です」

「お前の国では、友達同士で抱擁し合うのか？」

「ええ、まあ、そうですね」

親しい人ならばあいさつ代わりに抱き合うこともある。そう説明すると紘宇は瞠目した。

「なんて軽薄な国なんだ……！」

「そう、だったみたいですね。女官達にも、間違った接し方をして、困らせてしまったことがあります」

指先へのキス、抱擁、褒めるなど、この国ではありえないことだと紺々や麗美から言われたことがあった。

「私の国は、女性を大事にします。しかし、この国は、そうではありませんでした」

華烈には男尊女卑の考えが根付いていた。紘宇も否定しない。

「だからこその、この後宮なのだろう。あ、いや、今の状態ではなくて、皇帝がいて、きちんと機能していた時の話だ」

この後宮は皇帝の妻が住む宮殿である。頂点に立つ妃から、そこで働く女官まで、全員皇帝の妻なのだ。後宮に住む女性達の人生は、すべて皇帝に握られている。花盛りを過ぎたら皇帝の側近の妻として下げ渡されたり、宦官(かんがん)の召使いとして与えられたりなど、生殺与奪権は皇帝が握っていた。

「そういう扱いを受けるのは、後宮の女ばかりではない」

紘宇は自分の母親がしきりに実家に帰りたいと言っていた話をする。

「ご実家に、帰れないのですか」

「みたいだ」

結婚すると、実家に戻ることは禁じられる。一方で、亡くなったら嫁ぎ先の墓には入れず、生家に返されるのだ。

「嫁いできた女は借り物で他人である。それが、この国のあたりまえだ」

「そんなの――いえ、なんでも」

この国で生涯暮らすことになった珊瑚は、それを受け入れるしかない。意見することなど許されないのだ。

「私は、別にその考えに囚われてはいない。母のことも、気の毒に思っていた。許されるのであれば、実家がある場所に旅行にでも連れていけたらと思っていたが――」

その前に、紘宇は後宮からでることができない身分となってしまった。

「だから、もしも結婚をしたら、伴侶となる者は、好きな時に実家へ帰れるようにしたいとは思っている」

紘宇の話を聞いて珊瑚は安堵した。彼は国の風習に染まり、結婚相手をぞんざいに扱う人ではなかったのだ。笑顔で紘宇を見上げる珊瑚を見て、紘宇は再度顔を顰める。

「どうした？」

「いえ、こーうと結婚できる女性は、幸せだなって、思いまして」

「相手もいないのに、何を言っているんだ」

ここで、紘宇に婚約者や恋人がいないことが発覚する。珊瑚はホッとしてしまった。だからといって、心の奥にある恋が成就するわけでもなかったが。

「それはそうと、話は聞いたか？」

「妃嬪様に呼び出されたお話でしょうか？」

「他に何がある？」

今になっていったい何をするつもりなのかと、紘宇は苛立つ様子を見せていた。

「何をとは……子作り、ですか？」

「馬鹿な！」

ありえないと切って捨てる。紘宇の反抗的な態度に、珊瑚は首を傾げた。

「最初は、私も指名があったら従うつもりだった。しかし、ここで過ごす中で、腹立たしく思っているうちに、家のために子作りをすることが馬鹿馬鹿しくなった」

紘宇の実家、汪家も歴史ある大貴族である。しかし、星貴妃を始めとする四大貴族に比べたら、家格が劣るのだ。

「兄は、皇族との繋がりを作り、どこかの家を凋落（ちょうらく）させようと目論んでいるのだ」

「お兄さんは、野心家、なんですね」

「恐ろしいほどにな」

紘宇はボソリと、聞き取れるか聞き取れないかくらいの声色で話す。

「先の襲撃も、兄が差し向けたのではと思っている。一応、兄には星貴妃の寝屋に通っていると嘘を書いていたのだが――」

いつまで経っても子どもが産まれないので、星貴妃を殺しにかかったのではと紘宇は推測している。

「手紙には私に生殖能力がないことを仄（ほの）めかしていた。これで、役目から下ろされると思っていたが、そうではなかった」

星貴妃と子を成せないのならば、別の星家の者を立てる。そのために襲撃事件を企てた。紘宇の兄は身内には甘く、他人には厳しい男だった。しかし、引っかかる点もあるという。

「兄の用意した私兵にしては、弱かった」

紘宇の実力を知っているので、暗殺に慣れた者を用意してもおかしくない。けれど、やってきた者達は、そこまで強くなかった。よって、襲撃を企てたのは紘宇の兄ではない可能性もあると呟く。

「どちらにせよ、今回の件で私は懲りた。だから、兄に本当のことを告げたのだが」

返事はまだ届かないらしい。

「兄がどういう判断を下すのか、まったく想像もできない。そんなわけで、私は今、反抗期だ。だから、星貴妃の命に従うわけにはいかない」

「そう、ですか」

ここでも珊瑚は心の中で安堵する。それを悟られるわけにはいかないので、思わず顔を伏せた。

「お前はどうなんだ？」

「わ、私、ですか？」

「たとえばだ。私がお前を抱くと言ったら、応じるのか？」

比喩であることはわかっている。しかし、嘘を吐けない珊瑚は、瞬く間に顔が真っ赤になっていった。それに気付いた紘宇も、自分の言葉に照れてしまって顔を逸らしていた。

「あの、こーうだったら、別に、いいと思います」

「なんか言ったか？」

「い、いいえ、なんでもないです！」

わりと、勇気を振り絞って呟いた言葉であったが、聞き逃されてしまった。人生そんなものだと、珊瑚は自身に言い聞かせる。

「とにかくだ。もしも、子作りを要求されても応じない。私はそれをお前に言いたかった。お前もどうすべきか、わかっているな？」

「もちろんです」

星貴妃が紘宇と子作りをしたいと言ったら、一緒になって説得をする。それしか、珊瑚にできることはない。

「あの、たぬきを連れていってもいいですか？」

「なぜだ？」

「たぬきがいると、癒やされます。妃嬪様もきっと、優しい気持ちを思い出すはずです」

「たしかに、アレは気が抜けるというか、なんというか。まあ、いいだろう」

「ありがとうございます！」

こうして、珊瑚は紘宇、たぬきと共に星貴妃の寝屋へいくことになった。食事を食べ、風呂に入り、身なりを整える。星貴妃の前に参上する時は、華やかな盛装を着用する。

紘宇は深い青の衣装を。珊瑚は薄い青の衣装を。たぬきは紺々が風呂に入れて、フワフワモコモコになっていた。丁寧に櫛入れされて、毛並みもピカピカである。

「たぬき、素敵にしてもらいましたね！」

たぬきは「くうん！」と鳴くと、くるりと回り、フワフワの尻尾を靡かせる。

「世界一可愛いです！」

狸馬鹿な珊瑚の様子を、紘宇は険しい表情で眺めていた。

「こーう、今日のたぬきはどうですか？」

「いつものたぬ公にしか見えん」

「そ、そんな……」

「くうん……」

珊瑚とたぬきは、一気に悲しそうな表情となる。そんな二人に見つめられた紘宇は、良心の呵責に苛まれたのか意見を変えた。

「よく見たら、まあ、悪くない」

「でしょう？」

「くうん！」

喜ぶ二人を見ながら、「馬鹿になる」と呟いていたが、はしゃいでいる珊瑚とたぬきは気付いていなかった。

珊瑚と紘宇は揃って星貴妃の寝屋へと移動する。二人のあとに続くのは、たぬきと紺々。すれ違った女官達は、皆、揃ってほうとため息を吐いていた。美しく着飾った珊瑚と紘宇は、大変な目の保養だったのだ。

　北柱廊を通り、中庭を抜け、後宮のもっとも奥まった場所に、星貴妃の寝屋がある。

　護衛の女性武官が立ち並び、珊瑚や紘宇を出迎えた。寝屋の前には鉄の門があり、三つの鍵がかかっている。安易に立ち入ることができないようになっていた。紘宇が何も言わずとも、すぐに開錠される。三つの鍵の中の一つは、鎖でぐるぐる巻きにされており、厳重であることが窺（うかが）えた。ギイと、重たい音を鳴らしながら扉が開かれる。この先にある部屋に招かれるのは、珊瑚と紘宇が初めてだった。女性武官達は頭を下げて見送る。寝屋の前には、三名の女官がいた。その中に、麗美も混ざっていたので、珊瑚は微笑みかける。珊瑚の爽やかな微笑みを前にした麗美を含む女官達は、顔を真っ赤にさせていた。

「み、皆さん、大丈夫ですか⁉」

　額を押さえ、くらくらしたのかその場にしゃがみ込む女官達に、珊瑚は近寄ろうとしたが、紘宇に制止される。

「お前は、任務を忘れたのか？」

「あ、いえ……ですが」

「こいつらは翼紺々に任せておけ」

「そうですね。こんこん。皆さんのことを、よろしくお願いいたします」

「承知いたしました」

　一応、たぬきの入室許可は得ていないので、この場で待機してもらう。

「たぬき、中に入っていいか妃嬪様に聞いてみますね」

「くうん」

しばしのお別れであった。漆が塗られた重厚な木の出入り扉には金色の掛金が下ろされている。閉ざす錠は銀。珊瑚は女官から鍵を受け取り、鍵穴に差し込んで、開錠する。

ようやく、星貴妃の寝屋へ入る。珊瑚と紘宇、それぞれ名乗ると、返事が聞こえた。

「――入れ」

まず、一歩内部へ足を踏み入れると、緞子(どんす)に縁取られたすだれが下ろされているのが目に付く。室内では花の香が焚かれており、甘く馨(かぐわ)しい香りで満たされていた。

女官が一礼し、緞子が上げられる。内部は広いが、灯篭が一つあるだけで薄暗い。調度品は鏡台に着物かけ、小さな円卓に桐箪笥があるばかり。奥に置かれているのは、見たことがないような豪勢な寝台であった。天蓋のある四角い箱型で、木枠には多産を象徴する石榴と豆などが浮き彫りにされている。加えて、枠はすべて漆で塗られており、金箔で押した花模様もあしらわれていた。寝台の出入り口となる部分は帳(とばり)が下ろされており、中の様子が見えないようになっている。

「やっと参ったか」

寝台の帳を星貴妃が僅かに開け、顔をだす。珊瑚と紘宇を見て、目を細めていた。

「なんだ、ずいぶんとめかし込んできたのだな」

口元に弧を描き、着飾った二人の姿を見ながら、楽しげな様子で「悪くない」と呟く。

珊瑚と紘宇は床に片膝を突き、抱拳礼を行った。

「面を上げよ」

ここで、珊瑚が何か言いたげな表情だったことに気付いたからか、発言を許す。

「あの、本日はたぬきを連れてきました」

「お主は、本当に狸を飼っておったのか」

もしかしたら、寝屋に入れることはできないかもしれない。ドキドキしながら、星貴妃の返事を待つ。

「――ふっ」

恐る恐る顔を上げると、星貴妃は笑っていた。

「大真面目な顔をして、何を言い出すのかと思えば……狸！」

隣から、紘宇のため息が聞こえた。やはり、この国では狸を愛玩動物として飼うことはおかしなことらしい。あんなに可愛いのにと、珊瑚は首を傾げる。

珊瑚はふと思い出した。祖国の騎士舎には鼠（ねずみ）がでる。手のひらよりも大きくて、革の鎧（よろい）を噛んでしまう困った生き物であった。案外可愛らしい顔をしているものの、愛玩動物として飼っている者はいない。この国で狸は、そういう存在なのかもしれないなと思う。

だとしたら、紘宇や星貴妃の反応も頷けるものであった。

「し、失礼な報告をしてしまいました。申し訳ありません」

「よい、よい。連れてまいれ。特別に許してやるぞ」

「あ、ありがとうございます！」

星貴妃はその昔、古事記の中で狸は国の守護獣であると記したものを読んだことがあったらしい。有名な話ではないが、ごく一部の者の間では大切にされている動物であると言っていた。

「たぬき、そうだったのですね」

紘宇は低い声でボソリと、「私はそんな話、聞いたことがないがな」とぼやいていた。

たぬきの入室を許可されて浮かれる珊瑚の耳には、届いていなかった。

「早く連れてまいれ。自慢の狸とやらを、見てやろう」

珊瑚は一度断ってからすっと立ち上がり、たぬきを迎えにいった。扉を開くと、床に正座をしている紺々に抱かれたたぬきと目が合った。

「たぬき、妃嬪様が入っていいと言ってくださいました」

「くうん!!」

たぬきは嬉しいのか、尻尾をブンブンと振っていた。紺々からたぬきを受け取る。

「こんこんも妃嬪様に自慢したいのですが……」

「と、とんでもないことでございます！」

紺々は首を横に振り、恐縮しきっていた。

「ど、どうぞ、お早く中へ。星貴妃をお待たせしたら悪いので」

「そうですね。では、また。しばらくここで、いい子にしていてくださいね」

そう言いながら、珊瑚はたぬきを脇に抱え、紺々の頭を優しく撫でていた。少し離れた場所から、「ああ……」と、か細い声が聞こえる。麗美だった。

「れいみサンも、またあとで」

「はい！」

珊瑚が手を振ると、麗美は満面の笑みで手を振り返していた。星貴妃の前に戻ると、顔を顰めた二人に迎えられた。

「どうか、したのですか？」

「なんでもない」

「なんでもない」

紘宇と星貴妃は苦虫を噛み潰したような表情で、同時に答える。そういえばと思い出す。二人の仲はあまりよろしくはなかったなと。おそらく、この短い中、気まずい時間を過ごしたに違いない。珊瑚は申し訳なくなった。

「それがお前の狸か？」

星貴妃に話しかけられて、ハッとする。腕に抱いていたたぬきを床に下ろし、片膝を突いて紹介した。

「こちらが、狸のたぬきです」

珊瑚は蕩（とろ）けそうな笑顔で、たぬきを紹介する。紘宇がそれに解説を加えた。

「これは、たぬきという名の狸だ。異国の者には、たぬきという響きが美しく聞こえたようで、そう名付けたらしい」

たぬきは星貴妃の前で、くるりと回って伏せの姿勢を取った。挨拶代わりに「くぅん」と鳴くことも忘れない。たぬきを前に星貴妃は顔を引き攣らせていたが——我慢できなくなったのか、噴きだしてしまった。

「こやつ……本当に……大真面目に……狸を飼って……おるのか！」

星貴妃は帳を下ろし、寝台の中へと引きこもる。中から、大笑いが聞こえた。珊瑚とたぬきは頭の上に、疑問符を浮かべている。紘宇は小さな声で、「気持ちはわかる」と呟いていた。

五分後。星貴妃は帳を上げ、寝台からでてきた。

「すまぬ。持病の癪が」

「だ、大丈夫なのですか？」

「問題ない。気にするな」

珊瑚は本気で心配そうにしていたが、紘宇はしゃっくりのようなものだから気にするなと言っていた。星貴妃は一度咳払いをして、たぬきに「近う寄れ」と声をかける。

「くぅん！」

立ち上がったたぬきは、星貴妃の前までやってきて、お座りをした。

「なんだ。躾けてあるのか？」

「いえ、たぬきは賢い子で、何も教えずとも、いろいろできるのです」

星貴妃は手にしていた、蓮の花が刺繍された団扇でたぬきの頭を撫でた。

「くうん！」

嬉しそうに、尻尾を振っている。

「あいつ、何をしても喜ぶな」

「そうでしょうか？」

「たぶん、足で腹を撫でても尻尾を振るぞ」

「まさか！」

その言葉の通り、たぬきはごろりと寝転んでお腹を見せ、星貴妃が足先で撫でると、尻尾をブンブンと振っていた。

「ほら見てみろ」

「ちょっとびっくりです」

意外にも、星貴妃は楽しそうにたぬきと遊んでいた。さんざんたぬきと遊んだあと、本題へと入る。

「まず、お主ら以外耳に入れたくない話をしたい。寝台の中へとまいれ」

たぬきを抱いた星貴妃は、寝台へと上がっていく。珊瑚と紘宇は顔を見合わせ、たぬきが一緒ならば変な展開にならないだろうと、目と目で会話をしてからあとに続く。

寝台の中は天井が高く、案外広かった。ゆうに大人五人が眠れるほどの規模である。そこに星貴妃は座り、膝の上にたぬきを置いた。すっかり、お気に入りの様子である。たぬきも空気を読んで、大人しくしていた。

「それで、話だが——まあ、これを読んだほうが早いだろう」

珊瑚と紘宇の前に、一通の手紙が差し出された。達筆な文字で書かれていて、珊瑚には読めない。首を傾げていると、紘宇が読み上げてくれた。

「武芸会、百花繚乱のお知らせ。きたる、清明の候に、四つの後宮より三名の戦士を立て、武芸の腕を競い合う大会が開催されることになり……なんだこれは⁉」

各後宮より三名の戦士を参加させ、武芸の腕を競い、敗北した者は勝利した主人の所有となる。

「妃嬪様、あの、負けたら、相手方の後宮に、いかないといけないってことですか？」

「そうだ」

馬鹿げていると、紘宇は吐き捨てるように言った。

「しかも、一名、足りないですね」

現在、牡丹宮で戦える内官と宮官は珊瑚と紘宇しかいない。あと一名必要だった。国の行事らしく、不参加は許されない。だったらどうするのか。

「私の兄に相談する手もあるが……」

紘宇は苦虫を噛み潰したような表情となる。眉間に皺を寄せ、唇を噛んでいた。

「汪紘宇よ、どうした？」

「完全なる推測なのだが、先の襲撃事件は兄が起こしたものではないのかと、疑っている」

「いや、それはないだろう」

　星貴妃はきっぱりと、紘宇の推測を否定した。

「あれは、星家の者だった。間違いないだろう」

「なぜ、そう思う？」

「つい先日、暗殺者の飲んだ毒が解析されたのだが――」

　それは、ヤドクカエルという神経毒を持つ生物の毒だった。

「ヤドクカエルは星家がひっそりと飼育していた。海を渡った先にある南国の生き物で、この辺りには生息しておらぬのだ」

　十中八九、星家が送った暗殺者であることがわかる。当然ながら、襲撃犯の正体について、星貴妃は知らんぷりを決め込んでいた。本来ならば、この毒については星家の当主しか知りえぬ情報であったが、星貴妃は偶然、父親の話を立ち聞きしてしまったのだ。

「用途はいくら聞いても答えてくれなかった。しかしまあ、星家の栄華の影には、血に濡れた惨劇があるのだろう」

　しかしなぜ、星家の者が星貴妃を狙うのか。その理由を紘宇は問う。

「星家と言っても、いくつもの分家がある。当主である父は皇族との繋がりを望んでいないが、分家の者は違うのだろう」

　もう一人、星貴妃の他に妃候補がいた。その者の父親はなかなかの野心家であるという。

「妃嬪様、その件に関して、お父様にご連絡をされたのですか？」

「いや、していない。父も共謀者である可能性が捨てきれないからだ」

「お父様が、妃嬪様を狙うことはありえるのですか？」

「嫁ぎ遅れの娘を父は憂いていたからな。このまま三十となって、後宮でなんの成果をだすこともなく星家に戻ってこられたら、私だけでなく、父すらも生き恥を曝すのかもしれぬ」

「そう、でしたか」

「話が逸れたな」

手紙と共に、ある品物が届けられたという。それは、仮面と全身を覆う外套であった。

「四つの後宮の妃は、これを装着するようになっているようだ」

暗殺を防ぐために、公の場に顔をださないようにするという。

「よって、観客席に私がいなければならぬ理由はない」

「当日は欠席するのですか？」

「いいや。私が戦士としてでるというだけだ」

当然ながら紘宇は反対した。剣は木刀を使うとあったが、怪我をする可能性もある。

「それに負けたらどうする？　まさか、そのまま他の後宮へいくのか⁉」

「負けなければいいことよ」

それに、武芸会は勝ち抜き戦であると書かれてあった。

「だから、お主ら二人が負けなければ、問題はなかろう」

星貴妃と紘宇が睨み合い、空気はピリっとしていた。珊瑚は一触即発な二人の間で、オロオロとするばかり。たぬきは険悪な雰囲気に、耳をぺたんと伏せていた。フワフワにしてもらった尻尾も垂れ下がっている。紘宇と星貴妃、二人とも意思が強い者同士なのでどちらも引かない。

「星貴妃が直々にでなくとも、女武官に代役を頼めばいいだろう」

「あいつらは、まだ信用に足りぬ」

話は平行線であった。けれどもここは牡丹宮。星貴妃が頂点となる場所だ。紘宇は命じられたら頷く他ない。

「どうなっても、私は知らないからな」

「ふん。私とて、無謀なわけではない。汪紘宇、お前の実力を目の当たりにしたからこそ、今回の件を思いついたのだ」

星貴妃は紘宇の戦闘能力を高く評価していた。

「若い武官の中では一二を争う腕前だろう。我が星家は武の一族でもある。強き者を見る目くらいは備わっている。私もこのふざけたことばかりの体制に、苛立ちが募っていた。一度、どこかで発散しないと、おかしくなってしまう。頼む、汪紘宇よ。お主と、珠珊瑚、二人の力が必要なのだ」

ここまで言われたら、紘宇も悪い気はしない。頭の固い男であったが、一方で、単純なところもあった。紘宇は軍事を執り行う兵部の上層部にいた。汪家の力もあったが、本人の実力もあったので、瞬く間に昇格し、若い武官の中でも一番の出世頭だった。他に、兵部の実力者が後宮にいったという話は聞かない。よって、紘宇に敵う男はいないだろうというのが、星貴妃の考えであった。

「武官といえば、厳つく、熊のような体つきをしている。美しい者が集められた後宮には、武の者はいないだろう。貴族の嗜みとして鍛えていた者はいるだろうが、武官の精鋭だった汪紘宇に敵う者はいない」

「こーう、すごいです！」

珊瑚のキラキラとした尊敬の眼差しを浴びて、紘宇は満更でもないという様子を見せていた。

「ま、というわけだから、百花繚乱の開催の日まで、武力を磨いておけ」

紘宇は頷き、珊瑚は「はい、わかりました」と返事をする。

「話は以上だ」

解散を言い渡される。膝の上に鎮座していたたぬきは布団の上に下ろされた。事が上手くいきそうだったので、耳はピンと立ち、フワフワな尻尾も復活している。

珊瑚は寝台からでようと腰を上げたところ、星貴妃が腕を強く引いた。前屈みの姿勢で体の均衡が取れず、布団に倒れ込む形となり、あっという間に組み敷かれてしまう。

「あ、あの、妃嬪様⁉」

「ただで帰るつもりだったのか？」

「えっ、そ、その……」

艶然と微笑む色気たっぷりの星貴妃に顔を覗き込まれ、珊瑚は瞠目する。まさかの展開に、頭が追いつかない。星貴妃は珊瑚の顎の線をなぞり、頸椎（けいつい）から鎖骨に沿って指先で撫で、襟に軽く手を差し込んだ。珊瑚の頬は赤く染まり、ビクリと体が震える。

そこに待ったをかけたのは言うまでもなく、紘宇であった。

「何をしているんだ！」

珊瑚の服に差し込まれた手を掴み、逆の手で星貴妃の腕を引いて珊瑚の上から退かす。

若干、乱暴な手つきであった。

「汪紘宇、お主こそ、何をするのだ」

「な、何をって、おかしなことをしているから」

「私は可愛い可愛い愛人と戯れようとしていただけなのに」

「こういうことは、好きではないのだろう？」

「そんなの、相手によるとしか言えぬ」

珊瑚が隙だらけだったので、ちょっとからかっただけだと、星貴妃は主張していた。

「どうだ珠珊瑚、私と楽しいことをするのは？」

「え!?」

寝台で行う楽しいことなど一つしかない。珊瑚は視線を宙に漂わせる。まさか、自分にこういった話がくるとは思わずに、頭の中は混乱状態にあった。

「返事はするな。今日は帰るぞ」

紘宇はたぬきを持ち上げて脇に挟み、空いたほうの手で珊瑚の腕を掴む。星貴妃の制止も聞かずに、早足で寝屋からでていった。

紘宇は寝屋の外にいた紺々にたぬきを押し付ける。珊瑚からは手を離さないまま、大股で廊下をズンズンと進む。途中で背後を振り返ることもせず、紘宇は紺々の名を叫んだ。

「翼紺々！　これから私はこいつと話をする。たぬきはお前の部屋で朝まで預かっておけ」

「か、かしこまりました」

紺々はその場で立ち止まり、頭を深く下げる。

「こんこん、たぬき、あの……！」

「翼紺々とたぬきは、また明日にしろ」

珊瑚の言葉を聞き入れずに、紘宇は廊下を歩いていった。部屋に戻ったが、手は離さない。そのまま寝室に向かい、扉を閉めて閂（かんぬき）を下ろすと、ようやく解放してもらえた。

「そこに座れ」

腕組みをした紘宇の命令通り、珊瑚は寝台の上に正座する。紘宇も、珊瑚の目の前にあぐらをかいて座った。ポカンとした表情を浮かべている珊瑚を、ジロリと睨みつける。

「あの、こーう、何か？」

「何か、ではない。簡単に星貴妃に押し倒されおって」

「いや、あれは……」

星貴妃は本気の目をしていなかったと主張する。

「恐らく、私をからかっていたのだと、思います」

「問題はそういうことではない。お前が隙だらけな件を責めているのだ」

「あの場はこーうもいましたし」

「私がいたから、だと？」

「はい。それに、まさか妃嬪様がふざけてあんなことをしてくるとは、思ってもみなくて」

その言葉を聞いた瞬間、紘宇は動く。珊瑚の体を押し倒し、上に圧しかかった。

「――うわっ！」

「やはり、隙だらけではないか」

その言葉を聞いた珊瑚は、初めてムッとした表情を見せた。

「今、このような体勢を許しているのは、こーうだからです。他の人だったら、即座に押し返しています」

「だったら、押し返してみろ」

紘宇は珊瑚のおでこに人差し指を当てた。すると、どれだけ足をジタバタと動かしても、起き上がれない。

「んっ……んんん、えっ、あれ？　ぜんせん、動かな……これ、なんでですか⁉」

悪戯が成功した子どものように紘宇はニヤリと笑い、珊瑚を見下ろしている。

「もしかして、呪術ですか⁉」

「違う、馬鹿。立ち上がる時はかならず前傾姿勢となるからだろう。こうして額を押さえていたら、その姿勢が取れない」

「な、なるほど。こーうは物知りですね。すごいです！」

紘宇は珊瑚の上で、がっくりと脱力する。「なぜ、星貴妃の時のように、色っぽい雰囲気にはならないのか」と小声で呟いたが、珊瑚の耳には届いていなかった。

「お前は、私のことを、なんとも思っていないのだな」

「そんなことないです。心から尊敬しています」

こうして押し倒された状態であるのに、珊瑚はしれっとしていた。なんとも思っていない何よりの証拠である。

「あの、若いのに落ち着いていますし、毎日お仕事を頑張っていますし、剣技も素晴らしくて──」

珊瑚は紘宇の尊敬しているところを、いくつも挙げた。しかしながら、紘宇にとって一点だけ引っかかるものがあった。

「若いのに落ち着いている、だと？」

紘宇は自身を年相応だと思っていた。しかも、そういうことを年下である珊瑚が言うのはおかしい。一応、二人は異国人同士である。どこかで、認識の違いがある可能性があった。紘宇は念のため、質問してみる。

「お前の国では、私と同じくらいの年齢の者は、落ち着きがないのか？」

「そうですね。十七、十八くらいの青年は、もっとこう、思春期らしくソワソワしているといいますか、なんといいますか。表現が難しいのですが」

「は？」

紘宇は目が点となる。珊瑚は今、紘宇のことを、十七か十八くらいと言った。

聞き違いかもしれない。もう一度、質問した。

「おい、珠珊瑚よ。お前には、私がいくつくらいに見えている？」

「十七か、十八くらいかなと、思っておりましたが」

脳天を雷が貫いたような衝撃を受けた。まさかこの数ヶ月間、年下に見られていたとは。

珊瑚の肩を押さえつけている手が、ブルブルと震えた。こみ上げてくる表現しがたい感情を、なんとかして抑えるが限界は近い。紘宇が苛立ちを募らせていた際、珊瑚に小さな子を諭すような、優しい声で話しかけられる時があった。あれは、年上ぶっていたのだと気付く。

「こーう、どうしたのですか？」

おそらく、珊瑚の国の者は総じて老けていて、紘宇の国の者は総じて年若く見受けられるのだろう。これも、異国間の認識の違いか。ガックリしながら、真実を述べた。

「私は二十五だ。お前よりも、五つも年上だ」

珊瑚は目を見開く。同時に、サーッと血の気が引いていったように見えた。

「こーうは、二十五、歳？　にじゅう……ご⁉　ほ、本当、ですか？」

「嘘を言ってどうする」

「た、たしかに、こーうは、冗談を、言いません」

そうとう衝撃的な事実だったのか、珊瑚は涙目になっていた。

「わ、私は、こーうが、年下だと思って、一緒に、眠っていました。私、も、もう、こーうと、い、一緒に眠れません！」

「おい、どうし――」

言葉を発した瞬間、くるりと視界が反転する。珊瑚が体を捻り、紘宇と体勢を逆転させたのだ。すぐに寝台から飛び降り、寝室を飛び出す。

「お、おい、どこにいく⁉」

「こんこんと、たぬきのところです」

「いや、待て！」

手を伸ばして珊瑚を追い、捕まえようとしたが逆に腕を取られ、くるりと背中のほうへ捻られてしまう。瞬く間に、壁に押さえつけられてしまった。

「痛っ！」

「こーう、ごめんなさい。少しだけ、事実を受け止める時間を下さい」

「この、馬鹿力め！」

「ごめんなさい……」

そう言った瞬間、珊瑚は手を離す。振り返った紘宇に一礼して、部屋を去った。今まで見せたこともないほどの悲痛な表情を浮かべていたので、紘宇はあとを追わなかった。

珊瑚はトボトボと廊下を歩く。すぐに、紺々の部屋に辿り着いた。まだ灯りが点いており、起きているようだった。突然押しかけて迷惑かもしれないと思ったが、他にいく当てもない。勇気を振り絞って声をかける。

「……こんこん？」

声をかけると、中からガッシャンと大きな物音がした。大丈夫なのか。一歩前に踏み出した瞬間に、紺々が顔を覗かせる。

「わっ、珊瑚様、いかがなさいましたか？」

「えっと、その、なんと言っていいものか」

口ごもっていたら、紺々が何かあったのだと察してくれたのだろう。部屋の中へと引き入れてくれた。中に入るとたぬきが出迎える。珊瑚の様子がおかしいのを感じたのか、励ますようにすりすりと身を寄せてきた。珊瑚はたぬきを抱き上げ、頬ずりした。

紺々が部屋にあった火鉢で湯を沸かし、温かい茶を淹れてくれる。珊瑚は礼を言って受け取った。一口飲むと、苦味と芳醇な茶葉の香りが広がる。ホッとするような味わいがあった。この国のお茶にもずいぶんと慣れ親しんでしまったものだと、珊瑚はしみじみ思う。ふと、心配そうに見つめる紺々の視線に気付いた。珊瑚は居住まいを正し、何があったかを話し始める。

「すみません、こんこん。突然押しかけて」

「いえいえ、何もないところですが、いつでもいらしてください」

「ありがとう……」

もう一度、深々と頭を下げてから本題へと移る。

「実は、私、こーうのことを、年下の青年だと思っていて」

「あ、さ、さようでございましたか」

シンと静まる室内。珊瑚は悲痛な表情を伏せて隠し、紺々は肩を震わせている。たぬきは元気のない主人を見上げ、切なげな声で鳴いていた。

「それで、珊瑚様は、汪内官を、おいくつだと思っていらしたのですか？」

「十七か、十八くらいだと」

「ふっ……！」

紺々にとっても衝撃的な事実だったからか、顔を両手で覆い、逸らしていた。苦しげな声を漏らしたので、たぬきが心配して顔を覗き込んでいる。

「くうん？」

「ぐっ、ふう、だ、大丈夫、です」

紺々は背筋を伸ばし、まっすぐに珊瑚を見る。顔は引き攣っていたが、大丈夫だと重ねて言っていた。

「た、たしかに、汪内官は、お若く、見えます」

同じ国出身の紺々からでも、紘宇は年若いように見えるようだった。珊瑚が勘違いするのも無理はないのかもしれない。内心、そう思う。

「あの、珊瑚様。汪内官が年上だと、何か問題があるのですか？」

頭の中はさまざまな気持ちが渦巻き、胸の中でくすぶる思いは上手く説明できない。

一つ一つ口にして、整理してみる。

「最初は、こーうが年下だから、寝室での監視は問題ないと思いました」

「汪内官が少年だと思っていたから、襲われることはないだろう、ということですか？」

「ええ」

ここで、紺々より指摘が入る。

「通常、それくらいの年齢の子のほうが、異性に対する欲求は盛んかと思うのですが」

本で読んだから間違いないと、紺々は自信ありげな表情で話す。

「私は、耳年増なのです」

なんでも、後宮にいく前に家の者に無理矢理読まされたとか。何も知らないで妃に仕えるのは大変だろうからと。

「こんこん……大変だったのですね」

「ええ。結局雑用係しか任されず、知識は役立たずかと思っていましたが役に立ちました。

ありがとうございます」

年下だから襲われないとは限らない。珊瑚は一つ学んだ。

「え～っと、話を戻しますね。それで、珊瑚様は汪内官が五つも年上だとわかって、一緒に眠るのが恥ずかしくなられたと。しかし、汪内官のことは以前から異性として意識していたのですよね？」

「はい」

「ではなぜ、年上とわかった途端、恥ずかしくなったのですか？」

「それは、私の生まれ育った国では、自分よりも年上の女性を男性は恋愛対象として見ないので、その、こーうにとって私は異性として意識する存在ではない、と決めつけていました」

華烈でそういうしきたりはないが、年上の奥方という話はあまり聞かないという。珊瑚の中でそれは当たり前の話であった。よって、この想いは何があっても成就することはない。そもそもここは後宮だ。そんな想いを抱くことすら間違っている。珊瑚はそういうふうに考えていたので、夜、紘宇と一緒に寝ても平気だった。

「けれど、こーうは年上でした。それで、その、恥ずかしい話なのですが、もしかしたら、異性として見てもらえるのではと、期待した部分もあったのかな、と思っています」

そんなことを一瞬のうちに思い立ち、珊瑚は恥ずかしくなってしまった。

「こんこんのおかげで気持ちに整理ができました。ありがとうございます」

「い、いえいえ。そんな……」

珊瑚は深々と、紺々に頭を下げた。

「こんこん、恋というのは、本当に病気なのですね」

「だからこそ、儚く、美しいものなんですよ」

「この前から思っていましたが、こんこんは詩人ですね」

「そ、そんな。とんでもないです」

「素敵なことです。これからも、大事にしてください」

「ありがとうございます」

紺々の協力もあって、暴走していた感情を解析することはできた。しかし、根本的なことは解決できていない。

「これから、どうなさるのですか？」

「そうですね……」

一応、珊瑚は罪人扱いである。紘宇の夜の監視は必要不可欠だ。

「目隠しでもして、眠ることにします」

「そ、それは、大丈夫なのですか？　その、襲われた時とか」

「襲撃は、心配ですが」

「襲撃……。たしかに、汪内官くらいになると、襲うどころではないかなと」

「え？」

「あ、いえいえ、なんでもないです」

紺々は大袈裟なくらいに、ブンブンと頭を横に振る。

「汪内官に目隠し、くらいがいいかもしれないですね」

「こーうが、目隠しですか？　それも悪いような」

でしたらと、紺々が手を打ちながら提案する。

「尚寝部の方にお願いして、寝台の境界線に衝立を作ってもらうのはいかがでしょう？」

「それは、いいかもしれません」

「では、明日、お願いしてみますね」

紘宇に許可を取らずに行っても大丈夫かと不安に思ったが、夫婦でない男女が一緒の寝台で眠るということがおかしかったのだ。きっと、許してもらえるだろう。

「こんこん。もう一つ、お願いがあります」

「なんでしょう？」

「一晩、ここで休ませていただけないでしょうか？」

「それはなりません！」

紺々は大袈裟なくらい首を横に振りながら言った。

「汪内官は、私と珊瑚様の仲を疑っております。なので、今夜一緒に寝て、翌日バレたりしたら、ああ、恐ろしい！」

「こーうは、そう、だったのですね。まあ、女官達や私を監督するのもお仕事でしょうから」

「いや、汪内官のあれは絶対私情挟みまくりなやつ……」

「え？」

「い、いいえ、なんでも！」

珊瑚は紺々に謝る。自分のせいで紘宇に睨まれてしまったことを。

「申し訳ありませんでした。こんこんが可愛いあまり、つい」

「いえ、とんでもないです。その、珊瑚様にそのようにしていただけたことは、嬉しかったので、気にしていません」

「こんこん、ありがとうございます」

「しかし、今日ここで眠るのは、よくないことでしょう。汪内官のもとへ戻ったほうが絶対いいです。異性と眠ることは、お恥ずかしいことだとは思いますが……」

「ええ、そうですね」

珊瑚はしゅんとする。紺々や、監視の役目を果たす必要がある紘宇のためにも、戻らなければならない。しかしまだ、心が沈んでいた。杭(くい)か何かで自身が打たれているかのように、この場から動けなくなっていたのだ。

ここで、紺々がある行動にでる。

「珊瑚様、見てください。たぬき様と、芸の練習をしていたのです。たぬき様！」

今まで大人しくしていたたぬきが、すっと立ち上がり、珊瑚と紺々の間に向かって駆けてきた。

「たぬきが、芸ですか？」

「はい！　たぬき様、いきますよ」

紺々は座布団をたぬきの前に置き、そして叫んだ。

「秘儀、黒糖饅頭！」

「くう～ん！」

たぬきは凛々しく鳴き、くるんと空中で一回転する。座布団の上に着地して、丸くなった。一瞬、部屋の中がシンと静まり返る。座布団の上に丸くなったたぬきは、さしずめ皿の上の饅頭のようだった。

「──ふふっ！」

珊瑚は見事な饅頭を前に笑い出す。あまりにも可愛い芸だったからだ。

「こ、これは、こんこんが仕込んだのですか？」

「はい！　あ、すみません、勝手に」

「いえ……とても、可愛いです。こーうや、妃嬪様にも、見せたい」

「はい、是非とも披露されてください！　癒やされること確実です！」

「ありがとう、ございます」

紺々のおかげで珊瑚は紘宇のもとへ戻る口実ができた。たぬきを連れ、寝室へと戻る。

──紘宇は怒っているだろうか？　珊瑚はソワソワしながら、薄暗い廊下を歩く。

「くうん？」

隣を歩くたぬきの、気遣うような鳴き声が聞こえた。

「たぬき……」

珊瑚はたぬきを抱き上げ、頬ずりする。さすれば、気持ちはいくらか落ち着いた。

とうとう、部屋まで辿り着く。一応、戸を叩いてから開く。中は真っ暗だった。紘宇は――いた。張りだし窓に腰かけている。月灯りが横顔を照らし、伏せた睫毛が影を落としていた。

その様子は一枚の絵画のようで、珊瑚は見惚れてしまう。

「なんだ？」

紘宇が珊瑚に視線を向けずに声をかける。

「あ、あの、こーう……」

一歩、一歩と近付く。途中でたぬきを床に下ろし、紘宇の前へと跪いた。

気まずい空気が部屋を支配する。落ち着いた、静かな声で問われた。

「ごめんなさい……こーう」

「先ほどは、なんの拒絶だったんだ？」

「そ、それは――」

素直に言うべきなのだろうが、それは酷く恥ずかしいことだった。頬に感じていた熱が、じわじわと全身に広がっていった。頭から水を被りたくなるほど、体が火照っている。

言葉に詰まっていると、紘宇が珊瑚を見た。ドキンと、胸が高鳴る。今まで感じたことのない気持ちに、珊瑚は戸惑った。こんなふうに異性を意識したことなど、一度もなかったのだ。どうすればいいのか、答えは浮かばない。

「お前は、なんて顔をしているのだ？」

「え？」

どういう顔なのか。問いかけるが、ふいと顔を逸らされてしまった。

きっと、情けない顔をしているのだろう。しかし、このような戸惑いは、紘宇を前にした時にしか感じないだろう。そう、確信していた。

「その顔は、他の者には見せるな」

紘宇は依然として、怒っているように見えた。いつものように怒鳴らず、淡々とした口調で話しかけてくるのがまた怖い。一刻も早く仲直りをしたいと思ったが、謝るだけでは難しいことはわかりきっている。素直な気持ちを伝えるしかないのだ。

「あの、先ほどは、すみませんでした。こーうのことを年下だと思い込んでいて、驚いたと言いますか、なんと言いますか」

「そんなに、若いと思っていたのか？」

「え、ええ、まあ」

逸らしていた目を、紘宇に向ける。怒っているような、呆れたような感情で目を細め、珊瑚を見つめていた。

「ごめんなさい。こーうは、若く見えます」

「なるほどな」

ドキドキしながらも、はっきり述べた。

「それで、なぜ、そこから拒絶に繋がった？」

なけなしの勇気をかき集め、しどろもどろの口調で述べた。

「私の国では年上の者が、年下の者を伴侶として選びます。それで先ほど、その、こーう が年上であるということがわかり、私も、選ばれる権利があるのかと思い——」

言葉が続かない。顔から火が噴き出そうになった。堂々と、紘宇を意識していると言っ ているようなものであった。もはや、相手の顔など見ることはできない。じわじわと、目 が潤んでくる。恋をするというのは、こんなにも恥ずかしいことなのか。今すぐにでも、

紺々に質問したかった。先の言葉を打ち消すように、早口で捲し立てる。

「ごめんなさい。先ほどの言葉は忘れてください。私が、愚かでした。ここに、私情を持 ち込むなんて。とても、恥ずかしいです」

「お前は——！」

大きな声で話しかけられ、ハッとなる。紘宇は立ち上がり、珊瑚を見下ろしていた。こ の場から逃げ出したくなるが、それは許されないことであるとよくよく理解していた。今 はただ、羞恥を耐えるばかりである。ここで、予想外の事態となった。紘宇までもが片膝 を突き、珊瑚と目線を同じくする。そして、膝の上にあった手を優しく握ってきた。

「あの、こーう？」

「お前は、私を選んでくれるのか？　星貴妃や、翼紺々ではなく、この私を」

星貴妃は守る対象だ。メリクル王子と同じで、そういう感情を抱くことすらおかしい。

「妃嬪様はお仕えすべき方で、こんこんは自慢のお友達です。こーう、こーうは、尊敬していて……世界で一番、大切な人、です」

返事をするかわりに、握られる手に力がこもる。

「お前の国の愛は、自由なのだな？」

「まあ、そう、ですね」

身分差の結婚は多くはなかったが、あるにはあった。貴族の結婚のすべてに自由はないものの、好いた者同士が結婚して、幸せに暮らした話も聞いたことがある。

「故郷に、恋人はいなかったのか？」

「いいえ、いません」

母親に傷物扱いをされた瞬間、女性としての役割は果たさずに、騎士として身を立てようと決心していたのだ。ふと、そういえばと、思い出す。

「生まれ育った国に、未練はないように思えます。私は、居場所なんてないのに、ずっと、見ない振りをしていたのかもしれません」

しかし、ここは違った。紘宇が珊瑚の実力を認め、星貴妃が力を欲してくれた。たぬきや紺々や麗美など、心癒やしてくれる存在もある。故郷にはないもののすべてが、ここにはあった。

「ならば、私は生涯、お前を守る存在となろう。この先、何があっても」

それはまるで、求婚のようであった。潤んでいた目から、ぽろぽろと涙が流れる。

今まで堪えていたものが、紘宇の言葉によって堰を切ったように溢れ出てきた。

「お前は、本当に泣き虫だ」

「ごめん、なさい」

今まで人前では泣いたことなどないのに、紘宇を前にすると恥ずかしい自分をさらけだしてしまう。きっと彼の前では強がらなくてもいい。そういう思いがあるからだと気付く。

「ここに、くることができて、よかった。こーぅの隣こそ、私がいるべき場所なのだと、思いました」

返事はなかった。代わりに腕を引かれ、抱きしめられる。

紘宇は温かかった。珊瑚はその温もりに身を委ねる。

「その、私は異国人ですし、普通では、ないかもしれませんが」

「いい、お前が何者でも。私も、覚悟を決めた」

何も心配することはない。紘宇は珊瑚の背中を撫でながら、優しい声で言う。じんわりと、心が温かくなる。やはり、紘宇のことが好きだと、珊瑚は改めて思った。もちろん、本人には照れてしまって言えないが。回り道をしながら、珊瑚と紘宇は仲直りをすることができた。

「でも、やっぱり一緒に眠るのは恥ずかしいので、寝台の境目に布を張ってもらいます」

「お前な。今更過ぎるにもほどがあるだろう？」

珊瑚が小さな子どものように、両手を重ねて枕にして眠っていたことを暴露されて、真っ赤になる。

「幸せそうな顔をしながらたぬきを抱きしめて眠っていたり、寝台から転がり落ちたり」

「なっ……！」

「もう、全部見ているから、恥ずかしくもないだろうが」

「ダメです。恥ずかしいです！　見ないでください」

「見るなって、視界に入っただけだ」

「だったら、目隠ししてください」

「目隠しって……」

「こーう、お願いします！」

「まあ、それでお前が安心するならば、構わない」

「ありがとうございます」

そんなわけで、今晩は紘宇が目隠しをして眠ってくれることになった。向かい合って座り、珊瑚は紘宇の目元に布を巻く。

それと同時に、紘宇も整えられた長い髪を解き、三つ編みに結ぶ。こういう無防備な姿を見ることができるのは、珊瑚だけだ。同室の特権だと思うようにしよう。そんなことを考えながら、目隠しの布をきゅっと結んだ。

「はい、終わりました」

紘宇は頷き、横たわる。珊瑚は寝室の角灯の火を消し、たぬきを近くへ引き寄せた。

「こーう、おやすみなさい」

「ああ、おやすみ」

思い出せば騒がしい夜であったが、今は驚くほど心が落ち着いている。どうかこの先も、平穏無事に過ごせたらいいなと、珊瑚は思っていた。

しかし翌日、女官から信じられない報告を聞いた。

「珊瑚様にお客様がいらっしゃっております」

「私にですか？」

午前中の仕事を終え、紘宇とのんびり茶を飲むひとときでの出来事だった。

「めりくる様、という御方が、珊瑚様にお会いしたいとおっしゃっておりまして」

珊瑚は勢いよく立ち上がる。ガタンと、椅子が倒れた。

『メリクル王子が……どうして……？』

祖国の言葉がとっさにでてきて、珊瑚は口元を覆った。

第四章　男装宮官はかっての主人と再会する⁉

珍しく、本当に珍しく、後宮に来訪者が現われた。紘宇は訝しげな表情で問いかける。

「お前、国に何か問題を残してきたのか？」

「いえ、そんなはずはないかと」

汪家の者が取り次いでくれたのかと思いきや、そうではなかった。不安を胸に抱いたまま、歩みを速める。いったいどうして、メリクル王子がやってきたのか。何か国で問題でもあったのか。だとしても、珊瑚ができることはない。面会用に指定されたのは、牡丹宮をでてすぐ目の前にある庭園の東屋であった。外は曇り空で肌寒く、珊瑚は腕を摩る。

「寒いのか？」

「ええ、少しだけ」

そう答えると、紘宇は袖のゆったりした羽織を脱ぎ、珊瑚の肩にかけてくれた。

「あの、こーうは寒くないのですか？」

「私は平気だ」

「ありがとうございます」

貸してもらった羽織は温かく、紘宇の匂いがした。じわじわと、心の中の不安が剝がれ落ちていくように思える。

奥ゆかしい蝋梅(ろうばい)の黄色い花が咲き乱れる庭園を通り抜けると、四本の柱が屋根を支え、大理石の卓子と椅子がある東屋へ辿り着く。

そこにメリクル王子がいた。眼鏡をかけ、髪を黒く染めて、華服を纏っていたので一瞬誰かわからなかったが、長年護衛をしていた珊瑚が見間違えるわけがない。

騎士は一人も連れていなかった。代わりに、体格のいい男が三名、女官が二名、その後ろに初老の男がいる。珊瑚はゆっくり近付き、声をかけた。

『殿下……殿下、ですよね?』

思わず、祖国の言葉で話しかける。俯いていたメリクル王子は弾かれたように立ち上がり、珊瑚を見る。

『コーラル!!』

メリクル王子は珊瑚へと駆け寄ったが、紘宇がそれを阻む。二人の間には、ピリピリとした剣呑な雰囲気が漂っていた。

「なんだ、お前は?」

「お前こそ、なんだ!?」

紘宇の刺々しい言葉に対し、流暢な華烈の言葉をメリクル王子は返していた。メリクル王子について説明もせずにやってきたことに気付き、慌てて説明をした。

「あ、あの、こーう、こちらにおわすのは、私がかつてお仕えしていた、メリクル王子です」

「王子だと？」

これで紘宇の態度も改まるだろう。そう思っていたが――。

「その王子がここに何の用事だ？」

言葉尻の鋭さは先ほどよりも増していた。紘宇は珊瑚が伸ばした手を後ろで握り、前にでてくるなと制止している。

「なぜお前に用件を伝えなければならん？」

メリクル王子は珊瑚に話があるのだと、紘宇の言葉を切って捨てた。

「おやおや、皆さま。立ち話もなんですから、座ってお話しでもしたらいかがでしょう？温かいお茶と、美味しいお菓子もご用意いたしました」

話しかけてきたのは、初老の男。年頃は四十半ばくらいか。狐のような細い目に、常に弧を描いている口元はどこか胡散くささがある。

「お前は誰だ？」

「わたくしめは、荏家の者です。名を凱陽。以後、お見知りおきを」

荏家は国内で五本の指に入るほどの商家である。そんな情報を、紘宇より耳打ちされた。彼が、メリクル王子をここまで連れてきた協力者のようだった。

紘宇とメリクル王子は睨み合いをしていたが、凱陽の言葉を受けて東屋のほうへと移動する。メリクル王子の前に紘宇が座った。

「珊瑚、お前も座れ」

紘宇に名前を呼ばれてドキドキしている場合ではなかった。メリクル王子の話を聞かなければならない。女官が茶を用意してくれた。湯の色は杏子色で、爽やかな香りが漂う。卓子の下に火鉢が置かれ、それで湯を沸かしたようだ。菓子はまんまるの白い饅頭。手のひらよりも大きいものだった。メリクル王子は茶を飲んで顔を顰め、紘宇はほうと息を吐く。珊瑚は一口飲んで、よい茶であるとわかった。

「こちらは銀針白茶といいまして、貴族の方にも人気の一品でございます。入荷のたびに品薄となっておりまして……」

聞いてもいないのに、凱陽は手もみしながら話し始める。

「御所望でしたら、是非、お声がけください。特別に、ご用意いたしますので」

勝手にこの場を盛り上げる凱陽を、メリクル王子は下がらせた。お喋りな商人は会釈をして、護衛と女官を残して距離を置く。東屋の中は、静寂を取り戻した。

「静かになったところで、本題に移らせてもらう」

メリクル王子は珊瑚をまっすぐ見て言った。

『コーラル、国へ帰るぞ』

珊瑚は全身鳥肌が立つ。どうやら外交を経てというわけではなく、逃亡という形になるらしい。汪家と話は通していないと言う。

『あの、私の身柄は、汪家が管理しております。勝手な行動は許されないかと』

『あの石頭の一族は私の要望に一切応じなかった。だから、こうして強硬手段にでたのだ』

そんなことをすれば、華烈との仲が微妙なものになるのではないか。恐れ多いと思いながらも、珊瑚は意見した。

『外交は問題ない。この国も、我が国を気にしている場合ではないだろう』

メリクル王子は平然と言ってのけた。

『そ、それはなぜ、ですか？』

『この国の皇帝はすでに崩御していて、跡継ぎはいないらしい。あの商人から聞いた。国内でも、一部の者しか知らないみたいだな。この情報をちらつかせたら、何を言ってきても大人しくさせることができるだろう』

すでに、逃亡の手段は整っていると言う。ここから抜け出す通路も、港へいく馬車も、祖国へ帰る船も用意されているとメリクル王子は言った。

『わ、私は――』

卓子の下で紘宇が珊瑚の手を握る。その瞬間、頬がカッと熱くなるのを感じていた。

『コーラル、どうしたのだ？』

『い、いえ……』

メリクル王子がやってきて驚いた。珊瑚を助けるため、いろいろ力を尽くしてくれた。それはとても光栄なことだったが、胸の中の感情は複雑であった。

『何も心配することはない。だから――』

ここで、紘宇が口を挟む。

「気分が悪い」

紘宇の言葉に、メリクル王子は眉を顰める。

「お前はこの場に招いていない。なぜ、お前にわかる言葉で、話をせねばならぬ？」

「私は珊瑚の保護者だ。話を聞く権利がある」

「保護者だと？　お前、まさか、汪家の者か？」

「そうだ。私は汪家当主の弟、紘宇という」

どんと、メリクル王子は大理石の卓子を拳で叩く。

「お前達汪家のせいで、コーラルの救出が、遅くなったのだ！」

「コーラルなど知らん」

「コーラルはコーラルだ。勝手に名付けた名を呼ぶな。帯剣していたならば、お前を今すぐ斬っていたが」

「返り討ちにしてやる」

不穏な会話をしていた。珊瑚は口を挟んでいいものか、ハラハラするばかりである。

「とにかく、コーラルは連れて帰る」

「珊瑚を連れ帰ってどうするつもりだ？」

「伴侶として迎えるつもりだ」

シンと、東屋の中は静寂に包まれる。メリクル王子は珊瑚を妻として迎えると堂々と宣言した。珊瑚は驚いたが、それ以上に紘宇は瞠目し、ぶるぶると指先を震わせていた。握っていた手に、ぐっと力が入る。

「お前の国では、本当に珊瑚のような者を、正式に伴侶として迎えられるのか？」

「あまり例は多くないが、ないことはない」

珊瑚の家は伯爵家であるが名家というわけではない。そのため、王族に嫁げるほどの家格ではなかった。

「帰ったら、いろいろ言われるだろう。結婚は、それからコーラルを守るためでもある」

メリクル王子は今回の件に関して、責任を感じているようだった。心優しい人でもあるのだろう。いち臣下にここまではできない。珊瑚はそう思う。

「メリクル殿下、あの、私は――」

「そんなこと、許さん!!」

紘宇はメリクル王子の申し出を一刀両断した。

「では、力ずくでコーラルを連れて帰る」

メリクル王子が命じる。紘宇を倒し、コーラルを保護せよと。背後にいた屈強な男達が迫りくる。紘宇は立ち上がり、珊瑚を見た。

「珊瑚！」

「コーラル！」

二人の男性に同時に名を呼ばれ、手を差し伸べられる。頭が真っ白になった珊瑚は、何も考えずに片方の名を叫んだ。

「——こーう！」

伸ばした手は紘宇に引き寄せられ、珊瑚の体は腕の中へと収まった。すぐに、三名のメリクル王子の護衛が接近する。紘宇は珊瑚を背中のほうへと回した。

「こーう、あの！」

「お前は武器を持っていないだろうが。そこで大人しくしていろ！」

紘宇はそう叫ぶや否や、腰に佩いていた剣の柄を握る。護衛達も、帯剣していた。鞘から剣を引き抜いて、襲いかかってくる。紘宇は剣の柄に手をかけたまま一人目の第一撃を避け、顎を蹴り上げた。急所への容赦ない攻撃に、身長百八十以上ある大男は倒れる。今度は振り下ろされた剣を受けて弾き飛ばし、くるりと刃を回して剣穂——柄の先端に巻かれた房状の飾りで思いっきり相手の頬を叩く。よろめいた隙に、空いている手に拳を作って男の腹部へと叩き込んだ。二人目も倒れ、三人目の男と対峙する。

最後は三節棍使いで、蛇のように剣を絡めとられてしまった。弧を描いて、剣は遠くへと飛んでいく。高く掲げられた三節棍が、紘宇の脳天へと振り下ろされる——が、接触する寸前で得物を摑む。手から腕にかけてビリビリと衝撃を受けたからか、苦悶の表情を浮かべていた。しかし、それも一瞬のことで、すぐに手にしていた三節棍を振り払った。すかさず、紘宇は相手の武器を持っている腕を摑み、鋭い手刀を喉元に叩き込む。男はうめき声をあげ、地に伏した。肩で息をする紘宇は、ジロリとメリクル王子を睨みつけた。

「私兵はこれだけか？」

「残念なことに。彼らは武芸の達人と聞いていたのだが」

凱陽を振り返ると、驚いた顔を浮かべていた。どうやら、とっておきの護衛を用意していたらしい。その男達を紘宇はあっさりと倒してしまった。

「我が騎士ならば、決して負けなかったのだが――」

メリクル王子は視線を珊瑚へと移す。

『コーラル、どういうことだ？　お前は、いったいなぜ、その男を選ぶ？』

メリクル王子は、まさか珊瑚が華烈に残るような行動を取るとは思ってもいなかったのだろう。

『殿下、ごめんなさい。私は、私は』

頭の中に浮かんでいた華烈に残りたい理由を、祖国の言葉で伝えた。

『彼を、お慕いしているのです』

『なんだと？　たかが、数ヶ月の付き合いで、恋だの愛だの抱くような者だったのか？』

その問いかけに対し、否定する言葉はない。紘宇と過ごした数ヶ月間は、珊瑚が国で騎士をしていた時間よりも濃密な毎日であった。

『そもそも、祖国で私が騎士であり続けることは、逃げの姿勢、だったのかもしれません』

『どういうことだ？』

騎士としての務めを果たしながら、親の決めた相手と結婚し、子どもを産む。少女時代の珊瑚は、それが可能であると信じて疑わなかった。しかし、母親に騎士の証である刺青を見られた瞬間、傷物扱いされ、騎士としての誇りも同時に傷つけられたような気がした。

それからの珊瑚は、人との付き合いに壁を作っていた。騎士としても貴族としても中途半端で、身の置き場がなかったのだろう。今になって、当時のことを振り返る。

『でも、今の私は、コーラル・シュタットヒルデではありません。誰も、私のすることに、後ろ指をささない』

珠珊瑚となることによって、新しい自分になることができたのだ。そう、メリクル王子に伝える。

『しかし、私と結婚すれば、貴族女性としての務めを果たせるではないか。この婚姻は、シュタットヒルデ伯爵家にとっても大きな益となる。それに、騎士を続けたかったら、続けるといい。お前のやりたいことを、私は反対しない』

ありがたく、光栄な申し出であったが、珊瑚は首を横に振った。

『王家と我が家では、とてもではありませんが、つり合いが取れません。裏で、殿下がいろいろ言われるのは、許せません。それに、私は……』

長年、黙っていたことを白状する。できるならば言いたくはなかった。記憶の隅のほうへと押しやり、忘れようとしていたことである。

『過去に私は、殿下へ色仕掛けをして、近衛騎士の座を得たと言われたことがあるのです。愛人であるということも、噂されていました』

『馬鹿な!!　誰がそんなことを言ったのだ!?』

珊瑚は首を横に振る。個人の名を言うつもりはない。

『女である私が近衛騎士をするということは、妬みの対象となっていました。男性からも、女性からも、よく思われていなかったのです』

珊瑚は鈍感である振りを続けなければならなかった。しかし、それにも疲れてしまった。

『私が殿下と結婚すれば、愛人であり、色仕掛けで近衛騎士になったことを、認めることになります。どうか、私を一人の騎士と認めるならば、コーラル・シュタットヒルデは死んだと、伝えていただけると、嬉しく思います』

過去の自分を捨てるということは、大変勇気がいることであった。しかし、珊瑚はそれを選んだ。

『きっと、殿下を庇った瞬間に、私は一度死んだのです』

そして新たな名前を得て、珠珊瑚へと生まれ変わった。

『本当に、それでいいのか？　後悔はしないのか？』

『私は――彼と生きる道を選びました』

紘宇は珊瑚を生涯守ると言ってくれた。その言葉の通り、先ほども猛烈な戦いぶりを見せてくれた。珊瑚も、その想いに応えなければならない。

『メリクル殿下、ありがとうございました。殿下は、民の模範となる、素晴らしい御方です。これからも、たくさんの人の道しるべになっていただきたく、思います』

膝は星貴妃のために折るものなので、立ったまま深々と頭を下げた。

『コーラル……』

メリクル王子は珊瑚の名を呟き、紘宇を見る。そして、思いがけない言葉を投げかけた。

「汪紘宇、戦って勝ったほうが、コーラルの手を取る、というのはどうだ？」

その提案に、紘宇の眉がピクリと動いた。最後のあがきだろうか。メリクル王子は諦めていなかったようだ。

「いいだろう。ただし、他国の王族を剣で傷つけるわけにはいかない。拳で戦うならば、受けて立とう」

武術でメリクル王子が紘宇に敵うわけではない。珊瑚は止めに入ったが――。

「よい。それで戦おう」

珊瑚の言葉を聞かずに、メリクル王子は受けて立つ。紘宇にもその場で見ているようにと言われてしまった。

凱陽が間に入り、審判役を務めた。先に地面に膝を突いたほうが負けとなる。

「では――始め！」

先に動いたのは紘宇であった。腰の下まで引いた拳を、メリクル王子のみぞおちめがけて突き出す。メリクル王子は寸前で回避した上に、突き出された腕を取った。

鬱血するほど、メリクル王子は腕を握りしめている。目と目が合った。言葉はなく、睨み合うばかりだった。

紘宇は体を捻り、拘束から解放されたが、頬を拳で打たれた。

やられっぱなしの紘宇ではない。左手を前に突き出し、相手の視界を覆う。拳の軌道を隠しながら、握りしめた右手をメリクル王子の肩に叩き込んだ。

メリクル王子は一歩、二歩と後方へ下がり、ガクリと地面に膝を突く。

やはり、武術で紘宇に勝てるわけがなかったのだ。

供も連れていない状態で、珊瑚は心配になったが、駆け寄るわけにはいかない。

歯を食いしばり、苦悶の表情を浮かべるメリクル王子から目を逸らした。

「自分の国に帰れ。もう二度と、ここへはやってくるな」

紘宇はそう言って、珊瑚の手を握る。踵を返し、庭を横切って牡丹宮へと戻っていった。

ちらりと横顔を見ると、珊瑚はぎょっとした。

「こーう、血がでています」

「いい、大丈夫だ」

「で、でも」

「大丈夫だと言っている」

紘宇は口の端に滲んでいた血を、空いているほうの手で拭う。その後、珊瑚と紘宇は言葉を交わすことなく、私室へと戻っていった。

戦闘で気が荒ぶっている紘宇は、珊瑚を寝室へ連れ込み――。

「あらあらあらあら!!」

尚寝部の者達が、作業をしていた。突然入ったので、女官達は驚いた顔をしていた。珊瑚はそういえばと思い出す。紘宇との寝台の間に、衝立をかけておくようにとお願いしていたのだ。作業は終わっているようで、二つ並べた寝台の間に、竹で作られた衝立が置かれていた。先ほど「あらあら」を連発していた女官が、一歩前にでて報告する。

「この通り、衝立を立てておきましたので」

「あ、ありがとうございます」

珊瑚は礼を言った。紘宇はムスッとしたまま、何も言葉を発しない。女官は二人が手を繋いでいることを目ざとく発見すると、笑みを深めていた。

「仲直りされたのですね。ああ、そうだわ。ごめんなさい。今から、寝台をお使いになるのでしたか?」

「え、いや……そういうわけではないのですが」

「大丈夫ですわ。星貴妃には内緒にしておきますので、どうぞ、ごゆっくり」

何か、盛大な勘違いをされた気がする。珊瑚は弁解しにいきたかったが、紘宇が手を強く握っているので、鎖に繋がれた犬のように行動を阻まれる。

「くうん!」

ここで、寝室の端で眠っていたたぬきが起きてくる。珊瑚と紘宇の顔を見て、喜んで駆け寄ってきたが――。

「たぬき様、汪内官と珠宮官は、今から仲直りをしなければならないのですよ」

女官が部屋の外から声をかけると、たぬきはそそくさと寝室からでていった。

「あ、たぬきまで、勘違いをしてしまいました」

はあと、紘宇はため息を吐いていた。珊瑚から手を離す。冷静さを取り戻したかと思いきや、紘宇の黒い目はいまだギラギラしている。

話しかけようとしたら、紺々が顔を覗かせ、気まずげな表情で声をかける。

「あ、あの、珊瑚様？」

「こんこん？」

星貴妃より伝言を預かってきているという。

「先ほどの訪問者について、星貴妃がお聞きしたいそうです」

「わかりました」

紘宇を振り返る。目が合ったら、逸らされてしまった。

「いけ」

「はい。その、いってまいります」

珊瑚は寝室からでて、扉のすぐ外にいたたぬきを抱き上げる。紺々と共に、星貴妃の部屋に向かった。女官に案内されたのは私室かと思いきや、閨房（けいぼう）だった。寝台の帳を手で避け、星貴妃が手招きする。

「珊瑚、ここへ参れ」

「はい、あの、たぬきも入って、よろしいでしょうか？」

「たぬきも許す」

命じられた通り、寝台の中へ足を踏み入れる。

「内緒話をする時は、ここが一番落ち着くな」

四つの柱が天井を支える寝台は、帳が下ろされていて、個室のようになっている。大人五人が横たわっても問題ないほど広く、天井から灯篭が点されていて、中はぼんやりと明るい。たぬきは星貴妃と会えて嬉しいのか、尻尾をブンブンと振っていた。

「たぬき、近う寄れ」

星貴妃が手招くと、たぬきは喜びながらてててと走っていく。

「珠珊瑚、お主もだ」

「はい」

たぬきは星貴妃に抱き上げられ、膝の上に収まる。珊瑚はすぐ近くまで寄って、片膝を突いた。

「お主に客がやってきたというから、会わせてやった」

「ありがとうございます」

星貴妃の許可があった上で、メリクル王子との面会ができていたことを知る。

「何やら、山のように土産をもらった。異国の菓子や、布、装飾品——まあ、いろいろだ」

「そう、だったのですね」

「ほとんど女官達にわけ与えた。お主も欲しかったか?」

「いいえ、私は、必要ありません」

「無欲な奴よの」

珊瑚は首を横に振り、自分はどうしようもなく貪欲だと言葉を返した。

「どういうことだ？」

今日あったことのすべてを、告白する。祖国で仕えていたメリクル王子がやってきて、迎えにきてくれたこと。汪家の許可などはなく、メリクル王子は逃亡という形で珊瑚を連れ、出国するつもりだったこと。それから、メリクル王子に求婚されたこと。

「そのすべてを、断ったというのか？」

「はい」

「なぜ？」

「それは──」

ここには、珊瑚の欲しかったものがすべてあった。それを手にするために、国を、家族を、メリクル王子からの信頼をも手放したのだ。

「ここに、珠珊瑚の望むすべてがあるだと？　なんだ、それは？」

口にだして伝えるのは恥ずかしい。けれども、星貴妃にきちんと伝えなければと思った。

「愛です」

「愛、だと？」

繰り返した星貴妃の言葉に、珊瑚は頷いた。

「この牡丹宮は、とても、居心地がいい場所です。皆、優しくて、穏やかで……きっと、それは妃嬪様が、作られたものなのでしょうね」

「それは、まあ、そうだな。業突く張りは、もれなく全員追い出したから。なるほど、そういうわけだったのか」

珊瑚がここに残る理由を納得したのか、深々と頷いていた。

「しかし、それがなぜ、貪欲なのか？」

「もっと、愛が欲しいと望んでしまうのです」

それを聞くや否や、星貴妃は目を細め、艶やかに微笑む。それから膝をポンポンと叩いた。

「妃嬪様、それはなんでしょうか？」

「愛を、わけてやろう」

膝枕をするからこちらへこいと命じられた。まさかの展開に、珊瑚は瞠目する。

「私からの愛は受け取らぬと言うのか？」

「いえ、光栄です」

「だったら、こちらへこい」

珊瑚はぎこちない動きで星貴妃のもとへと近付き、じっと、目を見つめる。

「なんだ、捨てられた犬のような顔をして」

「あの、本当に、このようなことをして、いいのでしょうか？」

「いいと言っておる。しつこい奴め」

　ぐっと腕を引かれ、珊瑚は恐る恐る膝を枕にして寝転がった。たぬきにしていたのと同じように、星貴妃は珊瑚の頭を撫でる。

「愛い奴め」

「あ、えっと……うう」

「こういう時は、黙って可愛がられるものだ。まだ、たぬきのほうが上手いではないか」

「はい、気を付けます」

　星貴妃は珊瑚の頭を撫で、飽きたら前髪を梳く。それから、頬を手の甲で摩った。それはとても心地よいものであった。たぬきも喜ぶわけだと、納得する。

「珠珊瑚よ、お主は本当に愛い奴だ」

　そんなことはないと返しそうになった。だが、黙っておくのが正解らしい。喉まででかかっていた言葉をごくんと呑み込んだ。頬にあった手は、顎へと移動し、喉にかかる。頸椎を沿うように、首筋を何度も撫でられた。人体の急所であるので、触れられるとくすぐったくて、ゾクゾクしてしまう。だが、不思議と不快感はない。

「珠珊瑚」

　それは、呼びかけるような声色だったので、「はい」と返事をした。

「お主は――」

　間を置いてから、星貴妃は続きを語りかける。

「女子、だったのだな」

「はい?」

しみじみと言われた言葉を、珊瑚は聞き返す。

「この前首に触れた時、咽仏がないと思っていたのだ。やはり、お前にはそれがない」

起き上がろうとしたが、肩を摑まれてしまう。

「誰が起き上がってもいいと言った?」

「あ、はい。すみません」

もう一度、どういうことか訊ねる。

「そんなの、私がお主に問いたい。お主はなぜ、男装してここにやってきた?」

「だ、男装?」

きょとんとしながら、珊瑚は星貴妃に聞き返した。

「わ、私は、汪家の当主に言われて、ここへきました。その、詳しくは言えないのですが、罪を被ってしまい、宮刑を言い渡されて――」

「本当に、お主は宮刑を受けて、ここにきただけなのか?」

「はい」

三日月刀に誓ってかと訊かれたので、珊瑚は頷く。

「なぜ、お前は男装している?」

「私に合う女官用の服がなかったから、だと思っておりました」

この国の女性はとても背が小さい。一方、珊瑚は華烈の男性よりも背が高かった。昔から体を鍛えていたので、肩幅も広いし、腕も太い。華烈の人から見たら、男にしか見えないだろう。ここで、珊瑚はピンとくる。

「も、もしかして、妃嬪様は私のことを、男だと思っていたのですか？」

「そうだ。男だと思って疑わなかった」

「な、なんてことを！」

珊瑚は頭を抱える。勘違いしていたのは星貴妃だけではないことに気付いた。

「も、もしかして、汪家の当主は、私を男だと思って、牡丹宮に送ったのでしょうか？」

「だろうな」

「ああ、どうして……？」

「どこからどう見ても、いい男にしか見えんからな」

「私が、ですか？」

再度、起き上がろうとしたが、またしても星貴妃に阻止される。

「だから、誰が起き上がってもいいと言った？」

「うっ、すみません……」

衝撃的な事実が発覚し、珊瑚は混乱状態となっていた。

「何も考えるな。今まで通り、過ごせばいい」

「男に扮して、牡丹宮で過ごせと言うのですか？」

「そうだ。お主のことは、私が守る」

「妃嬪様……」

星貴妃はゆっくり、ゆっくりと、珊瑚の頭を撫でる。たぬきも近寄り、珊瑚のお腹あたりで丸くなった。

「しばし眠れ。お主は、疲れておるのだ」

優しく撫でられているうちに、うとうとしてくる。珊瑚は星貴妃の膝の上で、眠ってしまった。

「う……ん？」

寝返りを打とうとして、誰かに頭を撫でられていることに気付く。その昔、怖い夢をみた晩、乳母の寝台に潜り込んだ記憶があった。乳母に身を寄せていると、頭を優しく撫でてくれた。そうしているうちに、眠ってしまう。あれは、何歳だったか。あの頃は何も知らずに毎日無邪気に過ごし、幸せだった。今は――ここで珊瑚はハッとなる。

「あ、わっ、妃嬪様！」

珊瑚の顔を覗き込むのは乳母ではなく、星貴妃である。ずいぶんと寝ていたような気がした。慌てて起き上がろうとしたが、肩を押さえられる。

「まったく学習しない。私が起きろと言うまで、起きるなと言っただろう？」

「はい、申し訳ありませんでした」

星貴妃は悦楽の表情で見下ろしている。珊瑚は恐る恐る話しかけた。

「あの、妃嬪様、私はどれくらい、寝ていました？」

「もう夜だ」

「え⁉」

ここにきたのは夕方になるかならないかくらいの時間だった。夜になっているということは、かなり眠っていたことになる。

「す、すみません」

「いいと言っておる。なかなか、お主の寝顔を眺めるのも愉快であった。眉間に皺を寄せたり、小さな幼子のように微笑んだり」

「ああ、そんな……」

星貴妃は楽しめたと言っていた。ますます恥ずかしくなる。ここでようやく、起き上がる許可をもらえた。

「ゆっくり休めたか？」

「はい、おかげさまで……。その、ありがとうございました」

「よい、許す」

そう言われたのち、星貴妃に食事に誘われた。ちらりと紘宇の顔が脳裏を過ったが、断ることなどできない。

「どうだ？」

「はい、喜んで、ご一緒させていただきます」

夕食は寝室に運び込まれた。室内は暗いので、灯篭がいくつも用意される。

「実は、ここにきて誰かを食事に誘ったのは、初めてのことだ」

「光栄の至りです」

閨房に卓子などはないので、膳立てに載せたものが運ばれる。いつもの宮官の食事は肉と揚げ物ばかりであるが、星貴妃の食事は野菜と魚が中心だった。膳の上にある小鉢は美しく、料理も色とりどり。

「どうした？」

「いえ、とても、綺麗だなと思いまして」

「普段と違うのか？」

「はい」

「なるほど。男は精を付けなければならないので、そのような食事内容なのだろう」

味付けも濃すぎず、上品であった。

「どちらが好みだ？」

「どちらも美味しいです」

「ふむ。好き嫌いがなくてよい」

食後は茶と菓子が運ばれてくる。酒饅頭に、嗅ぎ慣れた香りを漂わせる茶。

「こ、これは……！」

「紅茶（ホンチァ）。お主の国で愛される茶だ。今日、商人がきていただろう？　そいつから買った」

「妃嬪様……！　もしや、私のために？」

「他に誰が好んで飲む？」

「あ、ありがとうございます！」

「礼はいいから飲め」

花柄の磁器の茶杯に注がれた紅茶の香りを、めいっぱい吸い込む。祖国の茶の香りに、気分はホッと落ち着いた。一口飲んで、ほうと息を吐く。

「どうだ？」

「おいしいです」

「そうか」

祖国の茶と酒饅頭は不思議と合う。そうしみじみ思いつつ味わっていると、星貴妃に見つめられていることに気付いて、喉に饅頭が詰まりそうになった。

「む、どうした？」

「い、いえ、妃嬪様が、私を見ていたので」

「見るのは自由なのだろう。お主は、私の愛人なのだから」

「せ、性別が判明しても、愛人なのですね」

「当たり前だろう」

星貴妃ははっきりと言う。男の愛人は可愛くないと。紘宇ですら近くに寄り過ぎると、鳥肌が立つらしい。

「その点、お主は可愛い。自信を持て」

「ありがとう、ございます」

以前より、不思議に思っていたのだと言う。男性に触れられるたびに全身鳥肌が立ち、気分が悪くなるのに、珊瑚は平気だった。

「初めは、珠珊瑚が生殖機能のない者だから、平気だと思っていたのだが……」

その点に気付いた星貴妃は、牡丹宮の外の警備を務める武官を労うために茶会を開いた。

彼らも珊瑚同様、生殖能力のない者達なのだ。

「しかし違った。武官に囲まれた私は落ち着かない気持ちになり、酷く具合が悪くなった」

極度の男嫌いは相変わらずで、その日は食事も喉が通らず、寝込んでしまったらしい。

「あの日は大勢の男を相手にしたから疲れたのだと思い、今度は隊長だけを誘った。結果は同じだった」

よって、星貴妃は珊瑚だけが平気だということが明らかになった。

「だが私は、珠珊瑚だけが特別だということを、認めていなかった」

さすがに珊瑚の男性的な部分を目の当たりにしたら、嫌悪感を抱くのでは？

「そう考えた私は、一緒に風呂に入ろうと思った」

「は、はあ、それは……びっくりです」

「それくらいしか、方法が思いつかなかったのだ」

星貴妃は一週間風呂に張り付く。珊瑚が浴室に入ったあと潜入しようと考えていた。

「しかし、待てども、待てども、待てども。お主は風呂にやってこない。毎日、毎日、毎日、くるのは汪紘宇ばかり。いったいどうしたものか。不思議でならなかった」

朝も昼も、風呂に入っていない。

「まさか風呂に入っていないのではと思ったが、お主は誰よりも清潔だった」

今度は珊瑚を直接見張っていた。すると、驚きの事実が発覚する。

「仲良く翼紺々と風呂に入っていったではないか。こいつら、私に隠れていろいろ楽しんでいたなと、怒りがこみ上げてきた」

風呂からでてきたところを現行犯逮捕しようと思ったが、ある違和感を目にした。

「違和感、ですか？」

「ああ。お主の胸辺りに、大きな膨らみが見えたのだ」

「そういえば、風呂上りは胸に包帯を巻いていなかったような……」

風呂上りは体に外套をかけているばかりである。女官は食事の時間なので、出会うことはない。その時は気を抜いていたのだろう。一方、星貴妃は気配を遮断する術を身に付けているようで、まったく潜伏に勘付くことができなかった。

「妃嬪様に気付いていないなんて、護衛失格です」

「私のことはよい。それよりも、普段から胸を潰しているのか？」

「はい。邪魔になりますので」

気の毒な話だと言われる。珊瑚は慣れているので、なんてことはないのだが。

「その日は驚いて、声をかけることはしなかった」

数日の間、星貴妃は珊瑚を観察する。

「意識すれば、お主が女子にしか見えなくなって――」

男のわりに線が細い。肌が綺麗で、腰は細く、尻は大きい。最後に星貴妃は珊瑚に喉仏がないか確認する。

「それが、先日よ。押し倒したついでに、可愛がる振りをして確認した」

「まったく、気付きませんでした」

以上が、星貴妃が珊瑚の性別に気付いた経緯である。

「そういえば、玉の有無を聞いた時、どうしてお主はないと答えたのだ？」

「玉、ですか？」

「襲撃事件のあと、広間で話をしただろう」

「ああ、あの時は、こーうにいただいた琥珀の玉を捜していたのです」

星貴妃はぐったりと脱力していた。あのやりとりで、珊瑚は腐刑を受けた男であるという勘違いをしたのだと、怒られた。

「す、すみません。まさか、勘違いをされていたとは、思ってもいなくて」

問題はこれだけではなかった。

「おそらく、お主を男だと思っているのは、私や汪家当主だけではない。ここにいる全員がそうだろう」

「な、なるほど」

別に今まで困ったことが発生しなかったのが不思議だと思う。

「だから、こーうと寝室が一緒だったのですね。でも、困ったことといっても、寝顔を見られたことくらいですが」

「そうだったか。相手が汪紘宇で助かったな」

「本当に、そう思います」

星貴妃は言う。汪紘宇には女であることを明かさないほうがいいと。

「それは、なぜ、ですか？」

「女だとわかれば、ヤツはお主を襲うだろう」

「そんなことはないと思うのですが」

ここでハッとなる。紘宇は珊瑚のことを男だと思っていた。想い合っていることは信じていいと思うが、そうなると、紘宇の恋愛対象が男性のみであるという可能性が浮上する。

珊瑚は頭を抱える。

「どうした？」

「い……いえ」

星貴妃には言えない。珊瑚が紘宇に恋をしていることは内緒なのだ。

心配するような視線を向けられていることに気付き、しどろもどろの口調で誤魔化す。

「あの、こーうにも、男と思われていたことが、衝撃でして」

「仕方がないだろう。男だと思っていたおかげで、今まで襲われなかったではないか」

「え、ええ……」

紘宇は鋼の理性を持っているように思える。たとえ、珊瑚が女性だとわかっていても、襲わなかっただろう。

問題は、紘宇の恋愛対象が男性だということだ。もしも、珊瑚が女性だと露見してしまえば、途端に嫌われてしまう。星貴妃の言う通り、この先も男装を続けなければならない。

それは、自らの貞操を守るためではなく、紘宇の愛を失わないためであった。心の内は複雑であったが、愛されなくなることを恐れた珊瑚は、これからも男の振りを続けることを決意した。

もうそろそろ帰らなければ。ソワソワしていたら考えていることがバレたのか、星貴妃は笑みを深める。

「なんだ。部屋に戻りたいのか？　よい、戻れ」

珊瑚は深々と頭を下げた。立ち上がった瞬間、手招きされる。

「これを、女官が持ってきた」

星貴妃が見せたのは、一通の手紙。宛名はコーラル・シュタットヒルデとある。もちろん、祖国の言葉で書かれていた。裏面に書かれてある差出人も見せてくれた。メリクル王子の名前があった。ハッと息を吞む。

「先ほど届いたようだ」

メリクル王子の字を見た瞬間、ドクンと胸が大きく高鳴った。インクで書かれてある文字を何度も目で追う。

「読みたいか？」

「許されるのであれば」

つい、早口になった。

「許す。だが、ここで読め」

「はい、ありがとうございます」

手渡された手紙をすぐさま開封する。便せんに書かれてあったのは一行だけ。実に、あっさりとしたものであった。しかし、その内容を読んだ珊瑚は瞠目する。

「珠珊瑚よ、いったいなんと書いてある？」

珊瑚は息を大きく吸い、深く吐いた。胸を押さえ、星貴妃に手紙の内容を報告する。

「その、気が変わったのならば、夜、今日会った東屋で待っている、と」

手紙を持つ指先が震えた。なぜならば――。

「どうした？　やはり、国に帰りたくなったのか？」

「あの、少し、こーうと、相談をしたいのですが……」

珊瑚は首を横に振る。

星貴妃は珊瑚を追及することなく、部屋に帰るように言ってくれた。別れ際に、信じているからという言葉がかけられる。珊瑚は抱拳礼をして返した。

まずは紺々にたぬきを預かってもらう。

「あの、こんこん、すみません、お願いがあるのですが」

「はい、なんなりと」

珊瑚はたぬきを紺々へと託す。それから、自室で預かっておいてほしいとお願いした。

一人になると、走って紘宇のもとへと向かう。

扉の前で一度息を整えたのちに中へと入った。紘宇は居間にはいなかった。執務室も無人である。残るは寝室。そっと戸を開くと、紘宇は寝台の縁に座って窓の外を眺めていた。

「こーう」

珊瑚は紘宇のもとに向かい、片膝を突く。そして、顔を見上げる。

目を合わせてくれなかった。視線は夜空にある。いつもはキリリとしている目が、ぼんやりとしていた。どうしたのか。しかし、それを問いかけている場合ではない。珊瑚は星貴妃から受け取った手紙を紘宇に見せながら話す。

「あの、今、メリクル王子から手紙が届きまして」

「なんと、書いてあった？」

いまだ視線も合わせず、どうでもいいと言わんばかりの声色で問いかけられた。

「心変わりをしたならば、さきほどの東屋にこい、とありました」

「いけばいい」

「え？」

「悪かった。私が引き留めてしまったから、ここに残ることを決意させてしまった。今までずっと考えていたのだ。どうすれば、お前を国に帰せるのかと。王子が迎えにきてくれるのならば、好都合だ」

紘宇の様子がおかしかったわけを察する。珊瑚を国に帰そうとしていたようだ。

「あの、私は、こーうと生きることを決意していました。だから、そんなふうに突き放されてしまったら――悲しいです」

「だったらなぜ、仕えていた男の手紙を私のもとへと持ってきた？」

「違うんです。これは、この手紙は、メリクル王子の書いた字ではありません」

「なんだと？」

毎日メリクル王子の字を見ていた珊瑚が見間違えるわけもなかった。手紙に書かれている文字は、他人の書いたもの。これを意味するわけは、あまり考えたくない。

しかし、見ない振りはできなかった。

「お前を狙っている、というのか？」

「おそらく、ですが」

いったい誰が？　珊瑚を殺して得をする者など、いるのだろうかと考えるが浮かばない。

「お前はこの国で、いったいどんな罪を犯したのだ？　何をして、宮刑となった？」

墓場まで持っていくつもりであったが、今回の問題と向き合うため、珊瑚は紘宇に話す。

「実は――」

外交で華烈を訪れ、歓迎会のあった翌日に事件が起きた。

「メリクル王子の寝台に、皇帝直属の武官の妻が忍び込んでいて、その夫が糾弾していたのです」

姦通罪は重い罪――つまり、死刑となる。

「武官はメリクル王子をその場で斬り伏せようとしました」

「それで、お前は王子を庇ったと」

珊瑚が頷くと、紘宇は深いため息を吐く。

「腑に落ちた。ずっと、お前が何をしたのかと、気になっていたのだ」

「すみません」

「たしかに、そういった背景であれば、おいそれと言えることではない」

もちろん、珊瑚が罪を犯したとは思えなかったと紘宇は言う。

「おそらく何か事情があるのではと思っていたが、考えてもまったく見当もつかなかった」

紘宇は珊瑚を信じてくれていた。その事実は、何よりも嬉しいことである。

「お前ほど、真面目な奴はいないからな」

「ありがとうございます……」

ここで、話は事件当日のことに戻る。

「私は、武官に斬られそうになりました。しかし、ここで、こーうのお兄さんが、助けてくれたのです」

「なんだと⁉」

紘宇は珊瑚の肩を掴み、本当かと問いかける。

「ええ、ちょうど、刃が届く前に、助けていただきました」

「そんなの、茶番だ！　いくら罪人とはいえ、その場で処刑することなどありえない！」

ましてや相手は異国人である。問答無用に処刑したら、国家間の問題にもなりかねない。

「それに、兄上がその場に偶然通りかかるのはおかしい」

すべては仕組まれたことだったのかと、珊瑚は呟く。

「でも、どうして、そのようなことをしたのでしょうか？」

「共犯者が、お前の国にいるのではないか？　王子を恨んでいる奴とか、いなかったか？」

「――あ！」

メリクル王子は国王の不貞を糾弾した。それも多くの臣下がいる前で。もしも、そのことで国王の反感を買ったとしたら――。

「非常にお恥ずかしい話なのですが」

珊瑚はメリクル王子が華烈にくることになった経緯を語った。紘宇の兄永訣は外交を司る礼部の長官である。国王と繋がっていても、なんら不思議はない。

「しかし、それだけで自らの息子を陥れようとするとは、狭量な……」

紘宇の言葉に同意したかったものの、まだ証拠はない。奥歯を噛みしめ、湧き上がった感情を抑えつける。

るかもしれん」

「おそらく、だが。王子のところにも、お前が書いたというていの手紙とやらが届いてい

「そんな！」

「ちなみに、王子のほうは、お前の文字を知っているか？」

「いいえ、それはないかと」

護衛をしていた珊瑚はメリクル王子の文字を毎日のように見る機会はあったが、逆はありえない。

「ならば、届いた手紙を、王子はお前からきたものと信じて疑わないだろう」

もしも東屋にいったら、メリクル王子共々殺されてしまう。珊瑚は血の気の引く思いがした。

「どうしたい？　お前は、どう思う？」

「わ、私、は――」

王子が死ぬのを見過ごすことなんてできない。しかし、一人で刺客と対峙するのは、あまりにも無謀だろう。一度、故郷は捨てたが、騎士として戦わなければならないのか。

自らに問いかけるが――考えれば考えるほど、わからなくなった。

今は、かつてメリクル王子を守ろうと身を挺して飛び出した時のような覚悟が、珊瑚の中になかった。その時点で、騎士失格だろう。ぶるぶると、膝の上で握った拳が震える。

今まで自分の命など惜しくはないと思い、剣を握ってきた。けれど今、助けなければなら

ない相手がいるのに、恐怖のほうが打ち勝ってしまう。立ち上がって一歩を踏み出すことが、できなかった。その感情は、涙となって溢れてくる。

「珊瑚……」

紘宇の声は今までにないほど静かで落ち着いていた。名前を呼んでもらえて嬉しいのに、喜べない。顔すら、見上げることはできなかった。紘宇はそんな珊瑚の手を引いて立ち上がらせると、腕の中へと引き寄せる。幼子をあやすように、珊瑚の背中を擦ってくれた。

「泣くな」

「泣いて、いません」

「どこからどう見ても、お前は泣いているだろう」

その後、会話は何もなく、ただただ、紘宇は珊瑚の背中を優しく撫でてくれた。

涙が止まると、耳元で紘宇は囁く。

「王子を、助けにいくぞ」

「こーう、どうして？」

問いかけにはただ一言の答えが返ってきた。

「お前が泣いているから」

今回の件は紘宇には関係ない。けれどメリクル王子を助けてくれると言う。

「こーう、こーう……！」

胸がいっぱいになり、言葉にならない。紘宇を抱きしめ、ひたすら礼の言葉を繰り返す。

「そんなに礼を言うな。この件は、汪家の者である私にも関係のある話なのだ」

「しかし、こーうのお兄さんは、いったい何を……？」

「兄上の狙いは最初に聞いたものと同じだろう。星貴妃との間に子どもを産ませるために、お前を送り込んだのだ」

やはり、紘宇も珊瑚のことを男と思い込んでいるようだった。今まで、どうして気付かなかったのか。これまで異国での生活を送るために、いっぱいいっぱいだったのだ。

そんなことよりも、気になることがあったので質問してみた。

「あの、皇族に異国人の血を入れることに関しては、抵抗などなかったのでしょうか？」

華烈は閉鎖的な国に思えてならなかった。しかし、紘宇の兄・汪永訣は珊瑚を引き入れ、星貴妃と子作りをさせようとしていた。

「元々牡丹宮に引き入れようとしていたのはメリクル王子で、異国人でも王族の血筋だからいいと考えたのだろう」

異国人との結婚は、ありえないことだとはっきり言われた。

「王族でない代わりに私を連れてきたのは？」

「まあ、兄にとっても、王子を庇ってお前がでてきたことは想定外だったのかもしれない」

しかし、永訣は珊瑚を見た瞬間、この者であれば星貴妃を陥落させることができると判断したのだろう。紘宇は兄の狡猾（こうかつ）な一面に嫌悪感を示しつつ、当時の事情を推測する。

「とにかくだ。まず、王子を助けなければならん。星貴妃に報告しにいくぞ」

「はい」

◇◇◇

星貴妃はすべての事情を聞き、険しい表情を浮かべている。

「ここ数日、庭を出入りする不審者が報告されていたのだが――まさか、ここと繋がっていたとは」

一応、相手の企みがわかるまで、自由にさせていたらしい。その分牡丹宮の外の警備は厚くして、警戒していたとか。

「敵の数は、おそらく十か二十か。内部の者の手引きがあるとは思うが、これ以上の数は無理だろう」

敵の実力のほどは不明である。危険なので、東屋にいく際は、牡丹宮の外を警備している閹官を付けてくれることになった。星貴妃は女性武官を呼び、戦闘準備を命じていた。

「私もいきたいところであったが」

今回は牡丹宮で待機しておくようだ。女官達が泣きそうになっていたので思いとどまったとのこと。

「異国の王子など放っておけ、というのが本心ではあるが――まあ、見ない振りはできぬのだろうな」

「すみません……」

「よい。私はお主のそういう、甘ったれたところが好きなのだ」

「妃嬪様、寛大なお心に、感謝します」

星貴妃は、今度は紘宇のほうへと視線を向ける。

「汪紘宇。全力で戦い、全力で珠珊瑚を守れ。何かあったら、絶対に許さぬ」

「元より、珊瑚のことは命を懸けて守るつもりだ」

二人の視線の間には、ジリジリと燃えるような熱いものが滾（たぎ）っていた。珊瑚は居心地悪く思う。ここで、女性武官が戻ってきた。外の閹官の戦闘準備は完了したらしい。

「ふん。想定外の事態のために準備していたことが、さっそく役立つとはな」

星貴妃は閹官達に、庭の侵入者と戦闘を見越した警戒をしておくよう命じていた。武官の数も増やすように申請し、新しく配備された武官を招いた歓迎の茶会を行ったばかりだったと話す。

「まあ、よい。珠珊瑚、汪紘宇、欲にまみれた悪漢を、成敗してくるといい」

星貴妃の命令に、珊瑚と紘宇は抱拳礼を返す。

「今日の私は大将らしくここでお主らの帰りを待つ。今宵はよい報告しか聞かない。さあ、いけ！」

時は限られている。珊瑚と紘宇は床に置いていた剣を帯に差し、東屋のある庭へと急いだ。

空には月灯りに照らされて輪郭が浮かび上がった雲が漂っていた。風で雲が流れ、まんまるとした月が顔を覗かせる。ピリピリと、緊張感や警戒心の含んだ風が流れている。これは、庭に配備されている閹官のものなのか。

珊瑚は三日月刀の柄を握りしめ、東屋への道のりを急ぐ。思いの外、落ち着いていることに気付いた。それは、すぐ傍に紘宇がいるからだろう。紘宇が共にいたら、負ける気がしない。それは今まで感じたことのない、高揚感であった。二名、護衛の閹官と合流する。一人は筋骨隆々として厳つい顔をしており、もう一人は女性のように線が細く背も珊瑚より小さかった。しかも美しい。闇に慣れた目が、月灯りに照らされた閹官の姿をはっきりと捉えた。

「あの、何？」

「いえ、すみません」

女性のような閹官に思わず見惚れてしまったようだ。隣に立つ紘宇もそうなのではと、横目で見た。しかし、紘宇の視線は、東屋のある方角を向いていた。自分も集中しなければと頬を打つ。一人、闇色の服で身に包んだ閹官が近寄ってくる。

メリクル王子らしき人物が、東屋に到着したことが告げられた。王子の近くには三名の護衛がついているらしい。騎士ではなく、凱陽が寄こした者だろうと。

それとは別に、数十名の侵入者が潜んでいるという。まず、珊瑚が一人でメリクル王子のもとへいくことになった。

「安心しろ。誰も、お前のもとへと近付けさせない。私が斬り捨てる」

「こーう」

紘宇は珊瑚の手を握りながら言った。しばし見つめ合っていたら、閹官に咳払いされてしまった。

「すみません。メリクル王子に接触します」

「ああ、いってこい」

珊瑚は一礼し、東屋のほうへと駆けていく。

『メリクル王子！』

『コーラル！』

メリクル王子は駆け寄る珊瑚を抱きしめた。周囲に潜伏する者に聞かれないよう、祖国語で話しかける。

『あの、殿下、私は――』

『コーラル……あの手紙はどういうことだ？』

メリクル王子への手紙には、紘宇に脅され、毎日犯されているという、とんでもない内容が書かれていたらしい。

『コーラルがそんな目に遭っているとは知らず……』

珊瑚はメリクル王子に抱きしめられたまま、耳元で囁く。

『殿下、今から言うことに、大きな反応を示さないでください』

メリクル王子はコクリと頷く。

『それは私の書いた手紙ではありません』

ハッと息を呑んでいた。紘宇の名誉のため、犯されているという事実はないことを伝える。

『皆、よい方ばかりで、毎日楽しく暮らしています』

『コーラル……』

『ここからが本題なのですが、殿下は命を狙われております』

『やはり、そうなのか』

メリクル王子は自分を取り巻く状況を、それとなくおかしなことだと感じていたようだ。

しかし、今まで気のせいであると思っていたらしい。

『ここへの呼び出しは、殿下を暗殺するためだろうと』

『そうか……父はそれほどまでに……』

メリクル王子は誰に狙われているか、即座に気付いたようだった。

『華烈への外交を命じられた時点で、察するべきだったな』

かける言葉は見つからず、代わりに周囲の警備の状況を報告した。

『周囲には、武官達が潜伏しております。訓練を積んだ者ばかりですので、恐らく負けることはないかと』

恐らく、敵は二人の隙を狙っているのだ。そう耳打ちすると、メリクル王子は提案をする。こちらから、隙を見せようと。凱陽の護衛を下がらせる。

メリクル王子は華烈の言葉を使い、わざと大きな声で叫んだ。

「ああ、コーラル。なんて可愛い人なのだ。こうして、逢いにきてくれるなんて！」

いきなり始まった情熱的な演技に珊瑚はついていけず、戸惑いを覚える。

『コーラル、頼むから応えてくれ』

一人で演技するのは恥ずかしかったらしい。珊瑚も覚悟を決め、メリクル王子の演技に応える。

「アア、王子、私のタメに、ウレシイ……」

頑張って演じたが、片言になってしまった。周囲から「くっ……」と、誰かが笑いを堪える声が聞こえた。恐らく、味方のものだろうが、珊瑚は恥ずかしくなる。

『コーラル、あとは任せてくれ』

『すみません、本当に』

身を委ねてくれと言われたので、肩の力を抜く。すると、東屋にある大理石の卓子に押し倒された。頬を両手で包み込まれ、口付けする振りをされた。唇は触れるか触れないかの位置で止められている。じっとそのままの体勢でいたが、まだ、襲ってこない。一度離れたメリクル王子は、珊瑚の服の襟を開いて唇を寄せる。今度は振りではなかった。鎖骨辺りの肌に鈍い痛みが走る。

「――んっ！」

なんだか恥ずかしくなったが、これは演技だと思い込むようにした。早くでてきてほしい。そう願った瞬間、東屋に一人の男が飛び出してきた。メリクル王子を殺すために潜んでいた暗殺者であった。

振り上げられた剣は――下ろされない。なぜならば、紘宇が男を斬り伏せたからだった。男が倒れたのと同時に、暗殺者達が襲いかかってくる。紘宇は周囲の閹官に命じた。

「総員、戦闘用意！　星貴妃の名において、目の前の敵を排除せよ！」

配備されていた閹官が十五名に対し、敵は二十名ほど潜伏していた。恰好や装備から騎士ではなく、華烈の者であることが判明する。すぐさまメリクル王子は閹官に保護された。

珊瑚は起き上がって刀を抜き、得物を振りかざしてきた男の一撃を寸前で回避する。

刀を突き立て相手の腕を裂き、隙を見て男性の急所を蹴り上げた。二人目は珊瑚の目の前で倒れる。その後ろに、紘宇が血の滴る剣を携えて立っていた。

珊瑚と目も合わせずに、紘宇は次なる敵へと切りかかる。甘く見られていたのか、暗殺者は紘宇や閹官の敵ではなかった。戦闘能力は低く、まるで相手にならない。

能力の低い暗殺者であった。その場にいた者は誰もがそう思っていたが、星貴妃の抱える閹官が特別だったのだ。

星貴妃のもとへと送られたのは、閹官の中でも性格に難のある問題児が集まった集団であった。だが、彼らは個々の能力は高かったのだ。

それを纏め上げたのが、星貴妃である。知らぬのはこの場にいた当人ばかりであった。

それに、閹官の中に武官の出世頭であった紘宇も混ざっていた。暗殺者は運が悪かったとしか言えない。こうして、メリクル王子の暗殺は阻止された。忍び込んでいた暗殺者は一人残らず生け捕りにされ、兵部に引き渡される。

大勢の武官が牡丹宮の前にある庭園にやってきていた。メリクル王子と紘宇は兵部の上官に事情を話している。暗殺者達は連行されたが、武官や閹官が行き交い現場検証も行われていて、物々しい雰囲気となっていた。

珊瑚は落ち着かない気分で、星貴妃から賜った三日月刀を握りしめている。

「ねえ、君」

声をかけられ振り返る。背後にいたのは、珊瑚より背の低い武官であった。年頃は同じくらいか、年下か。華烈の者は皆揃って童顔なので、実年齢は推測できない。

好奇心旺盛な目が、珊瑚を探るように見る。

「すごい綺麗な髪だね。金色の髪なんて、初めて見たなあ」

「どうも、ありがとうございます」

「あ、よかった。言葉が通じて」

青年は清怜悧（しんれいり）と名乗る。兵部の捜査機関部に所属しており、事件現場に出向いて犯罪の証跡を明らかにすることが仕事だと話す。

「私は、珠珊瑚です。牡丹宮で、星貴妃に仕えております」

「あ、そっか。閹官じゃないんだ」

いったいなんの目的で声をかけたのか。珊瑚は問いかける。

「あ、うちの侍郎の愛人探しを命じられまして」

侍郎というのは、実務機関である六部の次官のことである。どうやら、怜悧は珊瑚を愛人として引き抜くために声をかけたようだ。

「あ〜あ、残念。貴妃様の愛人だったら、手はだせないなあ。閹官だったらよかったのに」

珊瑚は返す言葉が見つからず、「すみません」と謝ってしまう。それが面白かったのか怜悧は口元に弧を描いたのちに、話しかけてくる。

「由侍郎の愛人になったら、毎日遊んで暮らせるし、飽きられてもお金持ちに下賜されるから、生活には困らないし、オススメなんだよ」

なんとかならないと聞かれたが、珊瑚は首を横に振る。

「それにしても、その……男性が男性の愛人を持つというのは、よくある話なのですか？」

「そうだね。女性だと妊娠しちゃうし、男のほうが〝都合がいい〟場合もあるんだって」

「な、なるほど」

未知の世界だと思った。まさかそこへの誘いがくるなんて、女性としての自信がなくなる。それと同時に、同性愛はここではわりとよくあるものだと、理解することとなった。

「どう？　星貴妃に言ってさ、どうにかしてもらうことって無理？」

「それは難しいかと」

「やっぱダメか。いや、最近いい男がいなくて。後宮に集められているからなんだけどね」

全国各地の男前を後宮に集めているので、愛人に抜擢できるような者がいないことが問題になっているらしい。

「さっき絶世の男前を見つけて、幸先いいと思っていたんだけどねえ——汪紘宇だとわかった瞬間、全身鳥肌が立って、卒倒しそうになったよ」

「こーうを、ご存じなのですか？」

「もちろん。〝鬼神の汪都尉〟って知らない？」

「はい」

怜悧は遠い目をしながら話す。紘宇は以前、宮廷に属する武官だったらしい。

「それはもう、信じられないほど堅物で、死ぬほど厳しい訓練をする人で有名だったんだ。後宮にいくことになったって噂話は本当だったんだなって」

怜悧はこんなところに極上の男前がいたと喜んで引き抜きにいったが、途中でかつての同僚が紘宇の名を呼んでいるのを耳にし、我に返ったと話す。

「一時期噂になったんだ。顔のいい武官が入ったってね」

しかし、紘宇は武官として優秀だった。汪家の力もあったので、愛人にならなくとも出世していった。

「そこに鬼神の噂も加わって、安易に近付ける存在ではなくなってしまったんだよね。誰かを愛人にしている話もなかったし、かといって妻帯しているわけでもないし、よくわからない人なんだ。不正を嫌い、家柄もよく、実力もあるものだから、汪家も扱いに困って、後宮に送ったのかな〜って印象だった。今の時代、ズルして出世することが横行しているからね。それを咎める存在になりそうだから」

思いがけない話を聞けた。紘宇はこれまで恋人などはいなかったらしい。その点はホッとする。けれども、こうして本人が語っていないことを聞くのは気が引けた。

「あ、ごめんね。つい長話をしてしまって——って、うわっ、汪紘宇が怖い顔してこっちにくる。逃げなきゃ。あ、彼を愛人候補にしていたことは内緒ね。じゃあ、また！」

怜悧は素早く駆けていき、夜闇に紛れて姿を消した。入れ替わりになるように、紘宇がやってくる。

「おい、珊瑚。あの男と何を話していた」

紘宇についてとは言えないので、自らについて話すほかない。

「あの、兵部侍郎の愛人にならないかと誘われまして」

「はあ⁉」

紘宇は「あの好色クソ親父め」と悪態を吐く。

「よりにもよって、珊瑚に声をかけるとは……」

話を持ちかけたのはどこのどいつだと訊かれたが、名前はわからないと誤魔化し、話題を別のものへと移す。

「あの、まだ時間がかかりますか？」

「いや、もう戻ってもいいらしい。その前に……王子がお前に話をしたいと言っている」

「メリクル王子が、ですか?」

「ああ、いってやれ」

メリクル王子は護衛と凱陽と共に、東屋にいた。珊瑚は一人で向かう。

『コーラル、よく、無事だったな』

『はい、おかげさまで』

メリクル王子より、本日二度目の抱擁を受ける。椅子に座ると、茶が用意された。

地面に染み込んでいた血は落とされ、倒れていた暗殺者は連行されて影も形もない。先ほどまで戦闘していたとは思えない、落ち着いた場となっている。

『突然であるが、私は国には帰らない』

『それは――』

祖国へ帰っても、暗殺されるだけだ。だったら、帰らないほうがいいだろうというのがメリクル王子のだした答えである。

『父から学んだ〝悪を成敗し、正義を貫き通せ〟という言葉を実行した結果がこれだ。なんと空しいことだろう』

珊瑚は返す言葉が見つからない。

『これからどうするか、考えた』

国王より不要だと判断された今、王子の身分はなんの意味も持たないものであると、メリクル王子は言いきった。

『だから、しばし見聞を広める旅にでるのもいいか、と思い始めた』

メリクル王子は商人である凱陽に付き添い、さまざまな地域を見て回るのだという。

『凱陽はうさん臭い外見をしているが、信頼している。向こうも、取り引きをするのに異国人がいると都合がいいらしいので、悪いようにはしないだろう』

『メリクル殿下……』

今回の事件に凱陽が関わっている可能性もある。大丈夫なのかと訊ねたが、そうであっても利用してやると、きっぱり答えた。

『あの、星貴妃に頼んで、後宮に滞在することも可能だと思うのですが』

『いや、いい。もう、決めたのだ。世界を見て回って、自分がすべきことを新たに見つけるのだと』

メリクル王子は覚悟を決めていた。見ていて気持ちがいいくらいである。珊瑚は安堵する。きっと、心配はいらないだろうと思った。

『コーラル、ついてくる気はないな？』

その誘いには、すぐに首を横に振って応えた。

『そうか――残念だ』

紘宇と出会う前ならば、喜んでついていっただろう。しかし今、珊瑚の大切なものは牡丹宮にある。迷うことなく、断ることができた。

『コーラル、最後に』

メリクル王子の手が珊瑚の指先へと届こうとしたその時——ヒュン！　と音を立てて何かが目の前を通過する。東屋の柱に刺さっていたのは、短剣であった。

それを放ったのは暗殺者ではなく、紘宇だった。

「もう、それくらいでいいだろう？」

紘宇が険しい表情でやってきつつ声をかける。

「汪紘宇、貴殿は他人への声のかけ方を知らないのか？」

「先祖は蛮族だからな」

紘宇とメリクル王子の間に、ピリピリとした空気が流れていた。珊瑚はどうすることもできず、オロオロするばかりである。

「珊瑚、別れは済ませたな？」

「はい」

珊瑚は立ち上がり、胸に手を当ててお辞儀をする。

『殿下、どうか、ご無事で』

『ああ、コーラルも達者でな。これから世界中を回って、いい女を見つけてこよう』

最後に、メリクル王子は笑顔を見せてくれた。珊瑚も同じように返す。メリクル王子は凱陽と共に、去っていった。その後ろ姿を見送り、牡丹宮へ帰ろうと踵を返した。

「ひゃっ！」

振り返ると、紘宇が怖い顔で腕を組み、佇んでいた。その表情は恐ろしく、鬼神と呼ばれていた話を思い出して鳥肌が立った。

「話をしたいことが、たくさんある」

「……はい」

大変な騒動だったので早めに眠りたいところであったが、まずは星貴妃に報告にいかなければならなかった。紘宇は珊瑚の手を引いたまま星貴妃の寝屋まで辿り着いたが、中に入る前に手を離された。今回の件についても詳細を知る者は限定したいとのことで、星貴妃から寝台に招かれる。だが、紘宇は血塗れだったので湯と新しい服が用意された。女官は着替えをするようにと、四方を囲む衝立を用意してくれた。問題はそれが個々に用意されたものではなく、紘宇と一緒に着替えなければならないらしいことであった。服は二人分用意されていた。紘宇を着替えさせて、先にでてもらわなければ。女であることが、バレるわけにはいかないのだ。

「あの、こーう、お手伝いします」

紘宇が手巾に手を伸ばしていたが、珊瑚が寸前で摑む。湯を十分に浸し、絞った。

「そんなことをお前がせずとも、自分でできる」

「いいえ、やらせてください。こーうの、ために、何かしたいのです！」

焦って行ったことであったが、紘宇の役に立ちたいというのは本心である。行動を制する言葉は返ってこなかったので、顔に付着していた返り血を拭った。なかなか取れずに力を入れて擦っていたら、痛いと抗議の声が上がる。

「す、すみませ……！」

ここでふと気付く。思いの外、至近距離に紘宇の顔があったので、珊瑚は照れてしまった。しゃがみ込んで手巾を湯に浸し、水分が多めになるよう緩く絞る。頬からどんどん体が火照ってしまい、最初に湯に手を入れた時よりも熱く感じてしまった。もちろん、問題が自身にあることはわかっている。

二度目は綺麗に血を拭うことができた。紘宇が珊瑚に背中を向け、帯を解く。するりと上に着ていた華服は落ち、白い上衣と黒い下裳の姿となる。上衣にも、血が染み込んでいた。紘宇は舌打ちし、上衣を脱いだ。上半身は裸になる。

「おい、手巾を寄こせ」

「あ、わ、私が拭きます。やらせてください」

早く着替えろと言われないために、珊瑚は手伝いを申し出る。

「こーう、お願いします」

「そこまで言うのならば、まあ、わかった」

渋られると思ったが、紘宇は申し出を了承し、珊瑚の前にドカリと座った。素肌に、血がこびりついている。

「あの、こーう。怪我はしていないですよね？」

「怪我はない。心配するな」

あまりにも血が付着し過ぎていたので、心配してしまった。無傷だと聞いて、ホッと胸を撫で下ろす。珊瑚は先ほどと同様に、水分が多めに残るよう手巾を絞った。そのまま広げ、胸辺りに付着した血を拭う。真っ赤に染まった湯は何度か交換してもらった。綺麗になった体を見た珊瑚は、我に返る。目の前には、鍛え抜かれた紘宇の体があった。今までは作業に夢中で、気付かなかったのだ。騎士隊でも男性の上半身の裸を見ることは多々あった。その時はなんとも思わなかったのに、紘宇の裸を見るのは酷く恥ずかしい。珊瑚は顔を逸らしながら、話しかけた。

「えと、終わりです」

「ああ、ありがとう」

下半身は素肌まで血は染み込んでいなかったらしい。着替えるだけでいいだろうと言っていた。紘宇が着替えをする様子を視界に入れないよう、珊瑚は目を閉じ上に顔を背ける。すぐに終わったようなので、衝立の外へと追い出した。

「なんだ、お前は私の着替えを見ていたクセに」

「み、見ていません！」

とにかく、衝立の外で待機をしておくように言った。こうして、一人きりとなった珊瑚は、大急ぎで着替える。身なりが整ったら、帳が下ろされた星貴妃の寝台の中へと入った。

「問題解決は案外早かったな」

すべては紘宇の奮闘と現場を取り仕切る高い能力のおかげである。さすが、元武官だと思った。閹官や武官をどう動かすべきか、彼はきちんと把握していたのだ。

「ん？　そういえば、たぬきはどうした？」

「こんこんに預けています。連れてきましょうか？」

「よい。たぬきはまた今度にする。どれ、報告を聞かせよ」

紘宇が淡々とした口調で一部始終を述べた。星貴妃は目を細めながら聞いている。

「なるほどな。しかし、外の武官の警備は何をしているのか……」

「凱陽と名乗る商人の男は、武官に金を積んで入ったと」

「ならば、暗殺者も同じように、金の力で侵入したというわけか。まったく、兵部はどうなっているのやら」

星貴妃のぼやきに、紘宇は顔を俯かせる。

「ああ、お主は元兵部の者であったな。内部はどうであったか？　もしや、金で地位を得た者もいるのでは？」

「それは――」

具体的な話を聞くと、珍しく紘宇は言葉に詰まったようだった。不正は蔓延っていると先ほど伶悧が言っていた。それを、紘宇も把握しているのだろう。

何も言えないということは、認めたことになる。

「あくまでもそういう噂があっただけで」

「しかし、今回の事件でそれが真実であったと証明することになるやもしれぬ」

「まあ、そうとしか言えんが」

とりあえず、暗殺者は全員拘束された。今から兵部の調査が入るだろう。

「上が腐っていたら、いくらでも真実は揉み消される。でも、後宮に住む我らには関係のないこと、と言いたいところだが、私が皇太后となった暁には兵部が腐っていたら困る」

珊瑚と紘宇は、星貴妃の発言にパチパチと目を瞬かせる。突然の皇太后発言に、言葉を失っていた。

「なんだ？　私が皇太后になることが、そんなにおかしいのか？」

三十になるまで牡丹宮で暮らすと言っていた星貴妃の、意外な野望であった。

「私も襲撃や今回の事件を受けて、考えが変わったのだ」

命を狙われていたり、内部の守りの脆（もろ）さを実感したり、上層部の腐りきった内情を知ったりなど、我慢できないことが続いたと語る。

「こうなったら、私が正すしかないと思ってな」

「しかし、皇太后になるには、子どもが必要だが？」

紘宇の指摘に、星貴妃は艶然（えんぜん）と微笑む。

「では、珠珊瑚よ、共に子を作ろうではないか」

「へ!?」

まさかの提案に言葉を失い、全身の力が抜ける。その隙を見て、星貴妃に引き寄せられ、瞬く間に押し倒されてしまった。

「あ、あの、その、私は、えっと、お風呂に入っていませんし」

「よい、気にするな」

「ほ、他にも、いくつか、き、気になる点がありまして！」

「よいよい、気にするな」

頬に口付けをされてしまった。真っ赤な紅が、珊瑚の頬に付く。

「ひ、妃嬪さまぁ〜〜！」

「ふふふ、愛い奴め」

涙目になる。星貴妃が珊瑚をからかって遊んでいるのはわかっていた。どうにかして体勢を整えようと思っていた矢先、ゾクリと悪寒が走る。紘宇が、すさまじい形相で星貴妃を睨んでいたのだ。

「ああ、汪紘宇。お主はそこで、拍手でもして応援しておけ。御子が授かるようにな」

「本気なのか？」

「ああ、私は本気だ。皇太后になって、この腐った国を正す」

どうせ実家に帰っても後ろ指をさされるばかりだ。最悪、一族の恥として殺されるかもしれない。ならば、別の道を探すしかないだろうと、あっけらかんと言った。

その別の道が皇帝の母――皇太后になることだった。

「そのためには、子種を仕込んでもらわなければいけないことなど承知しておる。安心せい。汪紘宇、お主の子種は要らぬ」

星貴妃は高笑いしたのちに言った。

「私にも好みがあるからな！　お主はまったく可愛くない。私は珊瑚のように可愛い者が大好きなのだ！」

紘宇は「だったら――」と星貴妃に宣言する。

「今度開催される武芸会で、星貴妃好みの男を引き抜いてこようではないか」

武芸会百花繚乱で勝つと、対戦相手の男を牡丹宮に招くことができる。紘宇は星貴妃好みの男を連れてくると誓った。

「そうだな。珊瑚より可愛い者がいたら、大歓迎をするとしよう」

「珊瑚より、可愛い者、だと……？」

紘宇は腕を組み、眉間に皺を寄せた。小声で「難しいかもしれない」と言ったのは、きっと聞き違いだろうと思った。

紘宇と並んでトボトボと部屋に戻る。

「これから風呂に入る。珊瑚、お前は？」

「私は、部屋に戻ります」

「そうか」

一緒に入ろうと誘われるのではと思ったが、そんなことはなかった。紘宇は早足で風呂場へ向かっていった。たぬきを迎えにいこうか迷ったが、もう遅い時間帯だ。明日にすることにした。ダメもとで風呂場を覗いたが、残念ながら湯は抜かれていた。汗を掻いたので湯を浴びたかったが、それも叶わず。しょんぼりしながら私室に戻ろうとしていたところに、厨房の明かりが点いているのを発見した。

待機していた女官に、体を拭きたいので湯を用意してくれないかと頼む。

「では、ご準備して、お部屋に運びますね」

「ありがとうございます」

今晩は体を拭いて眠ることにする。部屋に戻ったら、紘宇やたぬきのいない部屋に物足りなさを感じてしまった。

しばらくしたら紘宇は戻ってくる。たぬきは明日の朝一番に迎えにいったらいい。そう、言い聞かせる。湯を待つ間、珊瑚は居間の張り出し窓に腰かける。ここは紘宇がよく腰かけて本を読んでいる場所だ。月灯りに照らされている上に、吊り下げた角灯があるので、読書には最適な場所なのだろう。

ぼんやりとしていたら、女官が桶に入った湯と手巾を持ってきてくれた。

「あ――珊瑚様」

微笑みかけると、女官は頬を染めて目を伏せる。桶を受け取ると、恐縮された。

「あの、お運びするのは、私の仕事なのですが」

「ん、ここで大丈夫。ありがとう」

桶を寝室に運び、床の上に置く。

「珊瑚様、他にお手伝いすることは？」

「ないです、下がっていいですよ」

再度、女官に礼を言った。女官がでていったのを確認すると寝室の戸を閉めて、着替えを用意する。紘宇が戻ってくるまでに、体を拭かなければならない。

帯を解き、上に着ていた服を脱ぐ。白い上衣の襟を寛げる。

なんとなく、いつも寝ている寝室で肌を晒すことは、恥ずかしい。しかし、躊躇っている時間はなかった。まずは下から。股衣を脱いで、湯を絞った手巾で腿から足にかけて拭く。急いで新しい下着と替え、股衣を穿いた。続いて上衣を脱ぎ、胸に巻いていた包帯を外す。上半身裸になり体を拭いた。首筋を拭っていると、カタンと扉が開かれる音が鳴る。

紘宇が戻ってきたのだ。

「珊瑚、どこにいる？」

声をかけられ、跳び上がるほど驚いた。もしも、珊瑚が女性とバレてしまえば、嫌われてしまう。そう思って、慌てて上衣を羽織った。

「こ、ここに」

怪しまれないよう、返事をしたのはよかったが、すぐに扉を開けられてしまった。

「すまない、もう寝ていたのか――」

「こ、こないでください！」

紘宇に背中を向けた姿で、珊瑚は叫ぶ。包帯を巻いている時間はなかった。近くで見られたら、女性だとバレてしまう。よって、とっさに近付くなと言ってしまった。

「い、今、体を拭いているのです」

「それは――悪かった」

男同士でおかしいと言われるのではと、ハラハラしていた。だが、紘宇はあっさりと扉を閉めた。いまだ心臓はバクバクであったが、ひとまずホッとする。

上衣を脱いで包帯を巻き、寝間着を着込む。最後に紺々からもらったあんず油を髪に垂らして馴染ませる。丁寧に櫛を入れて、三つ編みにした。使った湯は窓から捨てた。桶は窓の外に置いて乾かしておく。襟元を正し、居間に顔をだした。

「こーう、すみませんでした」

紘宇は椅子に座り、天井を眺めていた。何かあるのかと珊瑚も見上げたが、何もない。

「何をしている?」

「あ、いえ、天井に何かあるのかと」

「何もない」

紘宇は立ち上がり、ズンズンと寝室へ向かった。

「あの、怒っていますか?」

「別に」

確実に怒っていた。唐突に寝室から追い出されたのだから、当り前だろう。しかし、性別がバレてしまうことはあってはならないことである。珊瑚は体を見られたくないことに関して、別の理由を述べることにした。

「あの、私は、その、背中に、傷、がありまして、見られるのが、その、恥ずかしいと思い、過剰に反応してしまいました。すみません」

傷ではない。背中にあるのは庚申薔薇（ロサ・キネンシス）、近衛騎士の誉れだ。しかし、珊瑚の母親には傷物扱いされたのだ。

「そう、だったのか。すまない」

紘宇はそれ以上何も言わずに寝台に上る。二人の間に衝立があるので、姿は見えなくなってしまった。珊瑚も寝台に上がる。横たわったが、なんだかモヤモヤしていた。

何度も何度も寝返りを打つ。どうやら眠れそうにない。それは紘宇も同じようだ。先ほどから、寝返りを打つような音が聞こえてくる。珊瑚は起き上がり、恐る恐る声をかけた。

「あの、こーう？」

「なんだ？」

「少し、お話を、したいです」

「このままで、いいのならば」

衝立越しでならば話をしてもいいと紘宇は言う。顔も見たくないようだ。嫌われてしまったのかと、胸が苦しくなる。モヤモヤとした気分は、余計に酷くなってしまった。紘宇も起き上がったようだ。うっすらと、竹を編んで作った御簾（みす）の向こう側から影が見える。

「私も、話をしたいことがあった」

顔を見たかったが、許されていない。ならばせめて、少しでも近くにいたいと、衝立のすぐ前に座った。

「お前を、この後宮に引き留めてよかったのかと、自問自答していた」

「どうして、ですか？」

「私には、何もないからだ」

地位、財産など、今、後宮で暮らす紘宇は何も持っていない。

「こんな状態なのに、よくも、異国人である珊瑚に国に残るように言ったものだと、自分のことながら呆れていた」

「そんなことは――」

「ある。あの男、お前の仕えていた王子は、何もかも、持っていた。地位も、財産も、それから、お前を伴侶として迎える準備も。恥ずかしい話なのだが――王子を前にして、劣等感を刺激されてしまった。そんな自分に、どうしようもなく腹を立てていたのだ」

「こーうは、私に怒っていたわけでは、ないのですか？」

「なぜ、お前に対して怒る？　いいや、怒っていたかもしれん」

メリクル王子と異国語で話す最中、珊瑚は普段見せない顔を見せていたようだ。それは、とても悔しいことだったと、低い声で語っていた。

「それに、お前の国の言葉は、自分なりに勉強していた。なのに、会話の中で単語を一つか二つしか拾えなくて、勉強不足だと痛感した」

だったらメリクル王子の決めた道も、知らないのだろう。珊瑚は話して聞かせた。

「メリクル王子は、見聞を広げる旅にでると、おっしゃっていました。国に戻っても、殺されるだけだろうから、と」

「そう、だったのか」

珊瑚は紘宇に伝える。

「きっと、その分世間のしがらみというものが、でてくるのでしょうね」

身分や財産があっても、幸せになれるとは限らないと。

「しかし、私は、お前に何をしてあげられるのか。与えられるものなど、何もない」

「そんなことないです」

ここにきて、紘宇からさまざまなものを受け取った。どれも、祖国で暮らしていた中では、手に入らないかけがえのないものである。

「いったい何を与えた？　言っておくが前に渡した琥珀は、そこまで高価な品ではない」

「愛です。私はこーうから、たくさんの愛を、いただきました」

たぬきの飼い主を捜してくれたり、飼育の許可を取ってくれたり、二胡の練習に付き合ってくれたり、武芸の稽古をつけてくれたり。

「こーうは、いつも、私のことを気にしてくれました。今も、ずっと」

最初は監視の仕事の延長だったかもしれない。けれど、途中からは紘宇がしたいと思ってしていたことだと珊瑚は理解していた。記憶を甦らせていると、気持ちが高まってくる。

「あの、こーうの顔が見たいです」

返事を待つことはできない。衝立をどかし、紘宇がいるほうを見つめる。

紘宇は——苦しそうな表情を浮かべていた。

「こーう……」

近くに寄って、安心させるように珊瑚は紘宇の体をそっと抱きしめた。

抱きしめた紘宇の体は強張っていた。まるで、珊瑚との間に見えない壁を築いているようである。それも仕方がない話であった。国と国、性別、身分、育ちなど、何もかも違う。すぐに、わかりあえるわけがない。これからゆっくり、時間をかけて理解し合えばいい。

珊瑚は紘宇の背中を優しく撫で、二人の間を隔てるものを少しずつ溶かしていった。

「こーう、大丈夫です。これから、足りないものは二人で補っていきましょう。それでも足りなかったら、探せばいいのです。一緒だったら、見つからないものは、ないのですよ」

「珊瑚……」

しだいに、紘宇の力が抜けていく。珊瑚に身を任せ、また、抱き返してくれた。

「私は、お前に何ができるのか、何を、与えることができるのか」

「今のままでいいです。環境が変わったとしても、こーうがいるだけで、私は幸せです」

後宮生活も長くは続かない。星貴妃の覚悟を聞いた珊瑚はなんとなくそう確信していた。どんな困難が訪れても、紘宇がいたら何事も乗り越えていける。そんな気がしてならなかった。だが、憂い事がまったくないわけではない。

「こーうは、私が何者でも、好きでいてくれますか?」

珊瑚は性別を偽っている。今はよくても、きっとこの先ずっと男を演じるのは難しいことだろう。二人の心と体が近付けば、いつかバレてしまう。

もしも、紘宇が男性しか愛せない者だとしたら――この先どうすればいいのか。ただその一点が、珊瑚の心にポツリと影を落としている。

「お前は何を言っている？　私は、珊瑚の清い心と素直さ、努力を惜しまない姿、挙げればキリがないが、まとめたら生き様に惹かれたのだ。異国人であるということは、まったく気にしていない」

「ありがとう、ございます」

珊瑚の心に、在り方に好意を抱いたと言われて嬉しくなった。男だからというわけではないことに、ホッとする。しかし、珊瑚の言った「何者」を、紘宇は異国人であることと勘違いしていた。女性と知った時、どういう反応を見せるのか。まだ、勇気がないので、伝えることはできない。今は二人で過ごす時間がただ幸せだった。しばらくは、この温もりの中で過ごしたいと思う。

「珊瑚、何か、望みはあるか？　とは言っても、この後宮の中で叶えられることはそう多くはないが」

「どうしたのですか、突然？」

「何か、してやりたくなったのだ」

そう言って、紘宇は微笑む。久々に見た、穏やかな顔であった。誰にも見せることはない、珊瑚だけの笑顔である。紘宇はふいに、珊瑚を甘やかしたくなったらしい。

「え、あの、そうですね。どうしましょう……」

急な提案に珊瑚は慌てる。紘宇にしてもらいたいことなど、山のようにある。二胡を弾いてほしいし、庭で茶を飲みたい。子どもの頃の話も聞きたいし、好きな食べ物とか、動物とか、質問攻めにもしたい。

「なんだ、それは」

いろいろ挙げると、紘宇は不思議そうな顔をする。

「望みとは、服とか、櫛とか、菓子とか、そういうものだ」

「私は、こーうが欲しいのです」

「は⁉」

珊瑚の突拍子もない発言に紘宇は驚き、また赤面する。

「あ、思いつきました」

「な、なんだ?」

「髪の毛を触らせてください」

「なんだと⁉」

「前から綺麗だな、触りたいなって、思っていたんです」

華烈の者達は夜闇よりも暗い美しい髪を持っている。中でも、紘宇の黒髪はいっとう綺麗だと珊瑚は思っていた。

「お願いします、こーう。私の願いを叶えてくれると言いましたよね？」

「いや、まあ、どうしてもと言うのならば、好きにしろ」

「ありがとうございます」

珊瑚はうっとりと、紘宇の三つ編みを見る。眠る時はこうして胸の前に垂らされているのだ。

「本当に、いいのですか？」

「好きにしろ」

珊瑚は慎重な手つきで紘宇の三つ編みに手を伸ばす。健康的な黒髪はツヤツヤしていて、絹糸のようだ。毛先に触れる。一本一本が太い珊瑚とは違い、細くてサラサラな毛質だった。三つ編みの毛先をぎゅっと握り、指先でなめらかな触感を楽しむ。

「こーう、あの、髪の毛を、解いてもいいですか」

「ああ、構わない」

若干、紘宇が引いているのは感じていた。しかし、またとない機会である。こんなことなど二度とないかもしれないので、珊瑚は遠慮をしなかった。まずは、しっかりと結ばれた革の紐を外す作業に取りかかった。きつく結んであったので、解くのにひと苦労である。

「これ、なんでこんなにきつく、結んでいるのですか？」

「別に、普通に結んだだけだが」

「くっ……」

紘宇が外そうかと声をかけたが、珊瑚は首を横に振った。

「大丈夫、です。苦労すればするほど、期待が、高まります」

「待て待て。お前、おかしなことを言っているぞ。いったん落ち着け。おい、聞いているのか？」

もはや、紘宇の制止など耳に入っていなかった。男性が女性の服を脱がすのは苦労するが、楽しいという話を聞いたことがある。その時の気持ちを、今になって理解することになった。はやる気持ちが抑えられず手元が震えていたが、なんとか紐を解くことができた。

頬を紅潮させ、紘宇に報告する。

「こーう、やっと解けました！」

「よかったな」

もう何を言っても無駄だと思ったのか、紘宇は半ばなげやりな声色で返事をしていた。

珊瑚はドキドキしながら、三つ編みの房に指先を鎮める。

二つの三つ編みを縦に割くと、さらりと解ける。

しっかり編んでいたのに、髪にクセが付いていない。細くて柔らかな髪質だからだろう。

「あ、すごい、柔らかい髪質なのですね」

珊瑚の声はだんだんと熱っぽくなる。紘宇は呆れ果てているのか、深いため息を吐いていた。

今度は、ゆっくりゆっくりと髪を解いていたら、三つ編みはなくなってしまった。

今度は、手櫛を入れるように髪に触れる。

「本当に、綺麗、ですね」

「こんなこと、誰にでもさせるわけじゃないからな。というか、こんなことなど初めてだ」

「はい、嬉しいです。こーうの初めてを、いただけて」

「なんだか、おかしな表現だが」

その後も、じっくりと髪の触感を堪能する。指先にくるくると絡ませたり、ゆるく三つ編みして一気に解いたり。

「はあ、楽しい」

「何が楽しいのか、まったくわからん」

紘宇は腕を組み、ふんと鼻を鳴らしていた。

「ありがとうございます。とても、幸せです」

「そんなことで、お前は幸せになるのだな」

「はい！」

最後に、丁寧に三つ編みをする。紐を結んで、ふうと満足げな息を吐いた。

「こーうの髪を触ることは夢だったので、許してくれて、嬉しいです」

「変な奴だ」

紘宇のぼやきに、珊瑚は笑顔を浮かべる。

「ごめんなさい、初めてだったので、加減がわからず。痛くなかったですか？」

「別に、あれくらい我慢できる」

「よかった」

今度触る時は、優しくする。珊瑚は紘宇に誓った。

「だから、その言い方はどうなんだ」

「はい？」

何はともあれ、眠ることにした。衝立でわかれた状態で、横になる。

「珊瑚」

「なんですか？」

紘宇は眠る前に言いたいことがあると言う。

「お前、少し、肉付きがよ過ぎるな」

ドキンと、胸が高鳴った。まさか、女性であることがバレたとか!?

なんでも抱きしめた時に、気付いたらしい。胸の周りには包帯をキツく巻いていたが、それでも体全体の女性的な肉質は誤魔化せない。額に汗を掻く。バレたら、なんと言い訳をしよう。

不安に心が支配されていたが——。

「ここ数日、鍛錬をサボっていたな？明日から、私が鍛え直してやる」

それは覚悟していたこととは想定外の、指摘であった。

「え、えーと、体が鈍っているので、こーうが、鍛えてくれる、ということですか？」

「そうだと言っている」

以降、シンと静まり返る。言いたかったことは、それだけだったようだ。

紘宇は珊瑚が女性であると気付いたわけではない。大いなる安堵が体全体を包み込む。

「こーう、ありがとうございます。直々に鍛えてくれるなんて、嬉しいです」

「ん？　あ、まあ、そうだな。せいぜい励め」

「はい！」

今宵も平和な夜を過ごす。

いろいろあったが、珊瑚は紘宇と共に過ごす時間を幸せに思った。

彗星乙女後宮伝　下巻に続く

書き下ろし番外編　みんなで楽しく年の瀬を！

　ここ最近、女官達が赤い布や提灯を手に、忙しく働き回っている。その様子を、珊瑚はたぬきと共に不思議そうに眺めていた。ちょうど紺々がやってきたので、疑問を口にする。

「こんこん、どうして皆さん、赤いものを集めて、忙しそうにしているの、ですか？」

「もうすぐ〝春燐節(しゅんりんせつ)〟だからですよ」

「春燐節ってなんですか？」

「一年が終わって、新しい一年を迎えるおめでたい期間なんです」

　なんでも華烈では年末年始を大いに祝い、楽しむという習慣があるらしい。珊瑚の故郷では、そういった文化などなかったので驚いてしまう。

「春燐節の始まりは、千年以上も前と言われております」

　そんな春燐節の始まりには、ある伝説があったらしい。

「その昔、一年の終わりに、深海に棲(す)む〝ニエン〟という名の怪物が地上に這い出てきたのです。ニエンは大変大食いで、人々が育てた農作物を畑ごと呑み込み、家畜も小屋ごと食い荒らしていました」

困り果てていた状況の中、皇帝に仕えていた全身真っ赤な装いの、赤道士と呼ばれる者がニエンの討伐に名乗り出る。勇敢な赤道士はニエンを追い詰めることに成功したものの、あと一歩で倒せなかった。深海に逃げたニエンは、懲りもせずに翌年も現れる。けれども、赤道士が纏っていた赤を、怖がるようになっていたのだ。

「それからというもの、春燐節の季節になると、皆、揃って赤いものを飾ってニエンが近付かないようにするのです」

「ああ、そういうわけだったのですね」

除夜と呼ばれる一年の最後の日に、祝福の文言が書かれた春札を玄関前に飾り付け、提灯に火を点す。

「それから、家族で水餃子を作って食べるのがお決まりなんです」

なんでも餃子の形は昔の貨幣に似ていたため、食べると裕福になれるという伝承があるらしい。どんな裕福な家も、水餃子だけは召し使いに任せず、自分たちで作るようだ。

「だったらこんこん、除夜に水餃子を作りませんか？」

「私が、ですか？」

「そうです。こんこんは、家族ですから！」

紺々は頬を染め、嬉しそうにしていた。後宮にやってきてからは、除夜の水餃子を食べていなかったらしい。久々だという。

「そうだ！　こーうも誘っていいですか？」

「ええ。きっと喜ばれると思いますよ」

紺々は水餃子の作り方を尚食部の者達から習ってくるという。

「一応、作り方は知っているのですが、数年作っていないので、自信がなくて」

「わかりました。では私は、こーうを誘ってみますね」

紺々と別れ、珊瑚は部屋に戻る。たぬきが尻尾を振りながら出迎えてくれた。

紘宇は部屋で本を読んでいる。たぬきを抱き上げ、紘宇に話しかける。

「あの、こーうにお話がありまして」

「どうした？」

「一緒に、除夜の水餃子を作りませんか？」

そう提案すると、紘宇は目を丸くして驚くような表情を浮かべる。

「春燐節について、誰かから話を聞いたのか？」

「はい！　こんこんが教えてくれました」

「そうか」

紘宇の表情に、ほんの僅かだが影が落ちたように見えた。いったいどうしたのか。珊瑚は見逃さなかった。

「あの、こーう、水餃子は嫌いですか？」

「そういうことではない」

紘宇は手招きし、珊瑚に座るよう隣をポンポン叩く。たぬきを膝に乗せ、珊瑚は腰を下ろした。

「聞いていて楽しい話ではないが、聞くか？」

「はい。お聞かせください」

紘宇は遠い目をしながら、語り始める。

「汪家でも、春燐節は盛大に執り行われていた。ただし、十年前までだったが」

十年前、一家総出で除夜の準備を行い、一族の者全員で水餃子を作った。夜になるとそれを囲み、宴が始まった。

「始まってすぐだったか。急に、当時当主だった父が苦しみ始めたのだ」

一瞬の出来事だったという。紘宇の父親は血を吐き、息絶えてしまった。

「誰かが水餃子に毒を入れていたんだ」

吐血したのは紘宇の父親だけだった。誰かが狙って毒を仕込んでいたのだ。

「一族の誰もが、犯人は狡猾な兄永訣だと思っていた」

当時、紘宇の父親と永訣は不仲だったらしい。何度も言い争い、次期当主の座は渡さないという宣言までされていたようだ。

「けれども調査をしたら、犯人は兄ではなく、叔父だった」

餃子の毒は永訣の分にも仕込まれていたが、猫舌だったのですぐに食べなかったのが幸いしたのだという。紘宇の叔父は当主の座を狙っていたようで、二人揃って処分しようという目論見だったようだ。その犯行も、永訣によって暴かれてしまう。

「以降、汪家は除夜に水餃子を食べなくなってしまった――というわけだ」

「そ、そうだったのですね」

水餃子を作って食べるというのは、家族という信頼の置ける者のみが集まって行う行事だ。それなのに、汪家は家族の中から裏切り者が現れたのだ。

事情を知らなかった珊瑚は、しょんぼりと肩を落とす。そんな様子を見た紘宇は、気にするなと言って肩を叩いた。

「除夜は家族で行う催しだ。なぜ、俺を誘おうと思った?」

「こーうは家族みたいな存在ですから、一緒に水餃子を作りたいと思ったのです」

そんな言葉を返すと、紘宇は優しく目を細める。

「わかった。そこまで言うのならば、一緒に水餃子を作ろう」

「いいのですか!?」

「ああ。実を言えば、水餃子は大好物なのだ」

事件後、紘宇は水餃子を一度も作っていないらしい。そろそろ食べたいと思っていたところだったようだ。

「そうだったのですね。よかった!」

そんなわけで、珊瑚と紘宇、紺々は除夜に水餃子作りをすることとなった。

ついに迎えた除夜――紘宇と珊瑚の部屋に水餃子の材料と鍋などが持ち込まれる。

尚食部の者から聞いた作り方で、水餃子の完成を目指す。

「では、私は生地作りをしますので、珊瑚様と汪内官は具作りをお願いします」

たぬきは紺々から水餃子作りを応援しておくように言われ、任せたとばかりに「くぅん」と鳴いていた。紺々はさっそく生地作りを始めていたが、珊瑚と紘宇は食材を前に呆然としていた。

「こーう、実は私、料理するのは初めてなんです」

「奇遇だな。俺もだ」

十年前、水餃子を作る時は、豚をしめる作業を任されていたらしい。調理に加わることはなかったようだ。

「えーっと、私は豚肉を刻みますので、こーうは野菜をお願いできますか？」

「わかった」

珊瑚は包丁を握るのも初めてである。ドキドキしながら、豚肉を切り始めた。腕を振り上げ、包丁をまっすぐに下ろす。どん！　と大きな音が鳴り、豚肉と共にまな板が両断された。

すかさず、紘宇に注意される。

「お前、なんて切り方をしているんだ！　包丁はそんなに振り上げて切るものではない！」

「そ、そうなんですね」

紘宇が切る手本を見せてくれた。包丁を振り上げずとも、サクサク切れている。

「豚肉はもう少し力が必要かもしれないが、料理に腕力は必要ない。軽く素振りをするような感覚で切ってみろ」

「わかりました」

そっと優しく豚肉に包丁を入れる。紘宇の言っていた通り、力を入れずとも切れた。

「こーう、豚肉、切れました！」

「よくやった。あとは、それを細かく切り刻むんだ」

「わかりました」

コツを掴んだら、そう難しいものではない。珊瑚はあっという間に、豚肉の塊をひき肉状に切っていった。紘宇は大量の白菜とニラを切り刻んでいく。白菜には塩を振り、水分がでてきたら絞る。豚ひき肉と白菜、ニラを混ぜ、生姜汁、醤油、酒、胡椒、ゴマ油を入れて混ぜていく。粘りがでてきたら、具の完成だ。

慣れない二人が具を完成させたところで、紺々の生地も仕上がる。

「ちょっと歪な形になってしまいましたが、包みましょう」

「はい！」

紺々の声かけに珊瑚だけでなく、たぬきも「くうん！」と鳴いた。

「生地の真ん中に具を置いて、端を水で濡らします。この状態のものを折りたたんで、ひだを作りながら包んでいくんです」

餃子包みは熟練の業のようで、紺々も苦戦していた。そんな彼女の作り方を見つつ、珊瑚と紘宇も挑戦する。

「こんこん、む、難しいですね」

「ええ。これまで何百個と餃子を包んでいるはずなのですが、いっこうに上手くなりません」

不器用な二人をよそに、紘宇は器用に餃子を包んでいく。それに気付いた珊瑚は、瞳を輝かせながら褒めちぎった。

「こーう、餃子包み、とっても上手です！　天才では!?」

「大げさな奴め。こんなの、いくつか包んだら慣れるだろうが」

珊瑚と紺々は、自分達が作った不格好な餃子を見つめる。何個作っても、上達する気配は感じられなかった。それに紘宇も気付き、明後日の方向を見つめながら言った。

「まあ、どんな形だろうが、口にしたら一緒だ」

「そ、そうですよね！　食べたら一緒の味がします」

「さすが、汪内官です！　お言葉が身に染みます」

紘宇の励ましに元気付けられた珊瑚と紺々は、次々と餃子を包んでいく。やっとのことで餃子を包み終えると、今度は煮る工程に移る。大きな鍋に湯を張り、一気に煮込むのだ。

「餃子がぷかぷか浮かんできたら、煮えた証拠です」

たくさん作ったので、次々と煮ていく。茹で上がった餃子は、紘宇が器用に掬っていった。

やっとのことで、水餃子が完成となる。珊瑚と紘宇、紺々の三人で食卓を囲むこととなった。たぬきにも、紺々が作った木の実を葉っぱで包んだ餃子風の食べ物が提供された。

「それでは、こーう、こんこん、いただきましょう！」

あつあつの水餃子を酢醤油でいただく。

「あ、熱っ、はふ、はふ……！」

口の中で冷ましつつ、水餃子を噛みしめる。生地はもっちもち。肉汁がじゅわーっと溢れ、野菜の甘さが口いっぱいに広がる。

「わっ、これ、とってもおいしいです」

「で、ですね。びっくりしました」

紘宇も味に満足したからか、頷きながら食べていた。

苦労して作っただけあって、いつも以上においしく感じるのだろう。あっという間に、ぺろりと完食してしまった。

「作るのは大変でしたが、おいしかったし楽しかったです」

珊瑚の言葉に、紺々も深く頷いている。

「こーうはどうでしたか？」

「久しぶりの水餃子だったが、作るのも食べるのも楽しめた」

「でしたら、また来年もしましょう！」

「ああ、そうだな」

皆、それぞれ実家には帰れないが、後宮には家族のように大切に思える人達がいる。

満ち足りた人生だ、と珊瑚は改めて思ったのだった。

あとがき

はじめまして、江本マシメサです。

このたびは『彗星乙女後宮伝』の上巻をお手に取ってくださり、まことにありがとうございました。

こちらの作品は過去に一度、出版しておりましたが、打ち切りとなり、未完のままでした。

諦めの悪い私は、いつかこの物語を最後までお届けしたい、と虎視眈々と機会を窺っておりました。

その結果、奇跡が起きて主婦と生活社様に拾っていただき、再出版というチャンスを摑むことができました。

エピソードをいっさい削ることなく、上下巻にぎゅぎゅっと詰め込んでのお届けです。

なんと今回は最後まで刊行されますので、安心してお読みいただけたらな、と思います。

前回の書籍は一般系の分類で発売したのですが、今回はライトノベルに分類されております。

ライトノベルということで、カラー口絵や挿絵があるのが特徴です。

今回は潤宮るか先生に、素晴らしいイラストの数々を描いていただきました。

珊瑚(コーラル)はかっこよく華やかで、紘宇は精悍かつ気品があり、たぬきはとてつもなくモフモフかわいい。

最高としか言いようがないキャラクターデザインを仕上げてくださいました。

下巻も美麗なイラストの数々がございますので、どうぞご期待ください。

そして、『彗星乙女後宮伝』ですが、コミカライズも決定しました。

珊瑚や紘宇、たぬきの活躍が漫画でも読めるなんて、とても嬉しいです。

心から楽しみにしております。


それでは、下巻でお会いしましょう！

二〇二三年十二月吉日　江本マシメサ

この本を読んでのご意見・ご感想・ファンレターをお待ちしております。

〒104-8357 東京都中央区京橋 3-5-7
(株)主婦と生活社 PASH! 文庫編集部
「江本マシメサ先生」係

PASH!文庫

※本書は「小説家になろう」(https://syosetu.com)に掲載されていたものを、改稿のうえ書籍化したものです。
※この作品はフィクションであり、実在の人物・団体・法律・事件などとは一切関係ありません。

彗星乙女後宮伝(上)

2023年12月11日 1刷発行

著　者　江本マシメサ
イラスト　潤宮るか
編集人　山口純平
発行人　倉次辰男
発行所　株式会社主婦と生活社
〒104-8357 東京都中央区京橋 3-5-7
[TEL] 03-3563-5315(編集) 03-3563-5121(販売)
03-3563-5125(生産)
[ホームページ]https://www.shufu.co.jp
製版所　株式会社二葉企画
印刷所　大日本印刷株式会社
製本所　小泉製本株式会社
デザイン　小菅ひとみ(CoCo.Design)
フォーマットデザイン　ナルティス(原口恵理)
編　集　山口純平、髙栁成美

 Printed in JAPAN ISBN 978-4-391-16151-9